El asesinato de Laura Olivo

Jorge Eduardo Benavides

El asesinato de Laura Olivo

Alianza Editorial

El XIX Premio de Novela Fernando Quiñones
está patrocinado por la Fundación Unicaja.

Un jurado formado por Nadia Consolani,
Eva Losada Casanova, Antonio Rodríguez Almodóvar, Rafael Muñoz Zayas y Valeria Ciompi
otorgó a *El asesinato de Laura Olivo* el XIX Premio de Novela Fernando Quiñones.

© *Jorge Eduardo Benavides, 2018*
Autor representado por Silvia Bastos, S. L. Agencia Literaria
© *Alianza Editorial, S. A., Madrid, 2018*
Calle Juan Ignacio Luca de Tena, 15; 28027 Madrid
www.alianzaeditorial.es
ISBN: 978-84-9181-052-0
Depósito legal: M. 612-2018
Printed in Spain

SI QUIERE RECIBIR INFORMACIÓN PERIÓDICA SOBRE LAS NOVEDADES DE
ALIANZA EDITORIAL, ENVÍE UN CORREO ELECTRÓNICO A LA DIRECCIÓN:
alianzaeditorial@anaya.es

Índice

1
Una propuesta inesperada

A LARRAZABAL SIEMPRE LE LLAMÓ la atención la pequeñez de los pisos madrileños, sobre todo los del centro. Donde su compadre Tejada, en Usera, los pisos eran más amplios, más modernos y también más baratos. Su compadre se lo decía siempre que tenía oportunidad: qué hacía allí en el centro, que se mudara a Usera, hombre. ¿Acaso no trabaja ahí? ¿Acaso no ahorraría un dineral en transporte y en comidas? Y lo miraba con una perplejidad tintada de reproche, si quería hasta le prestaba dinero para que se metiera en la compra de un piso. Larrazabal movía suave, obcecadamente la cabeza.

Aunque en los últimos años le había ido lo suficientemente bien como para poder mudarse a otra zona, a él le gustaba Lavapiés, lo consideraba su barrio, allí había vivido desde que llegó a Madrid. Y su compadre, algo fondón, de camisa y vaqueros impecables —cuando no estaba de corbata y traje, casi siempre azul o gris—, se llevaba las manos a la cabeza como incapaz de entender aquel despropósito, que Larrazabal quisiera pagar más dinero por un piso pequeño con tal de estar en ese barrio. Pero después se le pasaba la contrariedad, dejaba de insistir en el asunto y seguían bebiendo cerveza muy fría y trinchando trozos de tamal o porciones de ceviche, a veces un contundente cocido que Mari Carmen, su mujer, preparaba para que no os olvidéis de que estáis en Espa-

9

ña, joder, decía con su acento madrileño y sus maneras toscamente cariñosas. A veces tocaba un buen restaurante, también, de esos a los que Tejada se había vuelto muy aficionado, descubriendo una dormida veta gourmet que exploraba, de un tiempo a esta parte, con interés y fruición algo más allá de la comida peruana.

En camiseta, sentado frente a su ventana, Larrazabal sintió con fastidio que se le humedecían los ojos al pensar en su compadre. Encendió un cigarrillo y se volvió a mirar a Fátima. ¿Por qué le decían Colorado?, le preguntó aquella primera vez que salieron juntos, durante las fiestas de San Lorenzo. Él le contó. Ella no supo si reírse o enfadarse, abrió mucho los ojos, soltó un bufido, ¡pero qué barbaridad!, y luego lo volvía a mirar y se le escapaba la risa. «Blanquita», le decía desde entonces Larrazabal acomodando con una de sus manazas los cabellos retintos de la joven. Pero ella decía que no, que no era blanca, y se reía con sus dientes hermosos y grandes, de hembra saludable. Era mora, marroquí, árabe, si prefería. ¿Acaso él no era negro? Negro, sí, negro peruano. Y mitad vasco, añadía pasando un dedo desde la cabeza hasta el vientre, como diseccionándose en dos mitades. ¿Un vasco negro? ¿Dónde se ha visto eso? Y los dos reían. Siempre terminaban con lo mismo. La marroquí y el peruano, la árabe y el vasco.

La mora y el negro, más bien, se ensombreció Larrazabal cuando le vino a la cabeza la imagen del padre de Fátima, el viejo Rasul. ¿Qué diría? ¿Qué diría si supiera que su hijita adorada se acostaba con él? Se tendría que morder la lengua, claro, pero por cuánto tiempo. Larrazabal se incorporó de la banqueta donde estaba sentado y se acercó a la cocinilla para poner a hervir agua. No, definitivamente no le gustaría. «Los moros son unos racistas de los cojones», le dijo Koldo un día, cuando él empezaba a salir con Fátima. Pero lo dijo con una sonrisa que desmentía la seriedad de sus palabras.

A FÁTIMA LA HABÍA CONOCIDO casi un año atrás porque ella y su hermano Jamal lo fueron a buscar para contarle desesperados lo que había ocurrido con su padre. Como si él pudiera hacer algo, bufó al escuchar la explicación atropellada de ambos, ¿por qué le contaban todo eso?, y estuvo a punto de darles con la puerta en las narices cuando la mano de Fátima aferró la suya, impidiéndole cerrar. Luego lo miró con tal intensidad que Larrazabal se quedó petrificado. Como una liebre frente a una cobra, pensó.

—Sabemos que ha sido policía en su país. Usted conoce bien cómo se manejan estas situaciones.

Su voz había sonado alarmantemente ronca, casi teatral.

—¿Por qué no van a la policía?

Los hermanos lo miraron en un silencio cargado de reproche. Claro, era una pregunta estúpida. Larrazabal, como todos en el barrio, sabía bien que Rasul Tarik traficaba con móviles, con cigarrillos, quizá con hachís, aunque Fátima jurara que no, que eso no. El caso es que había desaparecido de camino a su casa —unos chiquillos vieron que lo metían a empellones a un coche gris— y a las pocas horas recibieron una llamada para pedirles dinero. Dinero que no tenían. O que no podían reunir tan rápido...

—Tiene que ayudarnos —se rompió finalmente la voz de la chica—. Le pagaremos lo que nos pida.

Nunca supo por qué aceptó. O mejor dicho sí, se dice ahora, mientras observa cómo empieza a burbujear el agua para el té y enciende otro cigarrillo. Pero siempre se sorprendió de que resultara tan fácil ser persuadido por la morita que veía pasar todas las tardes por su portal, con sus pañuelos y sus faldas largas, y que lo saludaba con una coquetería inofensiva y jovial. «Así de fácil eres, compadre», se rio Tejada cuando él se lo contó, dándole una palmada burlonamente compasiva en la espalda. Pero que tuviera mucho cuidado de dónde se metía.

Y así debió haber sido, pero no fue. Porque sin saber en qué momento, ya tenía a los hermanos en su minúsculo piso y él había sacado una libretita de notas. Y empezó con las advertencias. Lo primero: solo él hablaría de ahora en adelante con los secuestradores. Ni una palabra a nadie. ¿De acuerdo? Había que plantear una cifra que pudieran asumir, sin eso que se olvidaran de volver a ver a su padre. Segundo: debían hacer una lista con todos sus posibles enemigos, con gente del negocio en el que estuviera metido, con sus vecinos, con los familiares de aquí y de allá, de...

—Marrakech —dijo Fátima pasándose un pañuelo por los ojos—. Somos de Marrakech. —Su voz sonaba ahora más serena, y eso le gustó al Colorado. Mostraba temple.

—¿Entendido? —Esta vez miró a Jamal, que fumaba moviendo el ralo bigotillo con cierta hastiada suficiencia. El chico gruñó algo que parecía un sí, pero Fátima le hincó un dedo en las costillas.

—Entendido. ¡Joder! —Saltó el hermano, y se llevó una mano al costado.

Fueron dos días duros. Después de algunas llamadas discretas aquí y allá, de conversar con los chavales que vieron todo y de atar algunos cabos, Larrazabal supo con quiénes se enfrentaba. Al viejo Rasul lo habían secuestrado unos albaneses de allí, del mismo Lavapiés. Pedían treinta mil pavos. No eran de aquellos siniestros profesionales que acechaban urbanizaciones de lujo y se ocultaban en polígonos alejados, con armas y coches preparados. Con esos sencillamente no se podía negociar. Pero esos jamás hubieran secuestrado a un traficante de tres al cuarto de Lavapiés. Estos eran unos aficionados que habían dejado tantas y tan fáciles pistas que hasta Santi, que vendía cupones de la ONCE en la esquina, podría dar con ellos. Pero no podían ir a la policía, claro. Eso no era negociable, le dijo Fátima, y él se encogió de hombros.

¿Con quién cojones hablaban?, preguntó uno, alarmado, cuando Larrazabal contestó la primera vez. Con paciencia, con toda tranquilidad, explico que él era el portavoz de la familia, que de ahora en adelante conversarían con él. El albanés soltó un juramento y seguro se cagó en su madre en su lengua endiablada antes de colgar. Larrazabal vio el horror encendiendo los ojos de Fátima, las manos de la madre elevadas al cielo, la maldición de Jamal cuando entendieron que la conversación se había roto abruptamente. Pero el Colorado les explicó que así era esto, volverían a llamar, que tuvieran confianza en él. Y así fue. A las dos horas el teléfono volvió a timbrar. Esta vez escuchó una voz que parecía de pedernal. Siniestra. Si no reunían los treinta mil euros, que mejor fueran preparando un puto entierro moro. Solo habían podido reunir quince. ¿Qué? Quince mil euros, no tenían más. Pero si les daban más tiempo... Volvieron a jurar y a cagarse en sus muertos. ¡Al viejo lo iban a recoger en pedacitos, *marroquianos* de mierda!, escucharon todos. Jamal quiso echar de la casa al Colorado, que se dejó empujar mansamente hasta la puerta. La madre lloraba agazapada en un rincón. Pero Fátima soltó dos ladridos en su lengua llena de jotas y asperezas y su hermano se quedó callado. Cuando se volvió a él, su voz era fina como un hilo de acero:

—Siga con la negociación, señor Larrazabal. Confiamos en usted.

Y en la mirada que le dirigió había una súplica pero también una desesperación y una vaga amenaza.

Por fin, luego de innumerables llamadas que se prologaron durante toda la madrugada y hasta bien avanzada la mañana del día siguiente («se van turnando, quieren cansarme»), llegaron a un acuerdo. Veinte mil euros. Larrazabal tenía los ojos enrojecidos, la lengua calcinada por los cigarrillos que había fumado sin tregua y una sensación de suciedad atroz en las manos, como si hubiese estrangulado a un animal. Fátima le ofreció una taza de té y Larrazabal olfateó la hierbabuena como si fuera algo inexplicable y sagrado... Sí, así había ocurrido.

EL AGUA FINALMENTE HERVÍA y él terminó de preparar el té sintiendo cómo explotaba en su nariz el perfume fresco de la hierbabuena. Cada vez que lo bebía recordaba esa mañana turbia en casa de Rasul Tarik, el piar recién amanecido de los pájaros, los ojos cansados de Fátima, que había permanecido a su lado toda la noche y toda la madrugada, como quien acompaña en un velatorio, hablando poco y en susurros.

Esa mañana los hermanos pusieron el dinero en una vieja bolsa de deportes y Larrazabal salió de la casa, cogió un taxi y se acercó a un bar de General Ricardos. Allí le esperaba una nota —una nota escrita en mal castellano, metida en un sobre usado de Nacex— donde le daban las indicaciones siguientes. Mucha película, se dijo molesto Larrazabal, pero siguió escrupulosamente las órdenes. Se acercó hasta el colegio La Milagrosa y se la entregó a un chiquillo que le esperaba en la puerta con un teléfono en la mano. Un chavalillo mal encarado y rubio, con pendiente en la oreja. Once, doce años como mucho, cabezón como todos los eslavos. El chaval recibió el maletín sin mirarlo y llamó por el móvil. Luego le hizo un gesto, como si espantara una mosca, que se fuera.

Cuando llegó de regreso a casa de los Tarik, el viejo Rasul ya estaba allí, abanicándose perezosamente, rodeado de los suyos. Larrazabal siempre sospechó que lo tuvieron todo ese tiempo retenido en un piso cercano, por donde merodeaban los albaneses. Lo habían metido en el coche con los ojos vendados, le dieron unas cuantas vueltas para desorientarlo y lo soltaron bajo la resolana de la plaza de Lavapiés. La policía los hubiera atrapado en cinco minutos. Pero claro...

El té ya estaba listo y él lo sirvió con cuidado.

—Morita —susurró sentándose a la vera de la cama y colocando la taza con delicadeza casi frente a la naricilla de Fátima—. Morita —repitió un poco más alto.

—Colorado —ronroneó esta al fin, desperezándose con la parsimoniosa flexibilidad de un gato.

¿Por qué siempre despertaba tan feliz? Él hubiera querido preguntarle, hubiera querido pedirle que le dijera cómo así, pero en ese momento alguien tocaba a la puerta.

* * *

La señora Luján estaba frente a él, pequeña, encorvada, con sus ojos verdes donde danzaba una chispita alimentada de remota suspicacia y alerta. Larrazabal se había enfundado los pantalones y había abierto apenas un palmo la puerta, ¿sí, qué deseaba?, porque no estaban a principios de mes, que era cuando la señora Luján pasaba por donde sus inquilinos para cobrar la renta. Ya ni en Lima se hacía así, pero al parecer la señora Luján tenía una alergia crónica a los bancos y todos los meses, con una puntualidad desquiciante, visitaba los tres o cuatro pisitos que tenía para cobrar el alquiler. La mayoría de ellos eran de renta antigua y apenas si sacaba unos euros. Pero el de Larrazabal no. Larrazabal veía cómo todos los meses sus magros ingresos se veían disminuidos en casi seiscientos euracos del ala. De manera que el primer día de mes la señora Luján tocaba la puerta con escrupulosa precisión. Solo que ahora no era principios de mes. Larrazabal esperó a que ella dijera algo. Tenía una sensación incómoda en la boca del estómago.

—Señor Larrazabal —empezó la mujer con su voz cascada, y se incorporó un poquito—. Disculpe que lo moleste de esta manera, pero necesito hablar con usted. Es urgente.

15

En la voz de la anciana vibró una nota exasperada, como el trino de un pájaro que protesta. Larrazabal miró de soslayo al interior de la pieza. Envuelta en su albornoz, con los cabellos húmedos, Fátima estaba sentada a la mesa, la espalda muy recta.

—¿Urgente? —dijo Larrazabal para ganar tiempo. No era que la señora Luján pudiera censurar que él estuviera con una mujer en su casa, claro, pero le incomodaba que supiese que se trataba de Fátima.

—Sí, es urgente —insistió ella, y metió la cabeza entre el quicio de la puerta y el brazo del expolicía—. Me gustaría que fuera una conversación privada. Hola, Fátima, guapa. ¿Cómo están tus padres?

—Bien, señora Luján, gracias —escuchó Larrazabal.

—Bueno —dijo este al fin—. ¿Qué le parece si me pongo algo encima y nos vemos en el bar de Manolo? Pero la verdad, no sé qué...

La señora Luján hizo un gesto con la mano, que no se preocupara, no tenía pensado subirle el alquiler ni nada por el estilo. Y compuso una sonrisa. Más bien era para proponerle un trato que seguro le resultaría ventajoso. Y luego volvió a mirar hacia donde Fátima, como si no quisiera decir más.

—Bueno, lo espero abajo. No tarde, por favor.

Una vez que se disiparon los crujidos de los escalones, Larrazabal y Fátima se miraron con extrañeza. ¿Qué podía querer? La chica se acomodó rápidamente el sujetador y se puso la camiseta antes de incorporarse, cruzada de brazos. Estaba aún en braguitas. Tenía unas piernas largas y firmes. Como las de una patinadora olímpica. Larrazabal fue alcanzado por un sorpresivo golpe de deseo en el pecho. Se acercó a ella que, ajena a lo que sentía Larrazabal, sorbía su té, pensativa. En la miel oscura de sus ojos Larrazabal observó cómo se adensaba una preocupación.

—¿Te querrá echar?

—No creo. Ya has escuchado. Más bien me quiere proponer algo.

Larrazabal extendió una de sus manazas de fontanero para tocar el cabello rabiosamente ensortijado, como hecho de resortes, de Fátima. Ella lo miró ya sin preocupación y en un instante se puso los vaqueros y después la chilaba turquesa que se ponía de vez en cuando, para complacer a su madre. Luego cubrió sus cabellos con el velo ese que Larrazabal nunca podía acordarse de cómo se llamaba y que enmarcaba su rostro anguloso con primor.

—Tienes razón, no tiene por qué preocuparte —pero él no había dicho tal cosa—. Mejor la escuchas y luego decides. A lo mejor es algo bueno, ¿no? ¡Ojalá!

Luego se empinó un poco para darle un beso, se tenía que ir, cielo, la esperaban en la gestoría y no quería volver a llegar tarde. Él pudo aspirar el aroma de su piel, algo ligeramente ácido y suave que le encantaba y le traía un remoto olor de su infancia, a un pasado inexplicablemente feliz y al mismo tiempo ajeno, como una añoranza. La abrazó con fuerza, como si de pronto temiera no volver a verla. Siempre era igual.

La señora Luján podría tener unos ochenta años magníficamente pastoreados o unos sesenta pésimamente trajinados en su dilatada vida. Era algo en lo que Larrazabal nunca se ponía de acuerdo. Tenía achaques de viejecilla, usaba vestidos de viuda de la guerra pero sus ojos verdes resplandecían como si aún se inflamaran a la lumbre de lejanas pasiones. El Colorado la veía pasar con sus pasitos apurados, caminando Tribulete abajo, volviendo no se sabía bien de dónde pero siempre a toda velocidad, siempre presa de una diligencia que apenas le permitía el respiro de contestar el saludo de los vecinos, espantar el revuelo de la chiquillería morisca, evitar el rebaño manso de los africanos que se reunían frente a las Escuelas Pías, desoír la zarabanda de los sudamericanos que se apostaban en la esquina o comían manzanas y uvas en las fruterías de los paquistaníes. Era como si en realidad la señora Luján fuera y viniera por un tiempo y un trazado ajenos a los del barrio actual, buscando reencontrarse con lo que fue su vida décadas atrás, en un Madrid de tranvías y pasodobles, de documentales en blanco y negro y misa diaria.

Ahora estaba frente a él, soplando su café con leche y bebiendo despacio. En sus ojos habitualmente alertas, Larrazabal creyó descubrir algo parecido al miedo.

—Señor Larrazabal —empezó diciendo apenas sentarse este frente a ella—. Le seré clara. Me he permitido irrumpir en su casa así porque necesito su ayuda.

Larrazabal sintió tensarse la musculatura de su espalda. Pero no dijo nada y esperó a que la señora Luján carraspeara un poco, seguro ella también ganando tiempo para organizar lo que tenía que decirle y que con toda probabilidad había preparado de antemano. Sabía por experiencia que si alguien demora mucho su explicación es porque la ha elaborado con tanto esmero que luego olvida cómo empezarla. Luego enfrentó los ojos verdes y sorprendentemente jóvenes donde ahora se avizoraba algo como un naufragio.

—Usted dirá...

—Se trata de mi sobrina Lucía. No, usted no la conoce. Ella es una persona muy trabajadora y buena, ¿sabe? Muy temperamental pero incapaz de hacerle daño a una mosca. —La señora Luján se llevó una punta del pañuelo al borde de un ojo, como si no quisiera ni admitir que una lágrima deshiciera su liviano maquillaje—. Pero ahora mismo está detenida. ¡Y es absolutamente injusto!

El ruido exasperante del molinillo de café había cesado bruscamente y la exclamación destemplada de la señora Luján atrajo algunas miradas. Ella bajó un poco más la voz donde sin embargo subsistía esa nota quebrada del que desespera por no dejarse entender correctamente. Su sobrina trabajaba en una revista de moda, pues desde muy pequeña le habían gustado esas cosas y era muy coqueta, continuó. Más bien presumida, eso era cierto, porque siempre había hecho lo posible para ocultar su origen. El ceño de la señora Luján culebreó por la contrariedad de contarle aquello a Larrazabal, pero prosiguió, como una locomotora que traquetea indesmayable por una pendiente: ellos eran gente trabajadora, honrada, de origen modesto. Venían de Extremadura.

Bebió un sorbo de su café antes de continuar.

—¿Usted conoce Extremadura? ¿No? Bueno, le gustaría mucho. El caso es que mi hermano, el padre de Lucía, era albañil de obra y murió en un accidente laboral hace ya bastantes años, cuando mi sobrina era pequeñita. A la madre, que era una moza delicada, se la llevó un cáncer poco después y Lucía quedó a mi cuidado con apenas doce años. Estudió periodismo y resultó ser buena en lo suyo. Tiene aptitudes para ello y además le gusta, ¿sabe? Desde hace casi cinco años trabaja en aquella revista y le iba todo bien hasta que se le cruzó en el camino esa mujer, esa tal Laura Olivo. Y a partir de allí todo empezó a ir mal. ¡Nefasto!

La señora Luján lanzó un bufido asqueado, como ante una mala palabra. Ella entendía las cosas modernas, pero todo tenía un límite, dijo ya casi en un murmullo, como si hubiera perdido el hilo de su argumentación, una Ariadna desolada y decrépita.

—Pero bueno —dijo la mujer, como despertando de un ensueño—. Me estoy yendo por las ramas y usted tendrá sus cosas.

Él movió la cabeza imperceptiblemente. Un segundo antes de que su casera empezara su relato, Larrazabal se había mantenido quieto, como una estatua de sal, casi sin respirar, pensando en cómo declinar lo que estaba seguro que le iba a proponer la doña.

Porque desde el primer momento, como quien es atrapado por la fuerza irreversible de una intuición, supo sordamente de qué se trataba. No con exactitud, claro, pero sabía que solo le traería problemas. No era la primera vez que le ocurría. Y ahora, mientras la escuchaba hablar, mientras escuchaba a aquella mujer avanzar por ese camino enfangado de desdichas que era la modesta biografía de su sobrina, todo su ser estaba concentrado en buscar una salida airosa a no sabía qué.

—Y entonces su sobrina Lucía ha sido acusada... ¿de qué exactamente? —Interrumpió con cautela para hacer avanzar el relato de la señora Luján.

La mujer dejó la taza sobre la mesa y cruzó ambas manos en el regazo, entendiendo que debía dejar de irse por las ramas. Luego lo miró con una calma fría que oscureció momentáneamente sus ojos claros.

—De asesinato.

* * *

Una mañana soleada, a los pocos días de resolver el secuestro del viejo Rasul Tarik y cuando aún el calor no apretaba demasiado, el Colorado Larrazabal, fregona en mano, escuchó que tocaban a su puerta, lo que lo desconcertó momentáneamente. Una brisa ligera y refrescante entraba por la ventana de su salón, bañando de tibia luz la mesa donde reposaban la cafetera, el cesto del pan y una taza sucia.

Cuando abrió se encontró con los ojos castaños y chispeantes de la hija de Tarik. Llevaba un pañuelo que cubría su caballera negra y ensortijada, pugnaz bajo la tela colorida, como si se rebelase a estar constreñida por aquel velo azul.

—Buenos días, he venido a traerle esto —dijo la chica, y solo entonces Larrazabal se dio cuenta de que en las manos llevaba un plato cubierto con un pañito de cocina. Como no atinó a decir nada, ella preguntó, con la mejor de sus sonrisas—: ¿Ha probado el cuscús?

Y sin decir más, con una familiaridad que lo descolocó, franqueó la puerta haciéndolo a un lado con un golpecito gracioso de cadera. Esta vez no llevaba la chilaba esa sino simplemente unos vaqueros y una camisa sencilla y blanca que dejaba adivinar sus formas elásticas.

—Caramba, gracias, no se hubiera molestado...

Fátima dejó el plato cuidadosamente sobre la mesa y por primera vez la bonita sonrisa que había traído hasta allí se desvaneció de su rostro dejando paso a una expresión grave que sus pestañas largas y espesas acentuaban.

—Ni siquiera hemos hablado de dinero —dijo mirándolo con toda seriedad—. Cuando regresó mi padre, en la confusión horrible de todo lo ocurrido, ni se nos pasó por la cabeza lo que usted cobraría por sus servicios. Cuando quise hacerlo, usted ya se había marchado.

Era cierto. En ningún momento habían hablado de dinero, ni cuando ella y Jamal acudieron a pedirle desesperadamente ayuda, ni durante las horas tensas de la negociación ni, como afirmaba la joven, cuando la algarabía de tener al patriarca redivivo en casa les dejó un instante para otra cosa que darle unas confusas y vehementes gracias a Larrazabal antes de volver a abrazar al padre entre exclamaciones de júbilo. La madre le quiso besar una mano, Jamal le estrechaba la otra y volvía a donde su padre como constatando que siguiera allí. Y Fátima lloraba acuclillada, con la cabeza en el regazo del viejo, en cuyos ojos legañosos destellaba aún cierto rescoldo de miedo animal.

En ese momento Larrazabal entendió que no pintaba nada en aquel fresco emotivo y casero y se marchó discretamente de allí. En la esquina se pidió un café con leche y un pincho de tortilla porque en ese momento caía en la cuenta de que prácticamente no había probado bocado desde el día anterior. Pero no pudo ni siquiera terminar el humeante trozo de tortilla que habían puesto ante él y apenas dio dos sorbos al café con leche. Pagó y se fue a su estudio con los huesos molidos como si estuviera incubando un demoledor resfrío. Llamó a Tejada para decirle que no iría a trabajar y durmió lo menos diez horas de un tirón. De eso habían pasado tres o cuatro días. Y ahora la hija de Tarik estaba allí, nuevamente en su piso, con su velo y sus ojos hermosos, ofreciéndole un plato de aromático cuscús.

—No, no se preocupe —se oyó decir confuso—. No hay ninguna deuda.

—¡Claro que sí! —La joven dio un paso hacia él, y habló con vehemencia—. No somos ricos pero lo que ha hecho por nosotros es invaluable. Le ruego que nos diga qué es lo que le debemos, por favor. No pretendía que este simple plato fuera el pago, solo...

—Ya, ya lo sé —apaciguó él la vehemencia de la chica, más concentrado en aspirar el leve perfume corporal que le llegaba como un mareo—. Pero, insisto, no me deben nada. Lo importante es que su padre ya esté en casa, sano y salvo.

Si en algún momento de esos días Larrazabal había pensado borrosamente que algo le debían pagar, en el cielo tormentoso de sus elucubraciones no quedaba ahora ni una sola nube que afeara la claridad de lo que pensaba: no recibiría ni un centavo de aquella chica. Una confusa mezcla de pudor e incomodidad le hacía imposible imaginarse recibiendo unos billetes por parte de aquella gente. Sabía que el viejo andaba en trapicheos de móviles y sobre todo de cigarrillos, pero ese era asunto de la policía y no suyo. Para Larrazabal los Tarik eran una familia vecina, con cuyos miembros se cruzaba de vez en cuando —sobre todo con la hija— y con los que no tenía más trato que la urbana cordialidad de darse los buenos días o las buenas tardes.

Fátima quedó momentáneamente desconcertada al escuchar la negativa del expolicía y le buscó los ojos perrunos con la intensidad de quien intenta descifrar un acertijo.

—Es usted un buen hombre —valoró al fin, y Larrazabal sintió una repentina e inexplicable melancolía.

Desde que había llegado a Madrid no había tenido ninguna relación sentimental, más allá de los furtivos encuentros con alguna prostituta, que, si bien desahogaban sus inevitables ardores, le dejaban una sensación de desapacible melancolía, como cuando bebía más de la cuenta algún sábado por la noche en casa de Tejada y al día siguiente, además del dolor de cabeza y la lengua pastosa, despertaba emboscado por una tristeza infinita cuya causa él atribuía a todo lo que había dejado en Lima. Que no era mucho, la verdad. Por no decir nada, excepción hecha de tenues recuerdos de su madre, muerta poco tiempo antes de que él tuviera que marcharse, las palabras bondadosas de su comandante Carrión, su sobrina Luchita y poco más. Recuerdos que también habían viajado con él a España.

De manera que aquella tristeza quizá se gestaba más bien en la certeza de sus días sin proyecto en Madrid, rutinarios como sus mañanas en el metro, sus sábados infinitos y sus domingos soporíferos escuchando el fútbol en la radio. De vez en cuando se miraba en el espejo y descubría en su rostro oscuro unos ojos apagados donde ya no quedaba ni un vestigio de entusiasmo; una barriga que empezaba a insinuarse como el anticipo de la vejez cercana, y aunque nunca había tenido tiempo para plantearse qué significaba exactamente envejecer, intuía con cierto desvelo que empezaba a transitar cuesta abajo en la medianía de la cuarentena. «Un buen hombre», acababa de decir la chica, y él sintió todo el profundo peso de esas sencillas palabras que desmoronaban su hombría. Era el piropo que se le destina a alguien cuyos atributos mejores ya no tienen nada que ver con su sexualidad, sino con los afectos tibios que merece un viejo.

Tuvo suficiente lucidez como para desbrozar del campo antaño fértil de sus deseos y expectativas la loca idea de que le podría gustar a aquella joven y atractiva vecina que todas las veces que se encontraba con él le sonreía con un punto de coquetería, a lo que Larrazabal correspondía con gravedad no exenta de deseo. ¿Pero realmente alguna vez pensaste que esta preciosidad se iba a fijar en ti, Colorado?

Como no dijo nada, la chica miró su relojito, sonrió y dijo que se tenía que marchar. Esperaba que disfrutara del plato. Lo había preparado ella misma, añadió con el afán algo infantil de otorgarle un plus de valor al guiso. Se demoró como si olvidara algo. Larrazabal esperó. Al fin, ella fue la que habló.

—Si quieres, un día podemos tomar un té o una coca-cola por aquí cerca...

El tuteo que ella había imprimido a sus frases le sobresaltó menos que lo inesperado de la propuesta. Fue asaltado por la misma sensación que cuando se encontró un billete de diez euros en el pantalón que iba a meter en la lavadora.

—Por supuesto —atinó a tartamudear antes de cerrar la puerta.

Y cuando la chica se fue, se propinó una palmada en la frente y dio unos pasos de sonámbulo por los escasos metros del salón, se sentó en el sofá maldiciendo su poquedad y finalmente se asomó como un colegial a la ventana para verla salir del edificio, con el deseo de que ella levantase la vista y le hiciese adiós con la mano, y al mismo tiempo temeroso de que lo viera allí, como un pasmarote en la ventana. Pero ella no se volvió.

Sí, así había sido.

* * *

La cárcel de mujeres de Madrid I se parecía a una cárcel de las que había conocido Larrazabal en Lima tanto como una manguera a un balón de fútbol. O como un huevo a una castaña, que era como habría dicho su compadre Tejada, tan dado a incorporar frases y giros españoles a su habla peruana. No era desde luego el limeño penal de Santa Mónica, un edificio desolador y sucio donde desde lejos te golpeaba el pestazo rancio a comida fermentada, sin buena ventilación y llena de lamentos, gritos e injurias como de locas que herían con su estridencia en la penumbra de sus pasillos. Todo el trayecto hacia Madrid, encogido en el Ford Fiesta de la Morita, estuvo pensando en eso.

Madrid I parecía más bien un hotelito, un modesto club campestre, de casitas de colores rodeadas de jardines coquetos, con una piscina que lanzaba destellos bajo el sol frío de la mañana, y hasta un polideportivo para que las reclusas pudieran hacer ejercicio. ¡Caracoles!, se rascó la cabeza Larrazabal nada más pasar la barrera de seguridad y mostrar el documento de identidad. Lo miraron de reojo y volvieron a mirar el DNI. Por aquí, el guardia salió de su caseta y le hizo un gesto. Atravesaron un patio cuadrado hasta donde llegaba el burocrático rumor de las oficinas. Lo cruzaron y franquearon una puerta que daba acceso a un pasillo y de ahí la antesala de la zona de las reclusas: Le llegó un olor pastoso, indefinido, a laca y Mr. Proper, como si en realidad hubiera entrado a un hospital. Otra reja se abrió con un chasquido metálico y por fin una cristalera como la de las películas, dividida en secciones y con sendas sillas a ambos lados. Larrazabal tenía veinte minutos para hablar con Lucía Luján. Y aún se sentía nervioso y desasosegado, como le confesó a Fátima nada más salir del paseo de la Reina Cristina en dirección a la A-3, casi una hora antes.

—No te preocupes —le dijo ella cuando el Colorado tenía ya la mano en la portezuela—. Si ves que no la puedes ayudar, se lo dices.

«Y pierdo el piso», pensó Larrazabal. Pero esto último prefirió callárselo.

Ahora, mientras esperaba sentado en la silla de plástico azul frente a la cristalera, cruzando las manos sobre el regazo, no estaba tan seguro de nada. Miró su reloj otra vez solo para comprobar que no habían pasado ni dos minutos desde la última vez que lo hiciera. Tuvo que admitir que parte de aquel desasosiego que lo asaltaba desde que aceptó el encargo de la señora Luján tenía que ver con su repentina posibilidad de ser propietario del coqueto pisito bien iluminado donde había transcurrido gran parte de su vida española. En todo caso la mejor, la más segura... hasta hacía poco.

Volvió a recordar la otra tarde en el bar de Manolo, cuando la señora Luján, aprovechando su desconcierto al explicarle que su sobrina estaba acusada de asesinato, le propuso algo que en cualquier otra circunstancia él hubiese rechazado de plano. La anciana hizo sus tareas y así había averiguado quién era Larrazabal, dónde trabajaba —hasta le dio el pésame por lo de su compadre Tejada— y a qué se había dedicado en Lima. Y luego de beber un sorbo de su cortado, le contó a grandes rasgos el peliagudo asunto en el que estaba metida su sobrina.

El abogado que habían contratado a los dos días de que Lucía pasara a disposición judicial apenas se dedicó a mirar el expediente y a menear la cabeza con desgano e incredulidad, como si diera todo por perdido desde el primer minuto. ¡Desde el primer minuto, señor Larrazabal! Y por desgracia así parecía haber sido porque lo único que le había dicho a Lucía era que si se declaraba culpable era más probable que le rebajaran la condena, que dijera que había actuado «bajo el imperio de una emoción violenta» —así había dicho el abogado—. Y que todo la incriminaba con claridad meridiana en la muerte de Laura Olivo. Lucía se negó en redondo y el abogado la miró imperturbable, como a la espera de que se desmoronara aquella indignación de mampostería y cartón piedra y que su clienta aceptara lo evidente. Luego le dijo que le caerían entre seis y quince años por lo menos, si tomaban en cuenta el atenuante antes señalado. Pero tenía todo en contra, agregó el abogado, pues si no era culpable... ¿entonces por qué había huido de la escena del crimen? Y claro, la gran tontería que cometió su sobrina fue huir de allí. Pero se asustó, no pudo calcular lo que eso significaba.

—¡Fue una tonta, señor Larrazabal, una tonta redomada, pero no es una asesina!

Aquella tarde, al terminar de contar esto, la señora Luján se volvió a llevar con delicadeza el pañuelito a los ojos. Como él comprendería, visitar a su sobrina en la cárcel le resultaba extremadamente duro y apenas si podían hablar porque nada más verse se echaban ambas a llorar, presas del miedo y del desconsuelo, que era una tenaza aquí mismo, dijo la mujer llevándose ambas manos al estómago.

Luego de que la señora Luján se enterase de todos los pormenores de aquel horrible asunto, fue a su visita acostumbrada con el corazón encogido en un puño. Creía haber llorado ya todas sus lágrimas y el amanecer la encontró desvelada, ojerosa y exhausta pero decidida.

—Tenía que preguntárselo, ¿sabe usted?

Y así lo hizo nada más aparecer Lucía al otro lado de la cristalera: ¿Había sido ella, hija querida, ella había cometido aquel atroz asesinato? En los ojos de su sobrina se encendió un fuego lleno de rencor, de furia, de desprecio quizá. Su rostro se endureció y se quedó mirando a su tía largo rato. La mandíbula le temblaba cuando dijo que no, que no había sido ella. Aunque todo la incriminara de manera tan espantosa, no había sido ella. Y no iba a cumplir condena por algo que no había hecho. Antes se mataba, dijo con un rugido que atrajo a la guardia.

No hizo falta decir nada más. La tía la creyó. Despidieron a aquel abogado indolente y contrataron a Borja del Castillo, más viejo y al parecer más resabiado —mucho más caro, también—, que les dijo desde el principio y con una sinceridad brutal lo mismo que el primero. «No, no dudo ni siquiera de sus palabras», atajó con una mano enérgica el inicio de protesta de Lucía y de su tía, «pero aquí lo único que cuenta es demostrar su inocencia o asumir su responsabilidad. Lamentablemente la legalidad no va sobre la justicia, señoras. Y todas las pruebas parecen indicar su culpabilidad, señorita Luján». A menos que alguien pudiese averiguar algo más concreto y que demostrara fehacientemente su inocencia, les advirtió guardando apresuradamente sus papeles en un maletín de buena piel, lo mejor que podían hacer era preparar una defensa sólida basada en el aspecto pasional del crimen. Esta, claro, era una categoría más literaria que jurídica, pero lo decía así para que ellas entendieran. Y no podían perder tiempo porque entre unas cosas y otras, entre la negligencia del primer abogado y la cerrazón de Lucía para admitir su culpabilidad, las diligencias previas se habían transformado ya en procedimiento del tribunal, que era el paso inmediatamente anterior a la apertura del juicio oral. No tenían tiempo, insistió.

Por eso la señora Luján fue directamente al grano con Larrazabal cuando lo citó para proponerle aquel trato. Dinero en efectivo no tenía ahora mismo para pagarle, dijo, y limpió la mesa de invisibles miguitas como para que no cupieran dudas. ¡Si viera el dineral que se llevaba el abogado!, pero si él demostraba que su sobrina no era culpable de asesinato, se quedaba con el piso que le alquilaba. ¿Qué le parecía?

Sí, eso fue lo que terminó de decidirlo: el piso no es que fuera gran cosa como tal, apenas cincuenta metros cuadrados, dos ventanas a la calle bulliciosa, una habitación, una cocinilla y un baño algo estrecho. Pero era coqueto, cuidado y suficiente para él, sobre todo porque por fin podría tener algo a lo que llamar «suyo».

De manera que al día siguiente de su primera cita fueron hasta la calle Hermosilla a hablar con Del Castillo. Este miró con suspicacia a Larrazabal, como dudando de sus dotes de sabueso, pero al fin, luego de escuchar las arduas explicaciones de la señora Luján, se encogió de hombros sin atreverse a mirarla. Si eso era lo que ella quería, él no tenía problema alguno, pero siguió mirando al expolicía peruano un momento. «Como si nunca hubiera visto a un negro», pensó Larrazabal resignado a ese escrutinio desde que llegara a España. «No es que les incomoden los negros —le había dicho Tejada dándole unas palmadas amistosas en la espalda—; lo que les incomoda, lo que les deja perplejos, lo que realmente los deja turulatos es que no seas cubano o africano y además vayas de corbata. Eres un negro raro que para colmo se apellida Larrazabal y hace gala de vasco. Aquí los negros que triunfan y se aceptan son deportistas. Los demás son inmigrantes, pobres, mendigos, vendedores de *La Farola*, raterillos, gente venida en patera. Los negros laborales, educados y de corbata son más raros que un perro verde». Quizá era eso, pensó el Colorado cuando Del Castillo, sin dejar de mirarlo, se recostó en su butacón de piel: tenía una cabeza lustrosa de César y el mentón cuadrado de los vehementes, de los acostumbrados a mandar. Pero también unos ojos sabios. Enfrentó los de Larrazabal y asintió al fin, como si hubiese reconocido una fibra especial en este.

—Muy bien. Diremos que usted trabaja para el bufete, que es mi investigador —dio una palmada en su mesa de caoba fina—, cualquier cosa que le permita moverse a sus anchas y husmear sin problemas. Dentro de ciertos límites, claro. Ya bastante revuelo mediático ha causado este penoso asunto —agregó volviéndose otra vez al Colorado.

Antes de que este pudiera decir nada, el abogado le puso al tanto de los pormenores del caso, y Larrazabal fue tomando notas durante casi una hora. Finalmente Del Castillo colocó sobre la mesa una carpeta voluminosa: mientras, él seguiría preparando una defensa bajo la admisión de culpabilidad de su cliente. Y que Dios lo ayudara, Larrazabal, le dijo al tenderle la mano y aprovechando una distracción de la señora Luján, porque el caso parecía clarísimo. Lamentablemente.

Larrazabal sabía también que era difícil aquella pesquisa y además con un margen de tiempo tan corto, pero la señora Luján comprendió de inmediato que cualquier abogado les explicaría lo mismo: todas las pruebas incriminaban a su sobrina de una manera heladamente clara y no parecía haber otro móvil que el del crimen pasional. Sí, sí, pasional. Un asunto pasional entre dos mujeres.

Nada más regresar de su charla con la señora Luján, el Colorado se lo contó a Fátima. A ella no pareció escandalizarle demasiado. Era algo a lo que Larrazabal no se acostumbraba: para algunas cosas Fátima parecía muy conservadora pero para otras en cambio... ni se inmutaba. Con el paso del tiempo fue descubriendo que su Morita se vestía y se comportaba con la discreción de otras muchachas árabes de las muchas que él veía a diario en Lavapiés, pero que aquello era más bien para complacer a unos padres demasiado viejos para cambiar y aceptar que sus hijas era más occidentales de lo que aparentaban. De allí las chilabas hasta los pies, el velo cubriendo el cabello. Pero luego eran como las demás chicas españolas. O más. Por eso, cuando Larrazabal le contó el asunto de Lucía Luján, Fátima, que se preparaba un té, le dijo:

—Ya lo sabía.

—¿Qué sabías, Morita? —le preguntó él con una escaramuza de alarma.

Y en los labios de Fátima apareció el amago de una sonrisa.

—Que a Lucía Luján le iban las mujeres. Desde siempre.

—¿Ah, sí?

Al parecer sí. Fátima la conoció un poco porque eran más o menos de la misma edad y Lucía creció con su tía, allí mismo, en la calle Amparo. Luego entró a trabajar en aquella revista de frivolidades y se mudó al barrio de Salamanca. Seguro se dejaba más de la mitad de su sueldo en alquiler, resopló Fátima. Pero así era Lucía Luján. El Colorado quiso saber más y de esa guisa, disfrutando a sorbitos de su té de menta, se enteró de que Lucía no tuvo nunca novio o novietes de juventud, al menos que se le conocieran. Salvo un chico búlgaro, cuando la gente del Este era mayoritaria en el barrio, un rubio cachas y con cara de lanzador de martillo, que al parecer la maltrataba.

—Un buen día, harta ya, Lulú —que así la llamábamos en el barrio— amenazó con un cuchillo al búlgaro y estuvo en un tris de ir a la cárcel. ¡La que tuvieron ella y su tía!

Pero Lucía era así, ya le decía, una mujer de prontos, capaz de sacar un cuchillo o una barra de labios con la misma rapidez y frialdad.

—¿Y tú crees que fuese capaz de matar a alguien? —preguntó suavemente el Colorado.

A Fátima la pregunta no pareció incomodarla. Se quedó un momento soplando su taza.

—La verdad, no la creo capaz de tanto. Pero quién sabe, ¿no?

—Efectivamente, quién sabe...

Ahora el Colorado esperaba con impaciencia conocer por fin a aquella mujer y, sobre todo, escuchar de sus labios la versión de lo ocurrido. Miró otra vez su reloj, impaciente, y escuchó al fin unos pasos firmes en el fondo del corredor.

* * *

La mujer que se sentó frente a él tenía el cabello castaño atado en una coleta algo infantil, cosa que desdecían los ojos enrojecidos, unas grandes ojeras violáceas y ese rictus de amargura en los labios que parecía haberse macerado en muchas noches rumiando un insomnio atroz. No obstante saludó con voz firme a Larrazabal, lo miró de arriba abajo igual que hiciera Del Castillo, sin molestarse en fingir su sorpresa, y encendió un cigarrillo, tensa, a la espera de que él dijera algo. Tenía las uñas mordisqueadas como una niña.

—Buenos días, señorita Luján.

—Lucía, por favor.

—Bueno, supongo que ya sabe quién soy... y para ahorrar tiempo si le parece entremos en materia.

—Yo no maté a Laura —Lucía Luján se acomodó mejor en la silla de plástico y lanzó el humo por un costado de la boca, como si hubiese querido, junto con el humo, expulsar su frase brutal.

—Ya. Era evidente que te diría eso —Fátima lo vio llegar, dejó el libro que estaba leyendo y abrió la portezuela del coche—. Pero tú... ¿la crees?

Partieron. Larrazabal no sabía que pensar. Al principio Lucía Luján se mostró bastante arisca, exasperada, con esa exasperación de quien sabe de antemano que no le van a creer o que van a pasar siempre sus palabras por el cernidor de la duda. Pero luego de que Larrazabal se la fuera ganando con paciencia y sobre todo con silencios, anotando con pulcritud en su libretita todo lo que ella decía, la Luján fue abriéndose, al parecer cansada de estar a la defensiva, como un animal acorralado que cede poco a poco al calor de una mano amable en el lomo.

No habían tenido mucho tiempo para hablar pero lo que le contó de lo sucedido le había dejado más dudas que certezas.

—¿Y eso es bueno o malo? —Fátima se incorporó a la autopista con una maniobra rápida, de conductora solvente. Parecía divertirle ver a Larrazabal en plan detective.

—Bueno, depende.

—¿De qué depende, señorita Luján? ¿Mantenían o no una relación sentimental ustedes dos? —atacó de pronto el Colorado, y Lucía Luján pareció alarmarse ante aquella inesperada pregunta.

—Sí, si por una relación —y aquí hizo unas comillas con los dedos— se entiende algo completamente desequilibrado en la que una de las personas se ofrece por completo y la otra se limita a recibir.

Ella estaba cansada de ser quien entregaba todo en aquella relación asimétrica. Como seguramente Larrazabal sabría, Laura Olivo estaba casada.

—Era aquel un matrimonio ya estropeado, inservible, que se mantenía sabe Dios por qué motivos. Paco Costas, su marido, seguía aferrándose a no aceptar el divorcio y lo único que había hecho hasta el momento era demorarlo y encarecerlo.

De manera que Lucía pensaba que Laura no terminaba de hacer los trámites porque en el fondo no quería divorciarse. Así de claro.

—¿Y usted quería casarse con la señora Olivo?

Los ojos de Lucía Luján se empequeñecieron. Encendió otro cigarrillo. Lo hizo con el gesto sonámbulo de quien está concediéndose tiempo para contestar una pregunta que nunca se ha planteado.

—No es eso —murmuró al fin—. Simplemente que pasaba el tiempo y solo veía que nuestra relación se había estancado y empezaba a enturbiar nuestras vidas.

—Discutían mucho... tengo entendido.

Lucía hizo un gesto de burla.

—Quiere decir si nos tirábamos los trastos a la cabeza —y antes de que el Colorado pudiera decir nada agregó—: como cualquier pareja. Bueno, como casi cualquier pareja. Pero si lo que quiere es llegar a la pelea que tuvimos en el restaurante, no, no la quise matar, —Y volvió a hacer aquel gesto de entrecomillar la palabra—. Simplemente tuvimos un altercado algo fuerte. Eso fue todo.

Larrazabal no dijo nada y Lucía Luján encendió otro cigarrillo con la colilla del anterior. ¿Cuántos se fumaría al día? Habían ido a *Las velas durmientes,* ese restaurante coqueto que queda en Chamberí, ¿lo conocía? No, seguramente no, se contestó ella misma, encogiéndose de hombros.

—Tiene razón, no lo conozco —dijo Larrazabal.

Lucía lo miró sin énfasis, más interesada en su propia narración. Ellas lo reservaban para ciertas ocasiones, para festejar un buen contrato, por algún mínimo, trivial aniversario, porque Olivo regresaba de una feria de libro que la había entretenido más tiempo del que hubiera deseado, por alguna situación un poco especial. Esa noche sin embargo fue distinta. Laura estaba intentando hacer las paces con ella porque Lucía había vuelto a la carga con el asunto del divorcio e incluso amenazado con terminar la relación si Laura se empeñaba en mantener su matrimonio con Paco Costas. Tuvieron una discusión por la mañana, más fuerte que en ocasiones anteriores, eso sí. Y Laura le mandó varios whatsapps para pedirle disculpas, para explicarle, para invitarla a cenar, para decirle que todo se arreglaría, que tenía que darle una buena noticia. Y ella, tontamente, aceptó.

—Pero ya durante la cena resultó que la gran noticia era que Laura quería invitarme a un crucero por el Mediterráneo.

A Lucía aquello le cayó como una jarra de agua fría. ¿Esa era la gran noticia? No quiso decir nada e intentó fingir que se alegraba, pero Laura se dio cuenta de que no estaba contenta. Y lejos de intentar comprenderla, se hizo la loca, como si no supiera qué era lo que ocurría. Continuó parloteando y bebiendo vino.

—Aquello me hizo perder el control. A partir de ese momento fui presa de una ira cegadora, de unas ganas espantosas de hacer daño.

—Entiendo...

Por lo pronto, Lucía Luján retiró con desdén el segundo plato que les acababan de servir y encendió un cigarrillo ante la mirada estupefacta de Laura. Al minuto se acercó el *maître*, alarmado, señorita, allí no se podía fumar. Entonces zambulló el cigarrillo en el vaso de agua y miró retadora a Laura. «¿A qué viene esa actitud de niñita enfadada?», le reprochó esta al fin. «¿Todos los días te invitan a un crucero o qué, bonita? Deberías mostrar un poco de agradecimiento...». Aquello fue el colmo y Lucía hizo el amago de levantarse. Laura la tomó del brazo con la violencia del que se sabe poseedor absoluto de una voluntad ajena. Temblaba y estaba pálida, como si ella también hubiera perdido el control.

—Y entonces ocurrió la... pelea —puntualizó Larrazabal, que ya estaba bastante enterado de todo por lo que le contaran la tía y Del Castillo.

—No fue precisamente una pelea, como ahora andan diciendo —masculló Lucía.

Ella estaba furiosa, sí, y se quiso marchar, de manera que se zafó enérgicamente de la mano de Olivo. Con el movimiento cayó una copa que le salpicó unas gotas en el vestido. Olivo se quedó inmóvil, como si aquello le estuviese ocurriendo a otra persona, como si aquello fuese un cataclismo de dimensiones insospechadas. ¡Unas malditas gotas de vino! Luego se levantó con la intención de darle una bofetada y Lucía le tuvo que torcer la mano para liberarse de ella.

—Todo sucedió en un segundo o dos, una escaramuza de violencia —sonrió con acritud—. Contada con tanto detalle parecía bastante cruda sí, pero tampoco se podría decir que aquello era una pelea en un bar de mala muerte.

Al parecer el encargado no era de la misma opinión porque les pidió con un tono bastante desagradable que se marcharan, por favor, que no volvieran por ahí. Aquel infeliz que siempre había sido con ellas todo zalamerías y dulzor parecía ahora estar actuando para la clientela que, estupefacta, había dejado suspendidos los cubiertos sobre los platos, turbiamente encantados de asistir a un espectáculo así de lamentable. Laura salió la primera. Ni siquiera pasó por el guardarropa para recoger su abrigo. Cuando Lucía estaba ya en la puerta una chica se les acercó con los dos abrigos. Una chavalita que las miraba con cara de estupefacción, como si ellas fueran una revelación del infierno. A ella le dio la risa.

—Pero luego se amistaron...

—Sí, bueno —Lucía levantó las cejas—. Ya sabe usted cómo son estas cosas.

En la calle aún discutieron un buen rato, con descalificaciones y miradas asesinas. «Barriobajera», «puta». Se dijeron de todo. Para Lucía, aquello fue una catarsis, una liberación de lo mucho que tenía que reprocharle a su novia y que se había acumulado como ciénaga en su corazón. En un momento dado Laura la volvió a tomar de una muñeca con una fuerza animal. Sí que le hizo daño esta vez. Y aquello, cómo decirlo, la excitó un poco. Debía admitirlo, dijo mirando de soslayo a Larrazabal. Parece que fue recíproco porque ya en la esquina se besaron con furia, con una pasión llena de odio y desesperación. Se murmuraron insultos y ternezas. Se prometieron intentar arreglar sus diferencias. Laura pondría en marcha, ahora sí, el divorcio. El gilipollas de Paco Costas no podría decir nada. Se metieron mano en la calle, como dos colegialas cachondas.

El Colorado carraspeó y miró sus notas.

—¿Te pusiste colorado, Colorado? —Fátima lo miró de reojo, sin descuidar el tráfico denso que encontraron en la M-30 a la altura del tanatorio. Tráfico pesado, de viernes a mediodía.

—No, no volvimos a pelear —susurró tibiamente Lucía—. Nos marchamos de allí abrazadas. Ambas habíamos bebido algo más de lo aconsejable, es cierto. Primero una botella de champán que Laura pidió antes de que nos sirvieran la cena, cena que por otro lado ni acabamos. La pidió como para anunciar la gran sorpresa. Pero las dos veníamos ya con unas copas previas; ella porque se tomó un whisky en la redacción. Laura porque sí, porque siempre bebía una copa o dos.

El caso es que se fueron de allí en el coche de ella —Laura no conducía— y en el camino Olivo le pidió que se desviaran un momento hacia su casa. Quería cambiarse el vestido. «Me lo has dejado perdido», le reprochó, pero ya sin encono, más bien con lástima, como una quinceañera desencantada. Ella tenía el piso en el mismo edificio donde estaba su agencia.

—¿Eso lo sabe, verdad?

El Colorado asintió, contemplado la escena: el mini rojo de Lucía aparcó justo al frente de la finca y Laura subió a su piso. Todavía desde el portal se volvió a mirarla, a ofrecerle una sonrisa risueña. A los quince minutos Lucía comenzó a impacientarse porque no regresaba. A los veinte le dio la primera llamada.

—¿Eso fue más o menos a las...?

—Ya lo he contado mil veces. Lo tienen además registrado. A las nueve menos cuarto. Minuto arriba, minuto abajo.

—Y no recibió respuesta.

—No. Volví a llamar cinco minutos después. «Estará en el baño», pensé algo mortificada. Pero no quería bajar, tenía el coche aparcado en doble fila y aunque en esa calle apenas hay tráfico, es estrecha. Podía pasar una furgoneta o el camión de la basura. No quería dejar el coche así. La llamé dos veces más y solo entonces me decidí a bajar, cruzar la calle y llamar por el telefonillo.

—Pero usted tenía llaves de la casa y del portal...

—Sí, sí, pero no quería usarlas, o no se me ocurrió en un primer momento. Solo después de timbrar largo rato decidí subir.

Los ojos de Lucía Luján se velaron. Encendió un nuevo cigarrillo. Entonces fue que, al subir hacia el piso de Laura, vio la puerta de su despacho de la entreplanta ligeramente abierta, la luz del pasillo parpadeando, con la insistencia de un ojo que lucha por librarse de un cuerpo extraño, a causa probablemente de un fluorescente en mal estado. ¿Habría venido a buscar algo, algún documento? Era muy capaz. Y luego vio la otra luz, más tenue, la que provenía de su despacho, la débil luz nocturna que entraba por la ventana abierta, hacia donde ella se dirigió con una sensación atroz en el estómago, como si algo dentro de sí le dijera qué era lo que iba a encontrar.

La voz de Lucía Luján se volvió monótona y pausada, la voz de quien describe lo que está viendo en ese mismo momento y no quiere perder detalle, ofuscado por su propia narración: Laura estaba tendida en el suelo, junto a la mesa de su despacho. Un brazo extendido sobre la cabeza y el otro junto al cuerpo, como una nadadora inverosímil que se hubiera quedado dormida en ese esfuerzo. Tenía la falda arremangada más arriba de las corvas, la cabeza vuelta hacia la mesa, los ojos entreabiertos del que sucumbe a la modorra. Había algunos papeles desperdigados por el suelo.

Con los labios resecos a causa de una sed súbita e inesperada, se quedó un segundo contemplando aquella escena irreal. Y luego, sin saber por qué, miró hacia su coche, aparcado justo enfrente. En un primer momento pensó que Laura había sufrido un desmayo y se volvió a socorrerla, a levantarla. Entonces percibió la humedad viscosa y fría en su mano y se fijó en la moqueta. Había una mancha oscura y brillante, obscenamente grande, como una isla. La cara de Laura estaba empapada en sangre. Horrorizada soltó el cuerpo, quiso correr y su pie tropezó con algo. Se hizo daño.

—La estatuilla esa con la que la golpearon.

—Sí. Cometí el error de cogerla. No sabía qué era. No había mucha luz, estaba absolutamente aterrada.

—¿Por qué no llamó a la policía?

Lucía Luján parpadeó, como mortificada a causa del humo de su cigarrillo.

—Se lo repito: Tuve miedo. Tuve un miedo terrible, no supe qué hacer, solo se me ocurrió escapar de allí todo lo lejos que pudiera. Temía que me involucraran por lo que había ocurrido en el restaurante, ya sabe...

—¿Aquella escaramuza de pelea?

La mujer pareció pensárselo un poco antes de hablar.

—Bueno, quizá no fue una escaramuza sino algo un poco más fuerte. La cuestión es que yo no quería verme involucrada.

—Así que huyó de allí.

—Hui de allí.

El Colorado cerró su libreta. ¿Y ella qué creía? ¿Quién podía haber sido él o los asesinos?

Lucía Luján lo miró con fijeza y luego esbozó una sonrisa llena de rencor.

—Por qué no empieza por preguntárselo a Clara Monclús.

2
Yo no maté a Laura Olivo

L ARRAZABAL SE DIO VUELTA perezosamente en la cama, acomodó un brazo a guisa de almohada, encendió un cigarrillo y fumó largo, mirando al techo alto. Se había quedado hasta tarde buscando en internet la mucha información aparecida en los medios sobre el caso, pero también indagó acerca de otros asuntos que, como le explicó a la Morita, le permitieran hacerse una idea más cabal del medio donde se estaba moviendo y que a él se le antojaba ajeno y algo vidrioso.

Aún no había amanecido pero ya desde la calle subía un rumor de pasos y voces, de furgonetas que descargaban en los comercios, una amenaza o un preludio del ruido que a partir de ese momento tomaría la larga y estrecha calle de Tribulete y alrededores.

A Larrazabal le gustó Lavapiés y su abigarramiento entre pueblerino y cosmopolita, colorido y perfumado de especias como un bailarín zíngaro. Le gustó desde que llegó a Madrid, un poco precipitadamente por culpa de aquel lodoso asunto que le costó su puesto en Lima. Aterrizó allí desorientado, enflaquecido e insomne, con unos pocos dólares que pudo reunir mal y pronto, a instalarse primero en casa del chato Freddy, amigo de su primo Pocho, y después, luego de conseguir trabajitos esporádicos y mal pagados repartiendo octavillas, descargando en el supermercado cercano, vendiendo en el top manta, de albañil en una obra en Vicálvaro...,

41

a compartir piso con otra gente, por lo general mucho más joven, entre la que él se movía ajeno y vagamente incómodo, como un patriarca de saldo entre una feligresía festiva y algo salvaje. De ese periodo de inquilinato comunal y fugaz solo le quedó un amigo, Koldo, un vasquito de Barakaldo, que comerciaba con artesanía y estaba ahora de okupa en un edificio de la calle de la Fe y quien, curiosamente, fue el único que lo escuchó con seriedad y sin un pestañeo contar que era medio vasco. Koldo celebró con grandes abrazos que chapurreara algo de euskera. *Bizkaiera,* como le precisó en algún momento al escucharlo hablar, lo que de alguna vaga manera confirmaba que lo que pregonaba el Colorado a los cuatro vientos resultaba indudablemente cierto, a saber, que su padre era un buen vasco de Vizcaya. *Egun on, lagun!,* le saludaba Koldo y él contestaba, feliz de sentirse confusamente aceptado por otro vasco, por un paisano.

No tenían mucho más en común Koldo y él, pero aún así de vez en cuando se tomaban unas cañas juntos y el vasquito le explicaba su feliz idea de cómo cambiar el mundo, luchando contra el sistema capitalista, la fuente de todos nuestros males, le aleccionaba como si Larrazabal fuese un crío al que era menester ponerlo al tanto de los peligros que acechaban allí afuera. Y en retribución, Larrazabal le contaba cosas de Lima, a donde Koldo quería viajar cuando reuniera dinero suficiente, cosa bastante improbable mientras sobreviviera vendiendo aquellas baratijas que él mismo confeccionaba.

Y esa lenta pleamar de estrecheces sin sobresaltos que lo fue orillando a una vida ensimismada y casi a salto de mata lo arrastró un buen día a donde Tejada, que le dio aquel trabajo en su asesoría jurídica. Y así pudo permitirse el alquiler de este piso pequeño y cuidado, luminoso y bien arreglado que ahora podía ser suyo, también inesperadamente, como le habían ocurrido tantas cosas en esta vida madrileña. siete años ya, el tiempo volaba.

Pensó en su compadre, en qué hubiera dicho él sobre toda esta vaina del crimen de Laura Olivo. Porque Tejada era un as a la hora de especular sobre asuntos así. Entonces se acordó de que el subinspector Reig lo había citado para hablar el lunes acerca del asesinato de su compadre. «Nada oficial, Colorado, pero creo que tenemos algo», oyó su voz áspera y cauta al otro lado del teléfono. Porque la brigada judicial hasta ese momento se había encontrado con endebles pistas sobre el crimen. Simplemente lo que dijeron los vecinos, que vieron salir humo del despacho de la calle Amparo Usera y que cuando los bomberos entraron se dieron de bruces con el cuerpo sin vida del abogado peruano. A Larrazabal, que ese día se dirigía a visitar a un cliente, la noticia lo sorprendió a dos manzanas de allí. Lo llamaron al móvil.

No pudo creer lo que oía, le faltó de pronto el aire, dio media vuelta y al llegar a la esquina donde estaba el despacho se tuvo que sentar en el bordillo de la acera, ajeno al trajín de bomberos, policías y curiosos, como si la comprensión cabal de la noticia recién lo hubiese alcanzado en todo su espantoso significado en ese instante. Alguien que seguro lo conocía le ofreció un vaso de agua, otro le puso una mano en el hombro, una señora lo abanicaba con un periódico. ¿Cómo había sido?, ¿quién lo había matado?

Hasta el momento la policía no tenía ninguna pista, decía Reig, salvo que le habían dado tres cuchilladas y que luego encendieron un torpe fuego con algunas revistas, seguramente para simular un incendio. Nadie había oído ni visto nada. Y eso que el asesinato se cometió a plena luz del día, en esa calle constelada de supermercados de chinos, consultorías laborales para inmigrantes y restaurantes latinos.

Pero los de la brigada estaban en ello, Larrazabal, insistió Juanfra Reig, que conocía bien a Tejada, era cuestión de tiempo, nada más. Creían que se trataba de un ajuste de cuentas. Claro, se dijo Larrazabal con pesadumbre, esas cosas nunca acababan...

Tejada había sido fiscal antidrogas en el Perú antes de salir por patas de ahí, luego de mandar a la cárcel a unos narcos que estaban en componendas con un diputado fujimorista. El caso acaparó titulares pues estaban en plena campaña electoral. Los jueces eran especialmente vigilados por la prensa y las pruebas presentadas por el fiscal resultaron, una a una, demoledoras.

El día que lo sacaban de los calabozos del Poder Judicial para trasladarlo a la penitenciaría y al pasar frente a él, en medio del barullo de los periodistas, el ahora exdiputado se detuvo un instante y lo miró por un par de larguísimos segundos con una frialdad heladora.

—Esa era la mirada de la venganza, amigo mío —decía su compadre cada vez que contaba la historia.

Fue rápido y listo como el hambre Tejada cuando comprendió que en Lima su vida ya no valía un céntimo. Se vino para España y al instante se dio cuenta de lo que podía hacer para ganarse la vida. Llevaba casi diez años en Madrid con aquella gestoría para inmigrantes, primero en Aluche, con un socio, y después por su cuenta, allí en Usera. El Colorado lo conoció gracias al chato Freddy en una fiesta de paisanos.

Charlaron un poco de esto y de aquello y al saber de la situación de Larrazabal, recién llegado del Perú por razones similares a las suyas y con una mano atrás y otra adelante, Tejada lo miró con curiosidad mientras devoraba una pierna de pollo. «¿Así que fuiste policía, compadre?». «Sí, compadre», le siguió la corriente el Colorado porque Tejada compadreaba a todo el mundo. ¿Y cómo se ganaba ahora la vida, si no era indiscreción? ¿Indiscreción?, ninguna. Se la ganaba con lo que iba saliendo, trabajitos que le permitían con las justas pagar sus necesidades básicas. Ajá. Estaba dura la situación, no, ¿compadre? Sí pues, pero no se podía quejar. Y luego de unas cervezas y de conversar acerca de lo humano y lo divino en medio de la bullanga, Tejada, como si hubiera estado calibrándolo, midiendo sus respuestas, valorando sus reacciones, le ofreció de repente aquel trabajo de recadero y hombre para todo que Larrazabal había venido desempeñando con eficacia y buen ánimo hasta hacía un par de meses, cuando le mataron a su compadre...

Fueron tiempos felices, Larrazabal. Cogías el metro en Lavapiés, cambiabas en Legazpi y en media horita estabas en la asesoría, para recoger los papeles que Tejada te había preparado el día anterior. A mediodía te metías en *El sol de oro* a despachar un menú, y por la tarde visitabas a uno o dos clientes. A veces comían juntos, tu compadre y tú. Y otras había suerte y Tejada te invitaba a su casa, y entonces eras feliz disfrutando de un almuerzo casi, casi en familia.

Era raro el domingo en que Larrazabal no se pasara por la casa de su compadre para tomarse unas cervezas y comer un pollo a la brasa o un ceviche que él mismo preparaba. Y allí conoció a Mari Carmen, su mujer, una esteticista que regentaba una peluquería de su propiedad en el mismo barrio. Aunque española, Mari Carmen conocía bastante bien el Perú —incluso desde antes de liarme con este, decía— y también su sociedad. De manera que entendió rápidamente por qué lo de «colorado», pero le encantaba explicarlo a sus amigos españoles cuando ofrecían alguna fiesta en casa. Porque Tejada y su mujer se habían vuelto muy dados a la fiesta desde que inauguraron el nuevo piso cerca del Manzanares. Tejada empezó a disfrutar de buen whisky, vinos caros y otras elegancias que revelaban lo bien que le iban las cosas al exfiscal de un tiempo a esta parte y lo mucho que apreciaba el buen vivir. No tenían hijos —Mari Carmen sí: una hija de un matrimonio anterior, pero no vivía con ellos— y al parecer no pensaban ya encargar, de manera que se dedicaban a trabajar y a disfrutar de la vida. Recientemente habían terminado de pagar aquel piso amplio y lujoso de la calle Antonio López, y se habían metido a comprar una casa con un pequeño huerto en la sierra, al que su compadre le dedicaba un cierto entusiasmo agrícola y primoroso los fines de semana en los que no había una fiesta en su piso de la ciudad.

Y en algunas de estas, con su copa de vino en la mano y su traje elegante, todavía esbelta y siempre risueña, Mari Carmen explicaba a sus invitados: «En el Perú, *colorado* se le dice a alguien que es muy blanco, muy rosadito, tipo Clinton. Y a este negro lo llaman así por fastidiar la marrana». Y todo el mundo se reía. «Pero soy medio vasco», decía el Colorado, y las carcajadas se redoblaban. Él tenía que fingir que también le daba risa, que a él también le parecía una broma aquella extravagante explicación. Pero en el fondo le molestaba, claro. ¿Por qué no podía tener sangre vasca? Su padre era vizcaíno de Lekeitio. ¿De dónde? De Lekeitio. Y se acordaba de Koldo, que lo aceptaba sin problemas, como lo más natural del mundo. De manera que él era medio vasco, qué pasaba, qué había de raro, y más risas. Pero se había ido resignando poco a poco a despertar burla e incredulidad cuando lo contaba. «No te enfades, hombre», le decía con cariño Mari Carmen, que se daba cuenta. «Es que es bien raro que vayas por ahí diciendo eso.» Él no veía nada de raro el asunto: su viejo era marinero. Llegó al Callao, se enamoró de una mulata del barrio y lo tuvieron a él. Después desapareció y no se supo más. Pero esto último lo guardaba para sí y no se lo decía a nadie. Ni a la mujer de su compadre, con la que tenía mucha confianza.

MARI CARMEN HABÍA SIDO alcanzada por la noticia del asesinato de su marido como si un rayo se hubiese abierto paso entre los cielos habitualmente pacíficos de su rutina para devastarla con su terrible descarga. Llegó corriendo a la gestoría de la calle Usera, su peluquería estaba a la vuelta, muchas veces pasaba por el despacho y regresaban juntos. Sus alaridos ponían los pelos de punta, una médico del Samur se volvió hacia ella y con una eficacia de fría y precisa ejecución le administró un sedante que la dejó noqueada al momento, con el rostro surcado de lágrimas y la expresión alucinada de quien ha huido al fondo de sí mismo para alejarse de lo que ocurría. El Colorado la abrazó, la intentó consolar sin saber bien qué decía y entonces, cuando se dio cuenta de que las palabras eran inútiles, se limitó a ofrecer su calor corporal, su olor, sus palabras toscas, su mano en las manos de Mari Carmen. A veces despertaba con esa imagen de ella: los ojos desorbitados por una rabia, por un dolor tan profundo que hacía temblar su cuerpo como él no había visto jamás.

De todo esto había pasado ya un par de meses, pero todo seguía siendo como el primer día, como un espantoso primer día del resto de su vida. Fátima, que conocía de unas pocas ocasiones a la pareja, estuvo al lado de Mari Carmen, pero tampoco es que hubiesen sido muy amigas, y si apenas se conocían era porque la relación que él mantenía con su Morita seguía siendo medio clandestina, oculta, signada por una culpa que en el fondo no le correspondía a ninguno de los dos. Como a veces le gustaba decir a su compadre: «la vida, Colorado, la vida que todo lo enturbia».

Y ahora, definitivamente enturbiada por el asesinato de Tejada, Larrazabal simplemente quería que dieran con el asesino.

* * *

LLEGÓ A SU PISO CANSADO y ya con la noche invadiendo las calles de Lavapiés. Llegó con ganas de tumbarse en la cama y olvidarse por un momento de aquel asunto que parecía, lo mirara por donde lo mirara, irresoluble. Todas las escasas pistas que manejaba por el momento conducían una y otra vez a Lucía Luján. Y era como si le hubiese ganado ya el desánimo y la certidumbre de que el caso estaba perdido.

Encendió su reproductor y al momento el saloncito se perfumó con las *Variaciones Goldberg*. Él mismo sonrió por aquella apetencia delicada que hubiera hecho enarcar las cejas a todos cuantos lo conocían. «De aquí a Lima», se dijo. Pero aquel disco era regalo de Fátima: Ya estaba bien de Barry White y de Los Panchos, y que seguro le gustaría aquella música, que probara, le dijo entregándole el CD envuelto en papel de regalo. Al principio aquella música le pareció —había de reconocerlo— soporífera, remota e incomprensible. Sin embargo no dijo nada porque a fuerza de concentrarse en aquel piano cuya nitidez estaba cargada de una melancolía aguda, como de drama antiguo, un buen día se descubrió mirando la calle con aquellas piezas sonando despacio a sus espaldas, en los altavoces de su ordenador. Y fue como una inesperada revelación, una epifanía, que le dijo Fátima cuando él le contó su experiencia: porque escuchar aquella música era como aprender un idioma nuevo, trabajoso y al mismo tiempo lleno de ductilidades que no había en su lengua materna, y si cerraba los ojos experimentaba una felicidad hipnótica, compleja y a veces llena de una tristeza inconsolable pero hermosa. Porque ahora asociaba aquellas composiciones con su Morita y su afán de educarlo un poco, como si él fuera una especie de salvaje venido de los remotos confines del pragmatismo, un pagano que nada sabía de ciertas liturgias deliciosas.

No es que Larrazabal no leyera ni le interesaran los museos, el arte o la música, solo que en los últimos años ese gusto se le había desecado, consumido por satisfacer necesidades más perentorias, hasta convertirse en un charco insustancial. Incluso su compadre se lo decía, había que leer un poco, había que disfrutar de los museos, en definitiva, había que desasnarse, Colorado. Aunque él mismo no siguiera su propio consejo y viviera por y para su gestoría y su huerto de la finca que tenía en las afueras de Madrid. Y para sus vinos caros y sus viajes.

Pero fue la Morita quien se tomó en serio aquello de rescatar su antiguo interés por la cultura y alimentar un poco sus raquíticas exigencias artísticas. Y aunque era reticente con las novelas —se exasperaba un poco, se distraía con las tramas, el Colorado—, con la música fue otra cosa. Y Bach una revelación. Como lo había sido la propia Morita.

Desde aquella visita en que Fátima le trajo un plato de cuscús, pasaron varios días. Quizá una semana o más. Para Larrazabal esta se fue convirtiendo en una ligera melancolía, un liviano recuerdo que se iba disipando como el humo de los cigarrillos que fumaba en su ventana, observando con atención el tránsito crepuscular de las tardes, cada vez más largas y tibias, o tendido en la cama, mirando las molduras del techo de la habitación hasta aprendérselas de memoria, como si fueran parte de un acertijo vital e irrenunciable.

El trabajo en el despacho lo absorbía y llegó a ganar bastante más de lo que jamás imaginó, por lo que se pudo obsequiar con modestos lujos, como un buen traje, un reloj nuevo y un reproductor de gran fidelidad. Incluso le alcanzó para acondicionar el piso con gusto. Pero llegaba molido a su casa y se quedaba en calzoncillos y camiseta, atontado por el espantoso calor del verano. Todos los años se planteaba poner aire acondicionado y siempre lo dejaba, vencido por una laboriosa e inexplicable abulia. Se preparaba una tortilla francesa o cenaba unos yogures y un bocadillo mientras veía algún programa en la tele que se había comprado o escuchaba música o leía en internet algo de prensa peruana sin interesarse demasiado, y luego dormía un sueño profundo y casi brutal, sin imágenes, del que emergía a menudo con la confusa sensación de haber sobrevivido a un naufragio. Así era su vida hasta que ocurrió lo del secuestro del viejo Tarik y luego la inesperada visita de Fátima con aquel plato aromático. Pero nada que alterara su rutina desabrida y, en ese momento lo entendía, vacía. Un agujero por donde solo soplaba el tiempo.

Sin embargo, una tarde volvieron a tocar la puerta de su estudio. Él acababa de llegar de la gestoría y solo se había quitado la chaqueta y aflojado la corbata. Lo hacía cuidadosamente, procurando no desbaratar el nudo que le había hecho su compadre y que él no quería deshacer del todo, de manera que se sentía como un ahorcado reincidente, alguien que cada mañana volvía a ponerse una soga al cuello. Por la ventana entraba una algarabía lejana de verbena de pueblo y un aroma dulzón a churros y anís. Fue a abrir. Allí, intensos, coquetos, estaban los ojos oscuros, el cabello cubierto por el velo que enmarcaba unas facciones levemente angulosas, la boca fresca y carnosa de actriz italiana.

—Hola. Vengo a invitarte a las fiestas del barrio.

Y le regaló con una sonrisa maravillosa y limpia.

—¿Qué fiestas?

—Las de San Lorenzo, ¡hombre! ¿Vives no sé cuántos años aquí y no sabes que son las fiestas?

Pero que se pusiera un niqui, una camisa más deportiva, no iba a ir así, tan formal. Y lo miró de arriba abajo. Sin saber en qué momento, Larrazabal se vio llevado mansamente escaleras abajo, obnubilado por el parloteo de Fátima que lo arrastraba a la calle. Una multitud festiva y alborotadora había tomado el barrio y bajaba por Tribulete hasta la plaza de Lavapiés. Poco antes de llegar a Argumosa el tufo salado y denso de los pinchos morunos y los pimientos asados y la bulla atronadora de una música inexplicable y mestiza lo confundieron aún más. Pero nada de eso era en realidad obstáculo para la escaramuza de felicidad que sentía caminando al lado de Fátima. En un momento dado, como si se percatara de algo evidente que sin embargo jamás había preguntado, Fátima se volvió a él.

—¿Oye, tienes nombre? Quiero decir, te apellidas Larrazabal, pero no sé tu nombre de pila.

Larrazabal la miró confuso.

—Apolinario.

Ella se distrajo mirando hacia un puesto de bebidas donde se agolpan unas cuantas personas.

—No te ofendas —dijo sonriendo—. Pero prefiero llamarte Larrazabal.

—También me puedes llamar Colorado —propuso él con sencillez—. Todos me llaman así.

—¿Colorado?

Larrazabal le explicó, con cierto azoro, el motivo de aquel apodo y Fátima abrió la boca incrédula, a punto de indignarse, pero después, como si se lo hubiera pensado mejor, soltó una risa divertida antes de claudicar, estaba bien, lo llamaría Colorado.

Esa noche pasearon durante un par de horas por entre los puestecitos de comida, se rieron con los bailes atolondrados de un grupo de chicos, tararearon juntos alguna canción de moda: él, patoso y lento, ella saltarina y llena de carcajadas, y arrastrado por el torbellino que era Fátima y los vinos que había bebido, Larrazabal se animó a bailar torpemente un pasodoble. Sintió la suavidad inverosímil de su cintura, el roce alarmante de sus pechos jóvenes, le buscó la mirada y ella no se la rehuyó. Con una naturalidad no exenta de pesar, entendió que era la primera vez en siete años que bailaba así con una mujer, de esa manera única e íntima en que el baile es solo la parte visible y al mismo tiempo discreta de un cortejo. Larrazabal hubiera jurado que no había en ese momento más música que la que bailaban y que ellos estaban solos en el mundo, en una calle desierta como la mañana de un domingo invernal y no en el corazón del jolgorio callejero.

En algún momento Fátima enroscó con naturalidad sus dedos entre los suyos. Él observó su propia mano, negra, callosa y áspera, envolviendo aquella otra mano pequeña, de huesos frágiles y confiados. Fue como si despertara de ese breve ensueño para entender que aquello que le estaba sucediendo era real, que no hacía falta darse de bruces contra la realidad porque esta, por una vez en muchos años, había decidido ser amable y confortable con él. Tuvo un mareo de felicidad ya sin cautelas, arrebatado nuevamente por el bullicio y la alegría que atronaban en la noche madrileña. Se fueron caminando hacia la plaza donde el tumulto raleaba. Se sentaron en una banca a beber una coca-cola ella y él una cerveza. Allí Fátima le fue ofreciendo unos retazos de su vida: era española de nacimiento, pero toda su familia, incluyendo Jamal, que era menor, eran de Marrakech. Habían vivido de siempre allí, en Lavapiés. Quizá como una manera de no desintegrarse en lo desconocido, su familia se empeñaba en un conservadurismo más precavido que estricto en lo tocante a costumbres sociales. Se quedó un momento en silencio, buscando avanzar por el sendero de palabras cautas que iba ofreciendo. Larrazabal escuchaba sin atreverse a decir nada, temeroso de reventar la pompa de jabón en la que parecían flotar las frases de aquella muchacha.

Ella era muy cabezota, continuó esta al fin, y no se había dejado imponer las anticuadas maneras de sus padres. Les quería mucho pero sentía que siempre vivía en una batalla constante con su familia, una batalla agotadora, hecha de renuncias y claudicaciones, de armisticios y eventuales coincidencias que sellaban pequeñas treguas. Y entonces ella podía respirar algo más libre. Pero aquellos pactos de no agresión no duraban mucho y nuevamente ambas partes, su familia por una lado y Fátima por otro, empezaban la lucha. Le dolía la intemperancia pueblerina de los suyos, la cerrazón de Jamal desde sus últimos viajes a Marrakech, su voz le recordaba cada vez más a la del ulema de Marrakech. Todo aquello le resultaba en verdad odioso.

Larrazabal, que escuchaba atento y fascinado la descripción que hacía Fátima, sintió que en su boca las palabras eran algo fino, como un manjar exquisito o más bien delicado y exótico. Como cuando Mari Carmen le ofreció en cierta ocasión queso y uvas...

—Por eso rara vez visito Marruecos —dijo ella rascando con una uña en la pernera de sus vaqueros—: porque allí sí me miran mal. «La española», dicen con cierto desdén.

—¿Y el velo? —preguntó Larrazabal.

—¿El velo? —Fátima se lo tocó como constatando que lo llevaba puesto—. ¡Bah! Es una mínima concesión a mi madre. Tampoco me disgusta mucho hacerlo... Pero no vayas a pensar que en mi familia son unos fanáticos de esos que andan por ahí poniendo bombas —dijo escandalizada, de pronto arrepentida de su confesión.

Larrazabal hubiera querido decirle que no, que no pensaba aquello, ni que pensaba en nada en realidad, que simplemente le había gustado saberse aunque sea de manera tangencial parte de una confidencia así, que le había gustado escuchar el timbre joven y bien modulado de su voz diciendo aquellas cosas que parecían en sus labios tan claras como un sorbo de agua fresca.

Ya era tarde cuando Fátima miró hacia el fondo de la calle, como si por ahí de pronto esperara ver aparecer a alguien. Sugirió entonces que volvieran, al día siguiente debía estar muy temprano en la agencia inmobiliaria donde trabajaba y seguro Larrazabal también madrugaba, ¿verdad? Él asintió atontado y, siempre de la mano, volvieron hacia Tribulete, ella vivía un poco más allá de las

Escuelas Pías, en la misma calle, casi esquina con Lavapiés. Larrazabal, que se había mantenido callado —y ahora aquel silencio le abrumaba como a un colegial—, le propuso acompañarla, pero Fátima dijo que mejor que no. Su madre estaba sola pues su padre y Jamal habían viajado a Marruecos. Si no, ella hubiera tenido difícil salir a la fiesta.

—Mejor nos despedimos aquí —dijo cuando llegaron al portal de Larrazabal—. Lo he pasado muy bien.

—Y yo —dijo el Colorado como si fuese a añadir algo más, pero no agregó nada.

—¿Nunca te han dicho que te pareces a Denzel Washington? —La voz de Fátima sonó de pronto divertida y casi desafiante.

—Sí, después de un terrible accidente automovilístico.

Ella se quedó un segundo en silencio y luego soltó una carcajada divertida, mirándolo con cierta incredulidad, como si no creyera posible ese brote tierno de humor.

Estuvieron un rato más, así, en silencio, y al final Fátima hizo una mueca de hastío.

—Qué tontos sois los hombres —dijo. Y le buscó los labios, empinándose un poquito.

Y así, de manera tan inesperada como sonaba el piano de las *Variaciones,* Fátima entró a su vida.

* * *

ESE DOMINGO SE LEVANTÓ de la cama y lo primero que hizo fue coger un cigarrillo. Lo hizo con una brusquedad maquinal que encendió, junto con el pitillo, una brasa de alarma. Te estás contagiando de la Luján, Colorado, se reconvino. Buscó su libreta y poniendo a un lado las novelas que Fátima había dejado allí —¿por qué leía tanto esta mujer?— se sentó a la mesa para revisar sus notas. Desde siempre le había gustado anotar hasta lo más mínimo que le dijeran en sus interrogatorios. Al principio usaba una pequeña grabadora pero pronto entendió que, al verla, la gente recelaba, adoptaba una actitud más enfática o más reservada, como si fueran actores declamando un papel particularmente difícil. Y eso distorsionaba la veracidad de sus declaraciones. De manera que se había acostumbrado a apuntar todo lo que le contaban y también sus propias impresiones sobre lo que la gente le decía. Por trivial que pareciera. Anotaba cada palabra, y lo hacía a gran velocidad. Quizá cualquiera hubiese encontrado aquellas notas como un galimatías, una maraña de datos inextricables, pero para él resultaban vitales, una manera de acercarse al pulso más íntimo de las confesiones que escuchaba. Eso lo aprendió del comandante Carrión, cuando Larrazabal era apenas un guardia jovencito y el viejo lo tomó como bajo su protección. «No dejes nada solo en tu cabeza, Colorado, que las ideas se las lleva el viento —afirmaba distorsionando de manera muy suya la frase original—. Escribe, anota todo. Y cuando creas que un caso es un embrollo sin salida, piensa que allí, en tu libreta, está todo. En ese caos está la solución». Y así lo había hecho desde entonces. Y así seguía haciéndolo, impulsado más por una fe doctrinaria en las enseñanzas de su comandante que en la confianza de que aquel abultado acopio de notas le sirviera para algo en esta ocasión.

Al cabo de una hora, se levantó para estirarse y reflexionar. Era difícil saber a qué atenerse. Por un lado resultaba absurdo creer que alguien que no es culpable escape así de la escena del crimen, como había hecho Lucía Luján. Pero también sabía que los seres humanos son absolutamente imprevisibles, como siempre le decía el comandante Carrión cuando trabajaban juntos en la comisaría de Surquillo, en Lima. «Lo único para lo que no hay una pauta que valga, Colorado: el ser humano».

Era cierto, por eso prefería admitir como válida aquella explicación ofrecida por Lucía Luján. Al menos por ahora. Buscó un nuevo cigarrillo y fumó mirando hacia la calle, la calle estrecha y transitada de arriba abajo por un río de gente. Sin embargo, en el centro de ese absurdo acto de fe que era creer en la explicación de Lucía Luján palpitaba una incomodidad: si, como le había dicho la chica, en un primer momento pensó que Laura Olivo estaba solo desmayada... ¿Por qué no corrió a pedir ayuda? La verdad, todo resultaba poco digerible. Por eso los abogados no tenían interés en averiguar mucho más y se aferraban a lo del crimen pasional. Lo mismo los de la brigada que se encargaba del caso. Parecía clarísimo. Entre tres y seis años. Mejor que diez o quince si se planteaba alevosía. ¿Para qué complicarse la vida?

Pero Lucía Luján parecía haber arrojado al fondo de un pozo oscuro la llave de su sensatez, y en aquella cerrazón ponía un empeño algo trágico y vehemente, como si no quisiera que le arrebataran la única certeza que la mantenía cuerda en aquella situación tan dura que estaba viviendo, le había dicho durante la entrevista que sostuvieron. Ella no era culpable, ella no mató a Laura Olivo. No podía pagar por algo que no había cometido.

En su insistencia había una obcecación granítica e inapelable. Sí, salió corriendo del despacho cuando descubrió el cadáver, se montó en su coche y se fue a su casa. Así fue. ¿Así de fácil? ¿Así de inverosímil?, insistió él durante aquella visita a la cárcel. Sí, así fue, porfió ella a su vez, inmune al tono de incredulidad casi ofensiva que Larrazabal había imprimido a sus palabras con la esperanza de alterarla, sacudiendo aquella rama repleta de amargas incertidumbres. Pero Lucía simplemente se enrocó allí, cruzada de brazos frente a él, el rostro desafiante de quien espera una bofetada. Pero por eso mismo, costaba creer que ella hubiese cometido aquel crimen y no fuese capaz de urdir una coartada aunque esta fuera mediocre, endeble, para salir del paso. Todo era tan torpe que a la fuerza resultaba probable, se dijo el Colorado discurriendo a contracorriente en aquel río de ecuanimidad por donde navegaban los otros, la policía y los abogados, que se impacientaban por la obstinación a prueba de balas en la que se había parapetado de manera suicida la mujer. Lucía Luján huyó porque tuvo miedo. Punto.

El abogado Del Castillo le contó los pormenores al Colorado. Este decidió visitarlo a los pocos días de haberse entrevistado con Lucía Luján. Al contrario de lo que pensó, Del Castillo lo recibió sin poner objeciones ni demostrar impaciencia o contrariedad. Eso sí, tuvo que esperar un momento sentado frente a la secretaria, distraído por el incesante rumor de voces a sus espaldas, hasta que la mujer le anunció que podía pasar. Del Castillo lo esperaba de espaldas, mirando por la ventana, y Larrazabal pensó por un segundo que no se había dado cuenta de que estaba allí, pero no dijo nada. Entonces el abogado se volvió hacia él y su rostro duro de emperador romano se reorganizó en torno a una sonrisa franca, que tomara asiento, Larrazabal. El abogado llevaba tirantes color burdeos sobre la camisa blanca y una de esas corbatas que en España se llaman de pajarita y en el Perú «michi».

—¿Larrazabal, verdad? —insistió—. Ese es un apellido del norte.

—Sí —afirmó el Colorado con naturalidad—. Mi padre era vasco. De Lekeitio.

Si aquella información había cogido con el pie cambiado a Del Castillo, este no lo demostró. Quizá un parpadeo fugaz, la acentuación imperceptible en la sonrisa, la brusca manera con que cambió de tema:

—¿Un whisky?

Recién entonces el Colorado vio que Del Castillo sostenía un vaso en la mano. Sin embargo declinó la invitación, gracias, así estaba bien. Y pasaron al asunto que tenían entre manos. De vez en cuando el abogado recorría con los ojos al expolicía, evaluándolo, quizá intentando hacerlo encajar allí, en ese despacho de lustrosas maderas y caros sofás de piel, de cuadros suntuosos y olor a tabaco rubio, cuero fino y colonia inglesa. Pero en la observación a la que lo sometía Del Castillo no había, como en otras ocasiones, la impertinencia racial casi inevitable, sino algo más, que no incomodaba a Larrazabal.

—Yo también he hecho mis averiguaciones sobre usted —le dijo repentinamente Del Castillo, señalándolo con un dedo inapelable, meciéndose en su butacón de piel mate.

—Me parece bien —dijo él y mostró un cigarrillo—: ¿Puedo?

—Faltaría más.

El abogado hizo aparecer de la nada un cenicero de acero y piel que puso en la mesa. Un artefacto precioso que desprendía el olor a su colonia inglesa. Ningún señorón limeño lo hubiera tratado con esa brusca cordialidad, pensó Larrazabal, y sonrió.

—Tuvo problemas con aquel caso del chico homosexual, ¿verdad? Problemas serios.

Como pregunta era apenas una formalidad. El tono del letrado al formularla era una aseveración rotunda. Larrazabal miró su cigarrillo y luego miró a Del Castillo.

—Digamos que la gente involucrada estaba en las altas esferas del poder.

—Un ministro, ¡nada menos! No sé si fue valiente o suicida al enfrentarse así, con eso que usted llama las altas esferas y que aquí está constituido por la misma panda de bribones, me parece. Tenía usted una hoja de servicios impecable.

—La verdad, no lo sé —se sinceró Larrazabal—. Yo cumplí con mi trabajo.

—Y me temo que por eso está aquí.

—Sí, me temo que fue por eso.

Por la cabeza de Larrazabal cruzó una ráfaga de recuerdos que no volvían desde hacía mucho: el rostro congestionado de furia del coronel de su comisaría, el gesto de menosprecio en la cara del ministro y los ojos burlones de su hijo, ese psicópata asesino. El abrazo de su comandante, que no pudo mover ya ninguna influencia para evitar que se fuera...

Larrazabal se llevó una mano a la frente como para limpiarla de imágenes y sin transición se explayó sobre las investigaciones que había hecho hasta el momento, sobre todo para que Del Castillo entendiera que el tema de sus problemas en Lima quedaba así zanjado. Este movió entonces su cabeza ilustre y pensativa, como hiciera tiempo atrás su compadre Tejada cuando decidió darle trabajo y confiar en él.

El abogado carraspeó y se caló las gafas. Según constaba en diligencias, empezó a contar con un tono más profesional, al día siguiente del crimen la rumana de la limpieza encontró el cuerpo de Laura Olivo y bajó las escaleras dando gritos hasta donde el portero, que tuvo que sacudirla de los hombros para que la mujer se calmara. La buena señora tenía un verdadero ataque de nervios que terminó por contagiar al portero, pues cuando este llamó a la policía tartamudeó y se confundió varias veces.

—En un primer momento pensaron que estaba confesando el crimen, figúrese usted, Larrazabal.

Un vecino del cuarto, el señor Eulogio Parrondo —Del Castillo consultó de una ojeada el expediente que había puesto sobre la mesa—, que en ese momento venía de pasear a su perro, una vez al tanto de la situación, esperó con la mujer de la limpieza y el portero a que llegara la policía. «Yo no subo ahí, yo no subo. Por mis cojones que no subo», decía este último negando con la cabeza.

Al cabo se hizo presente la brigada científica, la forense, y a los pocos minutos la jueza de guardia.

—Es una mujer en los cuarenta, alta, delgada, elegante, ¿sabe usted? Pero dura e impenetrable como una placa de titanio. Y tiene una mala uva que intimida. La jueza Martínez Alegre. Vaya nombrecito para una mujer de carácter, ¿verdad?

El caso es que se hicieron con eficacia y celeridad las pruebas periciales, observaron que la caja fuerte del despacho de Laura Olivo estaba abierta, que había algunos papeles desperdigados por el suelo y, en un primer momento, supusieron que se trataba de un robo. Un robo de alguien que conocía bien a la víctima, en todo caso. «El despacho estaba sembrado de huellas como para animar un festival de investigadores». De la gente que trabajaba allí, sobre todo. Y después el portero de la finca les dijo que la noche del crimen vio salir a una mujer, que estaba seguro de que era la señorita Luján. Se acuerda con claridad porque él estaba esperando a su hija menor, que no llegaba aún de una fiesta —la debían llevar los padres de una amiguita—, y salía cada pocos minutos a la puerta. Después de que llegara la cría, y como todas las noches, sacó el contenedor de basura, aunque esa noche un poco más tarde de lo habitual. Entonces vio a la «amiga» de la señora. Del Castillo hizo una pausa, se quitó las gafas y se apretó los lacrimales. Luego prosiguió:

—Estoy seguro de que esto último lo aclaró con la sorna chusca de los que se saben impunes al hablar de alguien que ya no puede defenderse —dijo, y su boca se torció en un gesto de calculado desprecio.

Los policías se mirarían, preguntarían un poco más, qué quería insinuar el portero con eso de «su amiga», que se explicara, y don Cosme —que así se llama el susodicho— contaría lo que le vino en gana sobre la relación sentimental de la víctima y su supuesta agresora. En todo caso lo suficiente como para poner a los de la brigada sobre la pista.

Esa misma mañana, apenas unas horas después de encontrar el cadáver de Laura Olivo, detuvieron a Lucía en su casa. Esta negó primero haber estado allí, y un agente se cruzó de brazos, arrugó el ceño y se marcó un farol: dijo que había huellas suyas por todas partes. Lucía entonces bajó la cabeza y admitió todo. Pero nunca que ella fuera la autora del crimen. No sirvió de nada, claro. La esposaron, forcejeó un poco, se echó a llorar finalmente. Pero seguía insistiendo en que era inocente, joder, que ella la había encontrado ya muerta.

—Y eso es lo más raro, lo más incómodo de todo este asunto...

Del Castillo se quedó mirando a Larrazabal para hacerlo partícipe de su perplejidad. Pero en ese instante timbró el teléfono y el brazo del abogado se disparó con rapidez hacia el aparato. Larrazabal se levantó diciendo que no lo molestaba más, que si tenía alguna duda se ponía en contacto con él.

—Y muchas gracias por su tiempo, señor Del Castillo.

—Suerte con sus investigaciones, Larrazabal —dijo este tapando la bocina—. Yo seguiré preparando la defensa de mi clienta. Manténgame informado, por favor.

* * *

EL SUBINSPECTOR REIG apareció como de la nada y se sentó junto a él en la barra del bar restaurante *El sol de oro*.

—Un pisco sour, Eme —pidió levantando un índice como para que no cupiera duda de su pedido y se volvió a Larrazabal como si tuviese que justificarse por pedir una copa antes de comer—: ¿Qué pasa? No estoy de servicio.

—Tranquilo, hombre —sonrió Larrazabal—. No he dicho nada. Yo me tomaría uno si no fuera porque estoy un poco revuelto.

Reig exudaba esa frescura de agua de colonia y champú de quien se acaba de duchar, tenía los cabellos húmedos repeinados y una expresión risueña que poco a poco fue cambiando, seguramente cuando recordó por qué estaba allí. Rondando la cuarentena, el policía era atlético, un poco temperamental y muy puntilloso con su vestimenta. Estaba dejando el tabaco, aunque era algo a lo que se dedicaba, como muchos fumadores, de manera intermitente y desalentadora, con picos de entusiasmo y etapas oscuras de abatimiento. Ahora parecía estar en la primera. Larrazabal lo conocía por Tejada y este por cuestiones estrictamente laborales: porque Reig era subinspector de Extranjería de la comisaría de Usera-Villaverde, y en más de una oportunidad habían colaborado. Cuestiones meramente burocráticas.

A la gestoría de Tejada llegaba mucha gente, especialmente latinoamericanos, pero también gente del Este de Europa y algún que otro asiático, de manera que pronto se estableció una corriente, un trasiego más bien, de papeles y documentos que iban y venían del despacho de Tejada a la comisaría y viceversa. A veces era solo eso: simple tramitación para permisos de residencia o trabajo, reagrupación familiar, renovación de permisos. Otras, asuntos más delicados a los que Tejada no le hacía ascos porque cobraba bastante bien por ellos y su eficacia estaba fuera de toda duda, de allí también su prosperidad de los últimos años: declaraciones de insolvencia, certificados penales, denuncias, líos familiares y cosas así. Algún joven con problemas de bandas callejeras, revocaciones de órdenes de expulsión del país y, en raras ocasiones, órdenes de detención y entrega, impagos graves, reyertas y, más raro, delincuencia.

Tejada y Reig se cayeron bien desde el principio y ese flujo de entendimiento y cordialidad se asentó cuando el inspector se lio con Milagros, una peruanita de ojos verdes, coqueta y reidora, que trabajaba en la peluquería de Mari Carmen. El romance pasó por los consabidos procesos de estos casos, cortejo, euforia, rupturas y reconciliaciones —alentadas muchas veces por Mari Carmen— y finalmente prosperó hasta estabilizarse en una rutina cómoda y sin sobresaltos. Y así Reig terminó integrándose en Usera a donde había sido destacado un par de años atrás y donde terminó moviéndose entre los latinos como uno más.

De las comidas peruanas, el policía se había aficionado al ceviche, y de las bebidas al pisco sour. Y de los pisco sours, a los que preparaba Emeterio Astocóndor en *El sol de oro*. De manera que allí estaba, a las dos de la tarde, pidiéndose uno que Eme —gordo de rasgos achinados, maneras sensuales de obispo e impoluta camisa de chef— llevaba ahora cuidadosamente, como un cáliz, hasta depositarlo frente a las narices del policía.

Larrazabal pidió otra cerveza y estudió con desgana la carta. La noche anterior cenó con la Morita en el kebab de Embajadores donde solían ir y se sentía un poco mal del estómago. Estuvo a punto de anular la cita con Reig, porque de solo pensar en el trayecto le daba pereza. Pero también quería acercarse a donde Mari Carmen, visitarla, saber cómo estaba. Se sentía culpable de no haber pasado con más frecuencia a verla. Pero era terrible asistir a su estado de desolación. La hija de su matrimonio anterior, una chica de diecinueve o veinte años que vivía en Zaragoza con el padre, había venido para asistir a su madre en aquel trance.

—¿Ya has pedido? —preguntó Reig bebiendo un sorbito de su cóctel y chasqueando la lengua.

—No, te estaba esperando.

Reig se limpió el bozal de espuma del pisco sour y lo miró apreciativo. ¿Qué tal si se sentaban ya? Dentro de poco esto iba a estar lleno. Eligieron una mesa al fondo del local, que tenía el inconveniente de los baños cerca pero la virtud de cierta tranquilidad. Eme les sugirió unos platos y Reig aceptó entusiasmado. Larrazabal pidió apenas un pescado a la plancha y ensalada, y se quedó pensativo jugueteando con el paquete de cigarrillos. La atmósfera se había enrarecido porque era la primera vez que comían juntos desde que Tejada ya no estaba. Muchas veces habían venido los tres aquí, a despachar un menú, y en alguna rara ocasión incluso les habían acompañado Mari Carmen y Milagros. La última vez por el cumpleaños de esta última. Pero de eso ya hacía mucho y ahora estaban allí ellos solos y Tejada a dos metros y medio bajo tierra.

—Me cago en esos cabrones —resopló Reig como si hubiera adivinado lo que pensaba Larrazabal.

—Nada aún, ¿verdad?

El subinspector movió la cabeza, desalentado. Nada aún. Por increíble que pareciera, apenas tenían huellas. Lo que en un inicio les pareció en la brigada una chapuza de tres al cuarto terminó por ser un crimen urdido con una pulcritud siniestra.

—De alguien que conocía su oficio, por decirlo así.

Al principio todo fue bastante confuso, sobre todo porque no había testigos directos y más bien todos circunstanciales: que si el tipo salió caminando, que si era alto o más bien bajo, que si lo esperaban en una moto en marcha, que si él mismo se fue conduciendo...

—Lo de toda la vida —dijo Larrazabal con resignación.

No había nada más sospechoso que un testigo circunstancial, le decía siempre el comandante Carrión. Inventan, mezclan, se contradicen y a la hora de la verdad confunden hasta el nombre de sus padres.

Los de la brigada pensaban sin embargo que el asesino había actuado solo, que había entrado al despacho sabiendo que en ese momento se encontraba únicamente Tejada, que no iba a estar

Danelys, ni Larrazabal. La cubana porque los lunes a esa hora solía pasarse por el banco y Larrazabal porque andaría haciendo algún trámite.

—Como es habitual...

—Como es habitual, sí. A esas horas solía estar en la calle. Llegaba temprano, consultaba con mi compadre y salía a visitar a los clientes o a cumplir con algún trámite. Rara vez regresaba a mediodía.

Y a esa hora, casi la del almuerzo, era raro que llegase algún cliente. El tipo seguro lo tenía todo cuidadosamente planeado, afirmó Reig. ¿Sabría que la secretaria cumplía con esa rutina de ir al banco? Seguro, se dijo Larrazabal, oyendo como a lo lejos las elucubraciones del inspector. El asesino habría estudiado tus entradas y salidas, Colorado, las de la secretaria, la afluencia de gente, las rutinas de Tejada, que era puntual, previsible y algo negligente en ese sentido. Pero después de tantos años en España, cualquiera bajaba la guardia. Alguna vez Tejada le confesó que sus primeros dos años en Madrid estuvo al borde de la paranoia y vivía pensando que en cualquier momento se lo palomeaban de un tiro en la cabeza. Se pegaba unos sustos de muerte si alguien le preguntaba por una dirección, si una moto se detenía junto a su coche en un semáforo, si recibía una llamada equivocada. Sufría de insomnios frecuentes y el estómago lo tenía hecho una calamidad.

Pero cuando Larrazabal lo conoció era un hombre anclado a una rutina, metódico, despreocupado, que organizaba reuniones y fiestas frecuentes, o se recluía en su recién adquirida finca de las afueras de Madrid con la confianza ciega, irresponsable y habitual que solemos tener en la única cualidad que no posee la vida: su infinitud. Pero tampoco se puede vivir en un estado de alerta indefinidamente, claro. Tejada ya estaba casado con Mari Carmen, las cosas en la gestoría le iban viento en popa y Madrid era una ciudad segura y amable. Pensó quizá que aquella vida en Lima era otra, definitivamente sepultada y ajena a la actual en Madrid. Incluso se atrevió a hacer un viaje para visitar a la familia que dejó allá, a su madre ya viejecita y una hermana que vivía en Huarmey. Y regresó a Madrid y siguió viviendo y prosperando y viajando y entonces una tarde cualquiera, surgida del remoto confín del tiempo, de esa otra existencia ya ajena como un espejismo o un mal sueño, apareció aquel puñal sorpresivo que acabó con él.

—Tuvieron que seguirlo y estudiar sus pasos con mucha antelación, eso parece seguro —dijo Larrazabal casi para sí mismo.

Reig entrecerró los ojos y removió su copa de pisco sour, como si buscara ahí las palabras para seguir elucubrando. Larrazabal volvió a prestarle atención.

—Estaría apostado cerca aunque nadie recuerda haber visto nada sospechoso. Con la cantidad de gente que pasa por ahí a esas horas... Desde la acera de enfrente se distingue la ventana de la gestoría, normalmente con las persianas levantadas. Probablemente el tío estaba allí desde que saliste tú, esperando esa hora muerta...

El Colorado escuchaba a medias al subinspector. Demasiado bien sabía cómo había ocurrido. Danelys y él acudieron de inmediato a declarar a la comisaría y Larrazabal les habló del pasado de Tejada como fiscal antidrogas, los líos con el cártel de narcos y el diputado fujimorista, todo lo que Reig ya sabía, además, porque en alguna ocasión su compadre se había referido a ello, más ufano que otra cosa, quizá secretamente envanecido de la admiración de Mari Carmen, que lo miraba como si Tejada fuera un héroe, uno de esos abogados de las películas americanas que se enfrentan con el alcalde corrupto de la ciudad. No obstante, Tejada solo obtuvo el dudoso premio, una vez que la prensa peruana enterrara el asunto, de recibir intempestivas llamadas a medianoche y la certidumbre de que tenía que abandonar el país a la mayor brevedad posible. Porque los narcos ni perdonan ni olvidan y su largo brazo había terminado por alcanzarlo.

Una vez que llegaron los primeros platos, Reig se dedicó al suyo con apetito voraz, concentrado, apenas sin levantar la cabeza. Larrazabal apenas picoteó del suyo. Al terminar, el subinspector se limpió meticulosamente con una servilleta y luego lo miró a él, inquisitivo. Llegaron el lomo saltado y la corvina a la plancha.

Luego de dar dos bocados a su plato, Reig lo retiró un poco y cruzó los cubiertos. Al parecer, el policía estaba empeñado en reconstruir la escena de aquel espantoso crimen y quiso contarlo en voz alta, como si así lo entendiera mejor. Hizo una pelotita con una servilleta de papel y la posó suavemente en un extremo de la mesa. Luego cogió el salero y lo puso al otro extremo, hacia donde echó a rodar la pelotita.

—Ya era cerca de la una de la tarde, ¿verdad? Tú estabas fuera desde temprano y Danelys había salido unos veinte minutos antes. Pudo haberse cruzado con el asesino pero no se acuerda, o al menos eso ha dicho. El tipo entró en la gestoría y lo atendió el propio Tejada, «buenos días, ¿qué desea?» y lo hizo pasar hasta su despacho —Reig movió nuevamente la pelotita de papel—. El otro le soltaría cualquier trola, algo que obligaría a Tejada a consultar algún documento o archivo, a darle la espalda en todo caso, a juzgar por la puñalada en el cuello. Esa no fue grave, un roce, aparatosa pero no profunda, seguro Tejada se volvió a tiempo y pudo medio esquivarla. Entonces recibió la segunda, en la mano. Es decir, se quiso defender, se tropezó o el otro lo empujó contra el escritorio, por eso el hematoma en el muslo izquierdo y luego, ya caído en el suelo, le asestó dos mortíferas puñaladas en el abdomen y una tercera comprometió el corazón. Buscaron por todos los contenedores de la zona pero ni rastro del arma.

—¿Y lo del fuego? —preguntó Larrazabal mirando su segundo plato sin saber por dónde empezar—. Siguen creyendo que...

—Sí, fue una simple distracción. —Reig acabó de un sorbo su pisco sour y buscó con la mirada a Eme, otro, por favor—. El asesino quería que pensáramos lo que al principio pensamos: que era una chapuza, que el autor era un atolondrado que intentó enmascarar su delito quemando cuatro revistas para que pareciera un incendio. Sabía que esa sería la primera conclusión a la que llegaríamos.

—Para confundir y ganar tiempo, claro.

Se quedaron un momento en silencio, concentrados en sus platos. Larrazabal no se podía quitar de la cabeza el motivo por el que habían quedado a comer en El *sol de oro* con Reig. En un momento irían a hacerle una visita a Mari Carmen, y no sabía cómo aplazar ese momento. La última vez que la vio la encontró en los huesos, el cabello como un estropajo y los ojos hundidos en sus cuencas. Parecía una anciana, sobre todo porque la llevó del brazo hasta el sofá su hija, que era exacta a la madre, solo que con el frescor sin sobresaltos de la juventud, aún no tocada de gravedad por la vida. Y tanto Reig como el propio Larrazabal le habían prometido que harían todo lo posible «por darle caza a ese cabrón». Pero lo cierto es que la policía aún no tenía nada, según le estaba contando un desalentado Reig.

Por un momento Larrazabal deseó que todo hubiera sido tan sencillo como muchos crímenes que, en contra de lo que se suele creer, a las cuarenta y ocho horas estaban resueltos. O tan meridianamente limpios y claros como el de Lucía Luján. Porque así parecía ser, en el caso de aquella mujer...

—Pero hay una cosa más —dijo Reig de pronto.

Distraído, Larrazabal tuvo que enfocarlo mejor para saber de qué hablaba.

—Ya sé que han pasado algunos meses, pero ha aparecido un testigo nuevo —continuó el policía—. Un chico que hoy pasará por la comisaría. Nos llamó su madre por la mañana. Es un chaval chino. Y creo que es bastante de fiar, por lo poco que adelantó.

* * *

A LA MAÑANA SIGUIENTE de conversar con Reig, el Colorado volvió a visitar a Lucía Luján. Se levantó muy temprano. Esta vez Fátima no podía llevarlo, de manera que tuvo que ir en el tren de cercanías hasta Alcalá y de ahí cogió un taxi.

Nada más sentarse frente a él, Lucía fue directamente al grano:

—¿Ya habló con Clara Monclús?

—Ya le he pedido cita, sí. ¿Cree usted que ella la mató?

Lucía Luján meneó la cabeza con energía, expulsando el humo por la nariz, como un dragón apesadumbrado. No, pero Monclús sabría ponerlo sobre la pista. Por algún lado había que empezar, ¿no? Ella no conocía a fondo los asuntos laborales de Laura, salvo por lo que le contaba y por las fiestas o cócteles literarios a los que asistía muy de vez en cuando, aquellos que organizaban las grandes editoriales, por ejemplo, y donde se encontraban escritores, agentes, editores y periodistas. Una fauna muy variada. Laura la acompañaba solo en algunas oportunidades: no le terminaba de gustar aquel ambiente de gente demasiado pagada de sí misma, tan parlanchina y poco contenida.

—Pero también podrían ser ladrones —agregó de pronto, como si se le hubiera ocurrido en ese instante, aunque sin mucha confianza.

Larrazabal meneó la cabeza.

—Podían ser unos ladrones que entraron a robar y al encontrarse con Laura se asustaron y la golpearon, sí, también. Pero eso, claro, dejaba el asunto de la caja fuerte sin resolver —porfió con suavidad—. Por no hablar de que no se han encontrado huellas que indiquen o sugieran algo así. Y si usted, tal como afirma, estaba en el coche, tendría por fuerza que haberlos visto.

—Es cierto —admitió Luján sombríamente, encendiendo un nuevo cigarrillo con la colilla del anterior.

—Fuma usted mucho —se le escapó al expolicía.

—Desde que estoy aquí —dijo la mujer sin darle importancia al comentario y más bien un poco ensimismada.

Fue entonces que volvió a deslizar aquello de que Laura Olivo tenía muchos enemigos. Dirigió sus ojos oscurecidos por aquel pensamiento hacia Larrazabal. Escritores descontentos, ¿sabía? Por ejemplo, cualquiera de esos de los que le hablaba Laura con cada vez mayor hartazgo.

—Pedantes, insoportables, paranoicos, envanecidos... uf, qué no me decía Laura cuando nos encontrábamos para almorzar o cuando se tomaba un vino de más. Lo cierto es que estaba absolutamente harta de su trabajo. Y claro, en todo ese trayecto vital había tenido algunos desencuentros...

—¿Desencuentros?

—Seguro usted me entiende —hizo un gesto de impaciencia—. Gente con la que tuvo desacuerdos graves por regalías, por anticipos de dinero, esas cosas. Ya sabe usted que Laura no era precisamente un modelo de cortesía. Podía resultar esquiva, antipática y a veces incluso grosera.

¿Entonces qué vio en ella para enamorarse? Eso hubiera querido preguntarle Larrazabal, pero no consideró oportuno hacerlo en ese momento en que Luján, impelida por una inesperada locuacidad, se abría ante él especulando acerca de quién podría haber asesinado a su amante. Lo hacía con una desapegada frialdad, como si estuviera a una remota distancia de siquiera ser contaminada por la sospecha de ser ella la asesina, como por desgracia todas las pruebas parecían señalar. Se aferraba al «yo no lo hice, yo no fui» como quien a punto de despeñarse por un barranco se agarra a una débil rama. Pero eso, claro, no era suficiente.

Lucía encendió un nuevo cigarrillo —Larrazabal había desistido de sacar la cuenta de los que llevaba fumados ya— y echó la cabeza hacia atrás, como fascinada por la imagen que iba componiendo de su malograda amante: no, no se hacía una idea de los extremos de brusquedad y mal encaramiento a los que podía llegar Laura Olivo. Pero era buena en su trabajo, eso sí. Y sus autores la adoraban... o la temían. O quizá ambas cosas, acostumbrados al castigo de su furia, a su desdén o a las muchas ventas y reconocimientos que podían conseguir si le hacían caso en todo.

Para Lucía Luján, lo de Laura tenía que ver más con el poder que con el dinero porque la mayoría de sus representados apenas si vendían lo suficiente como para pagar el alquiler. Pero a diferencia de otras agentes literarias, y al menos hasta donde ella supo, Laura llevaba sus asuntos con la misma diligencia que si aquel pelotón de infelices fueran sus dos o tres autores estrella, aquellos que sí le aportaban dinero a la agencia. Hubo una época en que ganó mucho con algunos novelistas, sí señor. Y estos, mientras duró aquella bonanza, aquel festín de premios, traducciones y anticipos, todo sabiamente administrado y explotado por Olivo, callaron, se portaron obsequiosamente, bailaron al son de lo que ella dijera. A veces los trataba como un sargento trata a un cabo chusquero, con ladridos y malos modos. Y ellos bajaban la cabeza y lo aceptaban. Si alguno ponía alguna objeción a aquel trato, lleno de ironías y desplantes, mejor se buscaba otro agente. Esa era una de las frases que más le escuchó a Olivo cuando hablaba con algún autor: «mira, mejor te buscas otro agente, ¿vale?». Y colgaba, sonriendo perversamente y esperando el timbrazo que anunciaba la llamada arrepentida, conciliadora o simplemente atemorizada.

—Había, creo yo, algo morboso que los unía —dijo casi para sí misma Luján—. Como si aquella condición suya de representante de un escritor le permitiera cualquier indecencia, cualquier maltrato, si este conllevaba ganar dinero o, peor aún, fama. Si viera lo terribles, Larrazabal, lo vergonzosos y desquiciantes que pueden ser algunos escritores para quienes un premio, una reseña en el periódico, unos cuantos elogios los elevaban a una nube donde flotan envanecidos...

Pero a Laura, continuó, también la motivaba algo más, ya le decía, la fascinación de saber que aquellos seres frágiles y depravadamente egoístas como niños estaban en sus manos, que eran, de alguna manera, sus rehenes.

Luego sus labios se fruncieron en algo que parecía una sonrisa despectiva y cambió la dirección de sus especulaciones como una veleta soplada por el viento.

—También podría ser su marido el asesino, ¿por qué no? Con él andaba siempre a la greña...

Pero si uno quería mantener la sensatez, era necesario admitir que no parecía haber motivos suficientes como para cometer un asesinato, observó Larrazabal sin dejar de anotar lo que decía la mujer, más que nada siguiéndole el juego porque Lucía especulaba casi por diversión, sabiendo que los nombres que proponía eran parte de su fantasía y no de la realidad. O quizá no, quizá solo le había dado ese tono especulativo y burlón a sus frases para esconder una verdad, porque de pronto le lanzó una mirada suspicaz. El rostro se le agrió como si hubiera mordido un limón.

—Mire, señor Larrazabal. Como le digo, Laura era una persona que había conseguido lo que tenía luchando a brazo partido. Y nunca se arredró ante nada ni ante nadie. Y en el camino tuvo por fuerza que dejar sembrados odios y rencores. ¡Sabré yo cómo es eso! Laura no tenía muchos amigos, era en extremo desconfiada. Debería preguntar a la gente que trabajaba para ella, y a los que la conocieron cuando su agencia literaria estaba en Barcelona, también. A esa chica Vanessa, que es una lela, pero algo le dirá. A Claudio Soto y a Paloma Martínez, que trabajaba con ella desde que Laura vino a Madrid. Una pesada la chica, pero leal como un perro. Y a Clara Monclús, ya le digo.

Esto último se lo dijo a Larrazabal cuando se acercaba ya la funcionaria de prisiones. «Luján, la hora», le susurró con amabilidad hincándose un dedo en la muñeca. El tiempo se había acabado.

Larrazabal se despidió prometiéndole que eso haría, que preguntaría a todos, aunque se guardó de explicarle que ya los de la brigada judicial habían indagado por ahí, que no habían encontrado nada que ni siquiera remotamente involucrara a los otros, aquellos que ella había mencionado tan prolijamente: ni el registro de llamadas, de correos electrónicos o mensajes había arrojado nada significativo. Gracias al subinspector Reig, Larrazabal había conseguido que accediera a atenderlo un colega de la brigada que llevaba el caso. La semana entrante tenía cita con el inspector Ugarte. A ver qué averiguaba. Pero antes se pasaría por la agencia de Laura Olivo, pensó en el taxi que lo devolvía a la estación del cercanías. Y sería cuestión de acercarse también al restaurante. A ver qué decían ellos de aquella peleílla de enamoradas. Le propondría a la Morita que lo del cine lo dejaran para otra tarde. Sí, había que tirar despacito de la madeja. A ver qué averiguaba.

Pero también estaba impaciente por hablar con aquel testigo, aquel chico chino que, según Reig, era de fiar.

3
La agente de las largas piernas

EL MUCHACHO LOS MIRABA alternativamente con un aire de perplejidad impasible. Estaban en *El sol de oro* y como explicó Reig, aunque no tenía por qué, pues ya había rendido su declaración en la comisaría, la madre del chico había accedido a que este se encontrase con Larrazabal y con el propio Reig para contar, nuevamente, lo que vio. O lo poco que vio, en realidad. Dócil y pacífico, Xian —que era como se llamaba— aceptó una gaseosa y se sentó a la mesa con los dos hombres. Su madre, la señora Chen, miraba con la cabeza hundida entre los hombros, temerosa. Pero seguro más temerosa de contrariar al inspector Reig con una negativa pese a que este había insistido en que aquel encuentro no tenía nada de oficial, que era un favor personal, ¿entendía? Y la mujer asentía vehemente, sí, sí, aunque el policía era asaltado por la insalubre sensación de que la mujer no sabía negarse, temerosa de sabe Dios qué tipo de represalias, Colorado, le dijo con fastidio mientras los esperaban en el restaurante. Pero finalmente, cuando pensaron que no iban ya a acudir a la cita aparecieron los dos, madre e hijo. El chico tenía escasos pelillos de adolescente en el rostro y se le veía incongruentemente alto al lado de su madre, pequeñita y encorvada. Esta le daba ligeros golpecitos de vez en cuando, como quien pastorea a un rumiante dócil.

Xian había llegado de su pueblo natal —ninguno de los dos entendió el nombre— apenas ocho meses atrás. Tenía todos sus papeles en regla, como se encargó de repetir cansinamente su madre, que los mostraba, arrugados y ya algo sucios, ante los policías. El padre de Xian estaba esos días enfermo, o eso explicó la mujer. Ambos regentaban un negocio de todo a cien, pequeño y destartalado, arborecido de productos baratos y dispares que parecían desbordar del local, justo enfrente de la gestoría de Tejada. Xian estudiaba español y había aprendido seguramente a base de collejas las nociones básicas para atender en la tienda, a juzgar por las órdenes conminatorias con las que se dirigía a él su madre. Pero, como un becerro al que alejas de su pastar indolente, si lo sacabas del perímetro acotado por las diez preguntas comerciales expeditivas a las que se enfrentaba a diario, se quedaba mirando con una expresión imperturbable y ausente, sin componer siquiera el gesto de quien se esfuerza en comprender. Y miraba a su madre, que parpadeaba como si le molestara una luz potente, y hablaba rapidísimo en su inextricable idioma. «Cantonés», dijo con resolución Reig sin mirarlo pero dirigiéndose a Larrazabal cuando la escucharon.

—¿Cómo sabes? —se asombró Larrazabal.

—Me lo dijo ella. No entiendo nada, igual que tú —y luego, como si reprochara su desconocimiento—: ¿No decías que hay muchos chinos en el Perú?, ¿cómo es que no sabes ni una palabra?

Larrazabal prefirió no contestar y se concentró en el chaval, en ese imperturbable Xian que sorbía su gaseosa y de vez en cuando recibía pellizcos de su madre.

—Gracias por venir, señora. Les agradezco de veras que se hayan tomado la molestia. Como seguramente usted sabe...

—Yo no sé nada. Él vio —dijo la mujer dando manotazos en el aire e interrumpiendo al Colorado, como si el verbo «saber» en la frase de este fuera el resorte de una trampa—. Yo no sé nada. No vi nada. Él vio.

—Está bien, la creo, señora. Solo queremos saber qué vio su hijo, que me cuente a mí, por favor.

La mujer reprimió un mínimo gesto de contrariedad, parpadeó frente a aquella luz tan molesta como inexistente que le hacía lagrimear los ojos y se dirigió a toda velocidad a su hijo. Este se encogió de hombros y contestó en su idioma. La mujer tradujo un poco elementalmente y así, siguiendo aquella lenta operación de pregunta, traducción, respuesta, Xian repitió lo que había dicho en comisaría, a donde habían acudido por voluntad propia y sin que nadie los llamara. Era extraño ese prurito de civismo en aquella mujer que no obstante parecía cumplir con un sacrificio más que con el deber moral que la había impelido a acercarse hasta la comisaría para que su hijo contara lo que vio, como ahora estaba haciendo frente a Larrazabal.

Y lo que vio fue muy poco en realidad, pero siempre aquello era más que lo que hasta entonces tenían, que era nada. Porque como sabían por experiencia ambos, Reig y Larrazabal, los testigos que cuentan en caliente lo que vieron suelen dar versiones tan sorprendentemente minuciosas como contradictorias. Y a menudo esas versiones superpuestas y equívocas crean como un limo de confusión que hace imposible sacar nada en claro de tal turbiedad. El caso del joven Xian era pues distinto. No parecía tener ninguna motivación particular en protagonizar aunque sea de manera vicaria y dudosa ese hipotético papel activo en la resolución de un delito, ni llamar la atención ni especular sobre algo que vio de manera fugaz pero menos apasionada desde la puerta de la tienda. Ni siquiera, creyó entender el Colorado, estaba bien enterado de lo que había sucedido. Porque solo meses después del crimen se lo había dicho a sus padres. ¿Por qué el chico no había dicho nada hasta entonces? ¿Por qué la señora Chen había decidido acudir a la comisaría después de que hubiese pasado tanto tiempo? Esto iba a quedar, dedujo el Colorado como antes lo había deducido Reig y su equipo, en las sombras más profundas del misterio. Quizá no le dieron importancia, quizá sopesaron si era bueno o no meterse en aquellas honduras. El caso es que tampoco querían apretar mucho por ese lado pues ya que habían ido *motu proprio,* razonaron los de la brigada, no era cuestión de que se sintieran intimidados por las preguntas de la policía. Y era una lástima que hubiese pasado tanto tiempo porque a estas horas quién sabía dónde estaba aquel tipo.

Se concentraron en las respuestas que ofrecía Xian. Él estaba en la puerta del comercio familiar, cruzado de brazos, sin nada que hacer, muerto de sueño porque su padre lo había hecho madrugar y a media mañana lo dejó momentáneamente solo para ir a hacer unas gestiones al banco. Primero apareció una furgoneta de descarga que aparcó en doble fila frente a la puerta del edificio donde estaba la gestoría de Tejada. Un coche protestó a bocinazos porque no le dejaba pasar y la furgoneta se movió un poco, perezosa. Los conductores discutieron un minuto, a gritos, lo que seguramente fue un liviano entretenimiento para Xian. De pronto, en su espectro visual apareció una moto roja y vieja, tosiendo a causa del escape roto, que serpenteó frente a la furgoneta hasta encontrar espacio para meterse como una cuchilla entre dos coches. Una Bultaco Sherpa a juzgar por la descripción que hizo Xian y porque en comisaría le mostraron fotos de varios modelos hasta que el chaval puso el índice sobre una y picoteó varias veces. «Zhè shi», dijo. «Esta es». De manera pues que una Bultaco roja.

—Butaco —repitió Xian y sonrió por primera vez.

El tipo que se apeó de la moto llevaba vaqueros viejos, unos tenis azules sin calcetines y un plumas sin mangas. Xian no se fijó si debajo del plumas llevaba una camiseta pero si la llevaba era también sin mangas porque tenía los brazos desnudos desde los hombros. ¿Tatuajes? No, no que él recordara. Era musculoso sin exageración, tenía una cicatriz en el hombro, una cicatriz redonda y fruncida. Medía alrededor de un metro setenta cinco y era de piel morena. Bastante morena, dijo la señora Liu después de escuchar a su hijo y mirando fugazmente a Larrazabal.

—¿Morena? ¿Como la mía? —Y se señaló el brazo.

Xian negó vehementemente, no, al parecer era simplemente piel morena, no negra. Quizá latino, explicó Reig, que ya conocía aquellas respuestas.

Había accedido a repetir aquel fatigoso interrogatorio por consideración a Larrazabal que se lo pidió no como un favor de amigo, sino de policía a policía. Por si a él se le ocurría preguntar algo más, algo que se les hubiera pasado a los de la brigada, dijo. Podía ocurrir, no significaba que fueran descuidados... pero Larrazabal tampoco parecía atinar a preguntar nada nuevo. El hombre parecía joven, continuó Xian, pese a que no se quitó el casco en ningún momento —negro, con dos líneas plateadas en el borde inferior— y que le daba un extraño aspecto de insecto extraterrestre. ¿Por qué le pareció joven? La agilidad, la rotundidad en la manera de moverse, la vestimenta. Pero no podía afirmarlo a ciencia cierta, claro, tradujo la madre.

Larrazabal entendió que entre el desconocimiento del idioma de Xian y la rudimentaria y expeditiva traducción de su madre, los matices se iban perdiendo en el camino como el agua en una tubería porosa y oxidada. Aun así, los detalles permitirían avanzar algo en la pesquisa, le había consolado Reig. De manera que en resumen: el hombre, probablemente latino, medía más o menos un metro setenta y cinco, era robusto, moreno de piel. Y tenía una cicatriz redonda, como una muesca, en el brazo derecho. Eso era todo. Por el momento.

Se despidieron de Xian y de su madre cuando entendieron que no sacarían mucho más en claro. Les dieron las gracias y Reig le dejó a la mujer una tarjeta para que lo llamaran por si recordaba algo más. Allí estaba su número personal, agregó para despejar cualquier duda. Los vieron desaparecer por la calle, de la mano, como un pastor y su buey, pensó Larrazabal.

—Algo es algo —suspiró—. Pero por ahora es insuficiente, Reig. Hay cientos de tipos con una cicatriz en el brazo.

—Es una cicatriz de vacuna. Aquí se dejó de usar hace años, de manera que descarta o reduce la posibilidad de que el sujeto sea español y joven. Aquí solo la tienen los cincuentones.

* * *

EN REALIDAD ERA MUY POBRE lo que habían podido colegir de la descripción que hizo Xian sobre el supuesto asesino de Tejada. Pero, como había dicho Reig, algo era algo, suspiró el Colorado saliendo del metro que lo dejó en Alonso Martínez.

La agencia literaria de Laura Olivo estaba en la segunda planta de un edificio señorial y decimonónico de la calle Justiniano. Era una arteria pacífica y arbolada cerca de la plaza de Santa Bárbara, ajena al bullicio de las avenidas principales de aquel barrio madrileño. Barrio burgués de españoles mayores y gente de cierto poder adquisitivo, salpicado por algunos restaurantes finolis y boutiques de moda, muy coquetas. Larrazabal se entretuvo mirando en un escaparate una camisa que le quedaría que ni pintada a la Morita, pero cuando leyó la etiqueta con el precio casi se cae de espaldas. Decidió no entretenerse más, apagó su cigarrillo, llamó al telefonillo, dijo quién era y al instante le abrieron.

Se trataba de un inmueble grande, con varias oficinas, y había en él un diligente trajín de pocos y eficaces empleados cuyas pisadas crujían en la madera añosa e impecable del suelo. Se oía muy tenue una radio o quizá un hilo musical y el rumor mecánico de una impresora que escupía papeles sin pausa. Una chica muy joven, de gafas y tenis de colores, lo hizo pasar a un despacho, por aquí, por favor, y le preguntó con entusiasmo si le apetecía un vaso de agua o un café. El Colorado movió las manos: no gracias, así estaba bien, gracias. Ella hizo un mohín que podía significar cualquier cosa y se marchó. Lo dejó en una sala de paredes claras y ventana a la calle. Había una mesa, una fotocopiadora grande, profesional, y algunas estanterías llenas de libros en varios idiomas. En un rincón, junto a la robusta mesa de madera, un carrito con copas y botellas.

Al cabo de unos minutos crujió el parqué a causa de unos pasos leves y decididos que se acercaban y al momento apareció una mujer rubia, de unos treinta y pocos años, vestida con una blusa gris perla y una falda negra y estrecha que dibujaba nítidamente su buena figura. Un reloj ostensiblemente caro bailoteaba en su frágil muñeca. Curiosamente, el contraste entre aquel reloj grande y varonil y la mano de la mujer acentuaba su feminidad. Tenía unos ojos color caramelo llenos de esa impaciencia propia de quienes consideran un ultraje que les quiten su tiempo para fruslerías. Lo miró de arriba abajo, sin poder disimular su sorpresa, como si por un desconcertante momento hubiera creído que se había equivocado de despacho. Larrazabal se dijo que debía acostumbrarse a ese tipo de situaciones. Había dejado su hábitat natural en los multiétnicos Lavapiés y Usera y ahora se movía en otro ecosistema donde las cosas resultaban gravosamente distintas. Después de todo, razonó para sí, no era probable que por allí aparecieran muchos negros diciendo que eran investigadores o que venían en representación de un prestigioso abogado, que era como él había concertado la cita dos días antes. Por muy bien vestido que estuviera. Aquel traje azul le había salido por un pico pero era, sin dudas, una buena inversión.

—¿Clara Monclús? —se levantó para darle la mano.

Ella le tendió la suya, suave y al mismo tiempo firme.

—Sí. ¿El señor Larrazabal, verdad?

Como todos los catalanes, hablaba como si estuviera masticando una golosina de la que le costara desprenderse, un castellano de eles pegajosas. Se sentó frente a él y cruzó las piernas con naturalidad. Un par de larguísimas piernas acostumbradas a despertar codicia y admiración. Las de su Morita, cuando se ponía esas faldas, eran sin embargo mejores, mucho más rotundas.

—Sí, le agradezco su tiempo, entiendo que deben estar...

—Sí, ya se imaginará —interrumpió Clara Monclús, y miró su reloj de hombre—. Pero no creo que pueda ayudarle mucho, señor Larrazabal. La policía ha estado ya aquí y ha indagado con todos y todo lo que han querido. Horas de preguntas.

—Entiendo. —Larrazabal hizo un gesto conciliador, de solidaria pesadumbre—. Sin embargo yo quería hacerle unas preguntas. Nada especial.

El gesto de Clara Monclús al llevarse un dedo al puente de la nariz parecía decir «y si no es nada especial para qué me hace perder tiempo». Pero sin embargo sonrió. Una sonrisa brevísima, poco cordial.

—Pregunte usted, entonces.

Larrazabal sacó su libretita y el bolígrafo.

—¿Usted qué piensa de todo esto, señorita Monclús?, ¿de veras cree que Lucía Luján mató a su socia? Porque usted y la señora Olivo eran socias, ¿verdad?

El Colorado observó el desconcierto brincar como una liebre en los ojos castaños de la mujer. La segunda vez que se vieron, Lucía Luján lo puso sobre la pista y Larrazabal hizo sus deberes, navegando por internet, buscando en hemerotecas digitales: Monclús era la hija de una agente literaria muy famosa de Barcelona desde los años setenta. Crecida en lo que en el mundillo llamaban la *gauche divine,* Clara Monclús pronto se reveló como la oveja negra de aquella mimada pareja de la burguesía catalana formada por el arquitecto Jaume Monclús y Nuria Puigcorbé, aunque esta, desde que enviudara, y siendo Clara aún una niña, hubiera adoptado el apellido de su marido, mucho más notorio y de relumbrón en los ambientes sociales que frecuentaba. La jovencita —hija nacida cuando su madre ya era bastante mayor, y por lo tanto muy mimada— estudió diseño en Milán y posteriormente en Londres para finalmente escaparse con un hippie mexicano, al parecer harta de esa vida que ella consideraba «intoxicante y burguesa». Harta al parecer también del hippie y de la India, donde estuvo un par de años —una breve nota en *Avui,* daba cuenta de ello—, regresó a Europa y puso una boutique que quebró por mala gestión; gracias a los contactos de la familia paterna, trabajó en Caixa Cataluña —fugaz nota en *La Vanguardia*— y finalmente regresó, rendida y confusa, al redil del negocio familiar, que en ese entonces llevaban su madre y su hermano Carles. Al parecer, allí le hicieron pagar tantos años de deserción y frivolidad confinándola a labores más bien mínimas y vagamente humillantes hasta que Laura Olivo, que había trabajado con Nuria Monclús y ahora tenía su propia agencia, empezó a rondarla hacía poco. «Pregunte por Clara Monclús, señor Larrazabal, hable con ella», había insistido Lucía Luján. Y en esas precisamente estaba él.

—Bueno... en realidad no somos... no éramos, quiero decir, socias —titubeó Monclús—. Podríamos haberlo sido pero estas circunstancias fatales han truncado tal posibilidad. —Su voz luchaba por mantener el aplomo, pero sonaba cautelosa, como si no entendiera de dónde había sacado el expolicía aquella información.

—Tengo entendido que usted iba a comprar parte del negocio pero primero tenían que convencer entre las dos al señor Costas, el marido de la señora Olivo.

Nuevamente el desconcierto encendió los ojos castaños. La punta de sus delicadas orejitas, observó el Colorado, se había teñido de rojo. Porque ese dato al parecer no era de dominio público. Fue lo último que le dijo Lucía Luján. Ella lo sabía porque la misma noche de la pelea en el restaurante Olivo se lo comentó. «Por eso estaba tan contenta, por eso me insinuó que tenía una buena noticia que darme en relación con su marido». Naturalmente no era lo que Luján esperaba oír. Pero quizá fuera una pista. Larrazabal no sabía muy bien a dónde le podía conducir pero tampoco le pareció mala idea usarla. ¿Estaba la tal Monclús detrás de todo aquello?

—Yo ahora mismo tengo un contrato con la agencia que debo cumplir para llevar a cabo una reestructuración y después veré si me pongo de acuerdo con el señor Costas.

—Entiendo.

Monclús recuperó rápidamente terreno, miró ostentosamente su reloj y su voz ahora tenía una cualidad fría y templada. Como un cuchillo.

—Bueno, señor Larrazabal, no veo a dónde conducen sus preguntas, la verdad.

—Nada, nada, señorita Monclús, solo quería saber si esto era así. Ya sabe que no hay que dejar ningún cabo suelto y muchas preguntas son, por así decirlo, meras formalidades. Más bien me gustaría saber si usted estaba aquí aquella noche...

—No, no estaba en Madrid —resopló con impaciencia—. Yo vivo en Barcelona. Supongo que usted ya está al corriente. Acudí inmediatamente, en cuanto me avisaron. En mi calidad de asesora de la señora Olivo me tocaba y me toca ocuparme de todo. Tenemos varios asuntos que es menester cerrar y no podía dejarlo en manos de los empleados.

—¿Y el señor Costas?

—Ese hombre solo cobra a fin de mes a cambio de no meter sus narices en el negocio. Todos estos años ha estado sangrando a Laura —su voz sonó como un navajazo—. Es una barbaridad. Y ahora tendré que lidiar con él para que no entorpezca los contratos que debemos firmar.

Monclús se levantó bruscamente y se acercó al carrito donde reposaba un coqueto juego de copas y botellas. Se sirvió dos generosos dedos de vodka en un grueso vaso de cristal tallado y se volvió a Larrazabal. No le ofrecía porque seguro estaba de servicio o algo así, dijo ya sin asomo alguno de educación, casi sin mirarlo. Luego vació el contenido de un trago, haciendo ondular su hermoso cuello.

—Entiendo —dijo Larrazabal haciendo como que apuntaba algo en su libreta. Había observado el poder hipnótico que tenían aquella libretita y su lápiz, cada vez que los sacaba—. ¿Cuánta gente trabaja aquí?

Monclús entrecerró los ojos como si estuviera haciendo un cálculo complicado. «Vamos, rubita, esto no es la planta de la SEAT», pensó él.

—Cuatro personas. Bueno, somos tres actualmente.

—¿Y la cuarta?

—Ya no contamos con ella. Con todo el jaleo y la reestructuración que enfrentamos, no nos podíamos permitir más gente.

—Entiendo. ¿Y podría hablar con ellos?

—Le seré absolutamente sincera, señor Larrazabal: si no les hace perder mucho tiempo, como me temo que ha ocurrido conmigo, puede hablar con ellos unos minutos.

Larrazabal dirigió hacia la mujer una mirada cándida y pareció encogerse en su asiento. Por supuesto que no les haría perder tiempo, faltaría más. Pero no terminó de decir esto cuando Monclús se acercó a la puerta y llamó desde allí con una voz de institutriz:

¡Vanessa! Al instante apareció la chica joven de gafas y tenis de colores. ¿Necesitaban algo?

—El señor Larrazabal te va a hacer unas preguntas. Después llamas a Claudio. Y nada más terminar me preparas los contratos que me llevo esta tarde a Barcelona. ¿Ya has hablado con Albert Cremades?

—He estado intentando localizarlo pero es imposible...

—Bueno, encuéntralo como sea —luego se volvió a Larrazabal—: no se moleste en levantarse, señor Larrazabal. Me tengo que marchar. Buenos días.

Vanessa le sonrió casi con complicidad a Larrazabal y se sentó frente a él, donde había estado momentos antes Clara Monclús. ¿Qué edad tendría esta chica? Veintipocos años. El Colorado observó que llevaba el cabello con ligeras mechas moradas o azules y su sonrisa era limpia, casi de niña.

—Bueno, Vanessa —suspiró Larrazabal sacando nuevamente su libreta—. Veamos: ¿tú estabas aquí la noche en que...

—No, no —dijo ella mirando la libreta—. Yo ya me había ido. Yo trabajo medio día, ¿sabe? Estoy de becaria.

—Igual que mi sobrina —inventó el Colorado—. Qué difícil es conseguir un trabajo bien pagado, qué difícil sobre todo para los becarios. Si vieras todo lo que me cuenta mi sobrina...

—¿Verdad que sí? —Vanessa sacudió unos dedos como si se los acabara de pintar—. Si que es difícil que consideren tu trabajo, ¿eh?, ya lo sabré yo bien.

—Pero supongo que aquí estarás contenta porque llevas...

—Un año y medio. —Vanessa se llevó una uña a la boca—. Y sí, se está bien, aunque claro, nunca es como un trabajo de verdad. Bueno, trabajas el doble que cualquiera, eso sí. Pero de cobrar... nada.

—Entiendo. ¿Y ese día observaste algo raro en la conducta de tu jefa? ¿Alguna llamada que la pusiera nerviosa o enfadada?

Vanessa entrecerró los ojos y miró al techo, fieramente concentrada en buscar una respuesta correcta entre las elegantes molduras.

—Pues no —dijo al fin, como una niña que se rinde ante un acertijo—. Se encerró en el despacho con Paloma al menos una hora y después cada una se fue a hacer sus cosas. Paloma vino con su equipaje porque viajaba a Barcelona, creo. Y si descontamos que hubo gritos entre ellas, ese día Laura estaba particularmente pacífica. Hasta se diría que contenta. Pero no le puedo decir más porque yo ya me fui.

—¿Gritos?

—Bueno —rio divertida—, lo normal con la señora Olivo era que hubiera gritos por cualquier cosa.

—Y dices que si se exceptúan esos gritos digamos normales... ¿No era habitual en ella estar pacífica o contenta?

Vanessa abrió unos ojos tremendos.

—¡Qué va!

Según Vanessa, la señora Olivo era una mujer muy dinámica, muy... —la joven parecía no encontrar las palabras—. Exigente. Y con frecuencia parecía bastante alterada, un poquito refunfuñona. Cuando ella entró a la agencia, pensó que no iba a durar mucho porque Laura, bueno, la señora Olivo, quería las cosas al minuto y si no se le satisfacía era capaz de pegar unos chillidos que te ponían firme como una vela. Pero luego, al ver que Claudio y Paloma se lo tomaban como si nada, ella decidió hacer lo mismo. Vamos, que se acostumbró.

—Usted ya me entiende —agregó.

—Claro. Me han tocado jefes así. Pero entonces tú no notaste nada...

—¿Fuera de lo normal? No, en absoluto. Bueno, quizá estaba un poquitín más nerviosa. Pero nerviosa en plan positivo, ya me entiende.

El Colorado cerró la libreta despacio, como si fuera una grabadora que hubiera decidido apagar para facilitar la confesión de un testigo algo reacio a soltar prenda.

—¿Un poco más nerviosa que otras veces? ¿Y eso por qué?

Vanessa miró con sus gestos exagerados hacia la puerta.

—Bueno, yo creo que iba a reconciliarse con...

Y miró significativamente a Larrazabal. Pero este no dio su brazo a torcer y le devolvió una mirada bovina, impasible. Al final, Vanessa tuvo que continuar:

—Bueno, no es asunto mío —susurró, empequeñeciendo los ojos perversamente—, pero la señora Olivo tenía un lío con esa chica, con la asesina.

—¿Lucía Luján? —el Colorado se hizo el sorprendido.

—Sí, hombre, ¿quien más? Yo creo que esa Lucía estaba con Laura porque algo quería sacar. Pero Clara nunca se lo va a permitir, no señor.

* * *

—Un día de estos te llevo allí a cenar, Morita —dijo el Colorado—. A *Las velas durmientes*.

Estaban sentados en una terracita de las muchas que pespuntan la calle Argumosa, aprovechando el inusual buen tiempo y la brisa que refrescaba amable la tarde. Larrazabal hubiera querido concentrarse en sus notas, pero Fátima lo arrastró fuera de la casa, venga, hay que despejarse un poco.

Encontraron un rincón libre de puro milagro, a esa hora la calle hervía de gente y un tropel de camareros iban y venían con espumosas cañas y vasos de coca-colas donde flotaba una rodaja de limón, con platitos de patatas fritas, aceitunas y almendras que colocaban casi a las volandas, zigzagueando entre la variopinta clientela. Rastas, *piercings,* corbatas, gafas de colores, móviles zumbando en las mesas...

—¿Sí? —Fátima dejó su libro sobre la mesa metálica y miró divertida al Colorado—. ¿Tanto te gustó?

Era un restaurante con clase, eso se notaba a la primera, se dijo Larrazabal cuando alcanzó la calle Ponzano y distinguió el toldo negro con el nombre del local pintado en la bambalina con letras doradas. Dos hombres de traje conversaban en la barra, bebiendo despacio unas cañas, y una pareja joven acababa de entrar, algo desorientada. Era aún temprano para comer y además el lugar, con mesitas redondas, mantelería fina, lamparita y copas estilizadas, parecía más propicio para una cena romántica que para un almuerzo de negocios. Quizá por eso el señor Otamendi, el encargado del restaurante con el que habló Larrazabal por teléfono, lo citó a esa hora sin incertidumbres y floja, un poco después del mediodía.

—Un local muy bonito, Morita. Un poco caro, pero creo que valdrá la pena llevarte allí.

Fátima sorbió su coca-cola y soltó una carcajada entusiasmada, de colegiala. ¿De veras? Se iba a arruinar, Colorado, primero unas cañas aquí mismo, en Argumosa, luego un cine y después a cenar a un restaurante de postín en Chamberí. Y luego de mirar fugazmente a un lado y otro, acercó sus labios rosados y dulces a su oreja, no le iba a salir a cuenta llevarla a la cama...

Larrazabal quiso atrapar su mano pero ella se escabulló, un gesto entre coqueto y cauto. Aquí no, hombre, que podían verlos, lo reprendió amistosamente. Era una precaución inútil porque el viejo Tarik y su hijo habían viajado nuevamente a Marruecos —«mejor ni preguntes para qué tanto viaje, Colorado»— y en casa solo quedaba su tía y su madre, que apenas ponían los pies en la calle, horrorizadas de la multitud cristiana e impía, como le gustaba explicar a Fátima entre risas. Pero no dijo nada. El avance de su mano se desvió al libro que ella leía: *La línea imaginaria*. Tenía las puntas arrugadas.

—Más bien cuéntame qué tal las pesquisas.

El señor Otamendi lo saludó con cordialidad comercial y rápidamente lo condujo a una mesa apartada. Era un individuo bajito, de cabellos engominados casi teatralmente, como un tanguero argentino, llevaba traje cruzado azul y muchas prisas. Había accedido a la petición del señor Del Castillo porque el abogado era cliente asiduo del restaurante, pero si le tenía que ser sincero, malditas las ganas, señor Larrazabal, agregó caminando entre las mesas, señalando algo al camarero que atendía detrás de la barra, volviéndose a revisar unas facturas que le puso casi en las narices otro, doblando y desdoblando una servilleta que alguien había colocado seguramente sin la pulcritud que allí se exigía. Volvió unos ojos ígneos hacia Larrazabal, constatando que aún estaba allí: él, particularmente, quería que se olvidara todo este feo asunto porque en los días que siguieron al crimen algún periodista entrometido había sacado a colación el nombre del restaurante y eso no era buena publicidad, no señor. ¿Le podía ofrecer una cerveza, un café?, pareció rendirse el encargado, cuando por fin se sentaron.

—No, gracias, señor Otamendi, más bien le agradezco su tiempo. Le aseguro que seré muy breve y no lo molestaré más.

Otamendi sacó un zippo y empezó a jugar con él. Parecía aliviado.

—Muy bien. ¿Qué es lo que quiere saber?

—¿Usted estaba presente cuando ocurrió...

—¿La pelea? Por supuesto.

Felizmente que estaba porque fue una situación difícil de manejar y no quería ni pensar qué hubiera pasado si hubiera estado otro, con menos experiencia en situaciones así. Nada más decirlo, Otamendi se estremeció imperceptiblemente.

—Imagino que ha visto de todo, en su profesión...

—No, no se imagina. Pero esto fue realmente feo.

Y pasó a contar: hasta ese momento, todo parecía dentro de lo normal. Dos mujeres que se sientan a cenar, el restaurante lleno de clientes porque era principios de mes. Llegó primero la mujer mayor, ¿Laura Olivo? Sí, la que asesinaron. Pidió una botella de *Veuve Clicquot*. El Colorado anotó en su libreta aquel nombre como el Todopoderoso le dio a entender.

—Y la señorita llegó después...

—Así es. Una joven elegante. Llevaba un vestido azul oscuro y zapatos de tacón, también oscuros, de ante.

—Caramba —se rascó la cabeza el Colorado—. Es usted un gran detallista, señor Otamendi.

—Bueno —replicó el otro bajando los ojos con sencillez—. En mi profesión los detalles son los que cuentan.

El señor Otamendi miró un momento su zippo, como si allí llevase la chuleta de los datos que le faltaban a su descripción. La señora Olivo, la mujer mayor, parecía un poco nerviosa o impaciente, y se dedicó a desmigajar el pan. Sin atreverse a untarlo de mantequilla, puntualizó, levemente envanecido de su memoria. Olivo acababa de terminar su segunda copa de champán cuando apareció la mujer más joven. Parecía apurada. Se dieron un beso —como dos amigas, aunque él ahora estaba enterado por la prensa de que eran más que eso— y pidieron la carta. Otamendi no sabía de qué hablaron por supuesto, pero en su ir y venir de mesa en mesa —puntilloso, envarado, trinando sugerencias, lo imaginó Larrazabal— pudo observar la transformación que empezó a anegar aquella charla liviana.

La primera señal que le envió su instinto respecto a que algo no marchaba bien fue cuando vio que el rostro de la joven se congestionaba un poco, como alguien que recibe una súbita mala noticia. Pero eso no fue todo, no: la mujer mayor, Laura Olivo, siguió hablando con un énfasis excesivo de alegría, una manera exagerada de mover las manos y sonreír, la esforzada impostura de quien no quiere detenerse en un detalle enojoso que está sin embargo allí, a la vista de todos. Para entonces ya casi habían terminado la botella de champán y Olivo desmigajaba con nerviosismo el pan. Él, naturalmente, no estaba para prestar atención a aquello y se distrajo cuando un cliente reclamó su atención para pedirle una sugerencia respecto al vino. Se acercó para explicar lo que tenían en su bodega, que está bastante bien surtida y cuidada, por supuesto, y Larrazabal lo vio: casi empinado en la punta de sus zapatos impecables, frotándose las manos, hablando con la misma precisión con la que cuidaba su cabellera negra y brillante. Entonces Otamendi olfateó el humo y por un segundo fascinante no quiso creerle a su olfato. Tieso, con la carta en la mano, las aletas de la nariz súbitamente alertas, fantaseó Larrazabal mirando al encargado.

—Soy fumador, como seguro habrá observado —dijo el encargado mostrando el zippo—, y detecté de inmediato el aroma de un rubio. Era, sin embargo, sencillamente imposible.

Otamendi levantó una mano imperativa para pedir un segundo al caballero, que acató aquella orden sin decir palabra. Se dio vuelta para ubicar de dónde podía provenir aquel olorcillo acre y sacrílego. Luego se dirigió a paso firme hasta la mesa de aquellas dos mujeres. Con la frialdad de un glaciar les reconvino acerca de lo obvio, que estaba estrictamente prohibido fumar allí. Entonces la joven, la que había encendido el cigarrillo, lo metió en la copa de agua y se quedó mirando a su acompañante, como si le hubiera golpeado con un guante y esperara una respuesta a su desafío.

—Y entonces empezó todo.

—Así es.

Fue repentino. La mujer mayor reconvino a la joven con la acritud exasperada de una madre. Pero en sus frases agrias había un encono profundo e impaciente, algo más, naturalmente, algo que había ido creciendo como la mala hierba en ese inocente jardín que era la charla de ambas hasta ese momento. Entonces aquello se desmadró: la mujer mayor, la tal Laura Olivo, se levantó volcando las copas y aferró de la muñeca a la otra, como si quisiera arrastrarla fuera de aquel repentino campo sembrado de vergüenza. Y esta también se levantó con brusquedad lanzando la copa de vino al rostro de Olivo, dejándole en el delicado vestido una mancha roja que era como el preludio de su muerte, dijo con solemnidad Otamendi, y Larrazabal lo miró sin disimular su sorpresa. Pero el encargado continuó su relato: hubo empujones, palabrotas, un forcejeo que hizo que todos en el restaurante se levantaran de sus asientos mientras Otamendi maldecía a aquel par de lesbianas locas que le estaban estropeando el negocio. Y con la ayuda de dos camareros las separaron y casi a empellones las sacaron de allí.

—Qué situación terrible, señor Otamendi. Y una última preguntita, si no le importa: la señora mayor... ¿también iba elegante?

—Llevaba un vestido color aguamarina realmente vistoso. Lástima que la otra se lo estropeara con el vino.

—¿Y por qué preguntas esas tonterías, Colorado? —Fátima pareció atragantarse con la gaseosa. Lo miró con chispitas en los ojos.

—Porque Laura Olivo vivía en la planta alta del mismo edificio donde está su agencia. Podría haber subido a cambiarse, recuerda que Lucía le había tirado encima el vino y eso fue lo que le dijo, según ella misma ha contado. Lo que explicaría el tiempo que tardó en contestar a las llamadas de la otra. Pero nunca subió a su piso, o si lo hizo ni siquiera se cambió. La encontraron con el mismo vestido manchado de vino, solo que la sangre había cubierto la mancha. No fue nunca a su casa, entró directamente a su agencia. ¿Extraño, verdad? Quizá a la hora de subir vio luz o escuchó algo en su oficina y entró directamente en el despacho. Allí se encontró con el asesino, alguien conocido, indudablemente, ya que la caja fuerte estaba abierta. Y en ese momento ocurrió todo. En ese momento la mataron.

Fátima abrió un poco la boca como para decir algo, pero se quedó callada, mirándolo como si de pronto lo descubriera.

* * *

DE TODAS MANERAS, la charla con el encargado de *Las velas durmientes* no le dejó mucho en claro, excepto por los detalles, que abrían un serio boquete en la línea de flotación de lo contado por Lucía Luján. En realidad había sido una bronca bastante más desagradable y fuerte de lo que había pretendido esta en su esquiva versión de los hechos, incluso si se descontaba la natural exageración que intuyó en las palabras de Otamendi, escorado con entusiasmo al lirismo especulativo.

De todas maneras, mejor le había ido con los empleados de la agencia a la hora de sacar información, le confesó a la Morita buscando al camarero y alzando una mano cuando lo vio.

Nada más llegar de tomarse la caña con Fátima, el Colorado escapó a la tentación que era tenerla rondándolo como una gata mimosa. Le dio un beso, subió, puso sus *Variaciones Goldberg* y repasó sus notas por enésima vez lamentando no llevar una grabadora pequeña a sus entrevistas. Pero una vez más se dijo que la gente se inhibía al ver el dichoso aparatito. Terminó de leer y pasar a limpio su conversación con Otamendi y se concentró en la char-

94

la anterior, la que tuvo en la agencia de Laura Olivo. Más interesante.

Después de hablar con Vanessa, la becaria, había sido el turno de Claudio Soto, el encargado de los asuntos internacionales de la agencia, le explicó orgulloso él mismo estrechándole efusivamente la mano. Soto parecía situado inapelablemente en la treintena, llevaba gafas de marco rosa chicle, pantalones estrechos, mocasines azul índigo y una barba espesa aunque bien recortada, como de menonita o colono alemán. Si no fuera porque su ropa era notoriamente cara, hubiese pasado por alguno de los muchachos que pululaban por los bares de Lavapiés al anochecer.

—A su disposición, señor Larrazabal —dijo, y se sentó frente a él cruzando las piernas como seguramente había visto, y envidiado secretamente, a Clara Monclús.

—Gracias por su tiempo, señor Soto. Usted también se fue temprano el día del... de la muerte de la señora Olivo, ¿verdad?

—Sí, era viernes y ese día nos vamos pronto. No trabajamos por la tarde. Yo me enteré el lunes porque me llamaron por teléfono para darme la noticia. Ese día tenía cita médica, como ha podido comprobar la policía, y... en fin. Fue horrible. Al parecer, la señora rumana que le hace la limpieza de su piso —y señaló al techo— y de aquí, de la oficina, se la encontró. Muerta. Debió de ser espantoso.

—Supongo, sí. Y dígame: ¿no notó nada extraño en el comportamiento de su jefa ese viernes? ¿Alguien la llamó o la visitó?

Soto se frotó la barba y miró hacia el cielorraso del despacho.

—Bueno, las llamadas las atiende Vanessa. Pero que yo sepa nadie la visitó. Yo me había pasado toda la mañana en la mazmorra.

—¿La mazmorra?

Soto sonrió con picardía, así le llamaban al entresuelo que había entre el despacho y el piso de arriba, donde se amontonaban papeles, documentos, viejos manuscritos... como Larrazabal podía ver, el edificio era de techos altos y este que veía era un falso techo, de manera que el piso contaba con una especie de desván... El caso es que él se pasó toda la mañana de aquel viernes organizando el caos que tienen allí, manuscritos viejos, sobre todo.

El Colorado miró los techos de molduras, los cuadros sobrios de aquel despacho, los sofás color beis, las librerías repletas de volúmenes y legajos. Finalmente se rascó una oreja y sonrió con la humildad de quien está a punto de confesar una travesura.

—Oiga, señor Soto, dígame una cosita: ¿qué es exactamente una agencia literaria?

Para Larrazabal era un misterio, agregó con humildad, porque él hasta ese momento ni se había planteado cómo era el negocio de los libros. Él pensaba que los literatos escribían su libro y luego iban a una imprenta y...

El rostro de Soto se alteró en una expresión de horrorizada incredulidad, como si hubiese sufrido una inesperada descomposición estomacal.

—No, no, no, señor Larrazabal, no es así.

Luego resopló como si tuviera que repetir una lección evidente a un retardado mental. Pero al ver la actitud sumisa de aquel hombre negro, grandote, de corbata elegante y zapatos bien lustrados de colegial, seguramente pensó que estaba a punto de hacer su buena obra del día, esbozó una sonrisa de compromiso y ensayó una breve y pedagógica disertación acerca de cómo llegan los manuscritos a las agencias, «montones increíbles de mala literatura, de pura bazofia, créame, señor Larrazabal». Y también los manuscritos de los escritores que ya han publicado, donde ellos ponen mayor interés, todo había que decirlo, ya que hoy en día el negocio era bastante arduo y colocar a un autor sin trayectoria era más difícil que enjaular un trueno. Larrazabal sonrió. Una agencia, prosiguió Soto, didáctico, elocuente, bienintencionado, estaba para defender los derechos de los escritores ante las editoriales y conseguirles las condiciones más ventajosas para la publicación de sus novelas. Sin ellos, el negocio del libro se vendría abajo y los escritores estarían en la indigencia. En la más absoluta in-di-gen-cia, ¿comprende?

—Pero entonces, ¿los literatos no venden sus libros a las librerías?

Soto se removió incómodo, echó aliento a sus gafas y volvió a acomodárselas. Era evidente que le estaba costando llevar a cabo su buena acción del día.

—Bueno, los literatos, como usted les llama, pueden vender los derechos de sus libros a las editoriales, naturalmente, no a las librerías. Pero casi siempre lo hacen en condiciones poco favorables, penosas, más bien. Una agencia, ya le digo, consigue y estudia sus contratos, busca que les paguen buenos anticipos y que cobren sus regalías.

—¿Regalías?

Las regalías o *royalties,* continuó Soto, eran el pago de una cantidad variable que se le hacía al autor dependiendo de las ventas que se hubiesen concretado de sus libros al cabo de un año.

—Aunque ahora el mercado está por los suelos —añadió—. Y lo peor era que los escritores suelen ser bastante, cómo le diría..., malagradecidos.

Larrazabal arqueó una ceja.

—No todos, naturalmente —se apresuró a puntualizar—. Pero este negocio está lleno de egos inflados.

Luego de decir esto, Soto se llevó ambas manos a la rodilla de la pierna cruzada, como si estuviese a punto de recogerla todavía más o explayarse mejor. Optó por esto último.

—Lo que pasa es que los escritores —o los literatos, si prefiere el término— no conocen en absoluto el intríngulis de este negocio difícil y siempre reclaman una atención constante, se niegan a admitir que sus libros venden tan poco, o que de pronto ningún sello quiera publicarlos y que, en fin, los criterios de lo comercial priman sobre otros, lamentablemente. Por no decir que a muchos les cuesta creer que no han escrito una obra maestra sino que más bien han perpetrado, cómo decirlo, una mierda. Con perdón.

—Los egos de los que me hablaba...

—Sí, así es. Y eso de vez en cuando trae problemas. Incomprensión, básicamente. Si viera lo que es lidiar con un autor...

—¿Ustedes han tenido problemas con muchos autores? —Larrazabal sonó como un viejo médico que indaga en alguna dolencia antigua de su paciente.

—Muy pocos, por no decir ninguno. Por lo general tenemos un trato cordial y saludable con nuestros representados, cosa que no es nada fácil. Otras agencias, por lo que yo sé, suelen tener más dificultades con sus autores...

—Pero también han tenido las suyas, ¿verdad? —dijo de pronto Larrazabal mirando su libretita—. Porque me parece que hace unos años representaban a un autor que tuvo un lío con ustedes por el asunto de, precisamente, unas regalías.

En el breve silencio de Soto pareció encenderse el piloto de una alarma. Como si por fin descubriera que se había dejado conducir mansamente al corazón de un laberinto del que ahora no sabía salir. Cuando habló, su voz tenía un punto de hiel.

—Ramos Andrade difamó a la agencia. Dijo que estábamos en componendas con Peccata Minuta, la editorial que le publicó la novela, para quedarnos con un porcentaje de lo que le correspondía. Una mentira como la copa de un pino. No pudo probar nada, por supuesto.

—No, no —se corrigió Larrazabal consultando apresuradamente sus apuntes, realmente contrito—. Le ruego me disculpe, amigo Soto. En realidad yo quería referirme a ese otro tema, el del plagio... es que también había una asunto de regalías, de ahí mi confusión.

—Ese fue un problema del autor, nosotros actuamos de buena fe. —La sonrisa de Soto parecía ahora esculpida en hielo—. Porque supongo que se refiere a Jacinto Rebolledo. Él nos entregó un manuscrito que nosotros consideramos muy bueno. Lo vendimos más que ventajosamente a una editorial y luego lo demandaron por plagio. A él, no a nosotros. Que no haya ninguna confusión en ese detalle, por favor.

—Pero en la prensa de aquel entonces leí que al parecer el señor Rebolledo dijo que la señora Olivo le propuso...

—De todas maneras, señor Larrazabal, eso debería hablarlo con Clara.

E hizo el amago de levantarse.

—Pero ella no trabajaba para la agencia en ese entonces. —El Colorado chasqueó la lengua.

—Entonces debería hablar con Paloma. Yo de esos asuntos apenas sé lo que oí. No tuve nada que ver.

—Paloma...

—Sí, Paloma Martínez. Ella estaba aquí cuando ocurrieron esos hechos de los que me habla.

—¿Podría llamarla?

Soto levantó ambas manos en un gesto de cándida inocencia.

—Lo siento muchísimo, señor Larrazabal. Paloma ya no trabaja aquí. —Se cruzó de brazos y distendió los labios en una sonrisa fría—. Se marchó hace unas semanas.

* * *

Había un trasiego nervioso de policías que entraban y salían, reclamaban papeles, atendían llamadas de teléfonos y *walkies* que no dejaban de sonar, de crepitar con chasquidos leves. Larrazabal se dejó disolver en una marejada de recuerdos que lo varó a orillas de su remota comisaría de Surquillo. Distrito bravo, más conocido por los limeños como «Chicago chico». Solo que aquella vieja comisaría de paredes de adobe parecía la entrada a urgencias de un hospital, más bien. Tipos en camiseta y ensangrentados, lágrimas de pobres mujeres que lloraban en un tablón a modo de banco corrido, palabrotas como trabucazos que salían de las oficinitas donde blasfemaban por su suerte abogados, tinterillos, policías, putas y hampones por igual, y el traqueteo de máquinas de escribir antediluvianas ponía un exasperante ruido de fondo. Aquí en cambio el caos y la fiebre de voces y timbrazos lo remitían a una oficina pública, llevada por gente bien vestida y correcta. ¿Seguirá siendo así el Perú, Lima, desde que él se fue? Porque él no había regresado y todos le hablaban de los muchos cambios que se habían producido en el país en los últimos años. Su compadre Tejada lo decía una y otra vez, y la propia Mari Carmen que, cada vez que regresaba de allí, lo hacía arrebatada de entusiasmo por la calidad de los restaurantes y la belleza de las playas, por los barrios elegantes y los centros comerciales... Deberías plantearte volver, Colorado, tu país ha cambiado mucho, le animaba, pero Larrazabal no decía nada, porque cómo explicarle que él jamás había comido en esos restaurantes carísimos que ella frecuentaba, ni disfrutado de aquellas playas de ricachones que al verlo pensarían que él era un chofer, un empleado, ni mucho menos vivido en un barrio residencial. Lima se componía de varios estratos geológicos inapelables, socialm...

—¿Señor Larrazabal?

—¿Perdón?

—Por aquí —una agente con rostro aniñado se acercó a él y le mostró un corredor largo—. La segunda puerta al final de este pasillo. El inspector lo está esperando.

—Gracias.

100

El despacho del inspector Ugarte estaba al fondo de aquella planta, como si se hubiese emplazado en un espacio ideal para alejarse del bullicio que hasta allí llegaba tenue y más bien inofensivo. No era muy amplio. Una bandera española, una estantería metálica con algunos libros, varios diplomas en las paredes y el retrato del rey al fondo. Y un escritorio donde se acumulaban legajos, bolígrafos y un ordenador con algunos años ya.

El inspector Ugarte tenía los cabellos cortados casi al cero, como un marine, unas gafas de montura negra y la mirada dura de quien está acostumbrado a los horrores cotidianos de su profesión. Y unos bíceps trabajados regularmente en el gimnasio.

Por Reig sabía que era muy respetado entre sus colegas y que se había especializado en perfilación criminal. Parecía un hombre templado y transmitía una especie de calma engañosa, como trenzada en acero. Estaba en su despacho, removiendo despacio el café que un agente le acababa de traer. No se levantó cuando apareció Larrazabal. Se limitó a mirar su reloj —la correa tenía una banderita española— y a señalar una silla.

—Señor Larrazabal, ¿verdad?

El rictus de su boca evidenciaba lo poco que le apetecía que alguien entrometiera las narices en sus asuntos, pero Reig había sabido ser convincente, se dijo Larrazabal. Tú mismo no hubieras permitido jamás una cosa así, Colorado, tú te habrías negado en redondo a que alguien fuera del cuerpo te viniera a pedir información sobre un caso que se estaba investigando. Y ya ves, cómo son las cosas...

—Sí, inspector Ugarte. Ante todo le agradezco que me atienda...

—Usted fue policía en su país, ¿verdad? —El inspector se reclinó en la silla y juntó las puntas de sus dedos casi terapéuticamente sobre el abdomen.

101

—En efecto, fui policía. Inspector de investigaciones. Bueno, el equivalente aquí.

El inspector Ugarte lo miró largamente, sin parpadear. Si le hubieran puesto una pistola en la sien a Larrazabal para que dijera en qué creía que estaba pensando el policía se hubiera tenido que dar por vencido. De manera que se limitó a aceptar el incómodo escrutinio.

—Entonces sabrá que lo que me pide es absolutamente irregular. Puedo recibir algo más que un apercibimiento. Bueno, no sé cómo funciona esto en su país.

—Igual que aquí, se lo aseguro. Por eso mi agradecimiento.

Ugarte suspiró y se pasó una mano por el cabello, como constatando que no se le hubiera ocurrido crecer ni un milímetro en los minutos que llevaba con el peruano. No vestía con el desenfado de otros inspectores y agentes, que iban de vaqueros y niquis —al menos los que había conocido Larrazabal, el propio Reig, sin ir más lejos—, sino con camisa y corbata, lo que lo hacía parecer mayor de lo que en realidad era. Apenas estrenada la cuarentena o por ahí, calculó Larrazabal, de la quinta de Juanfra Reig. Como él mismo cuando salió de Lima, cuando todavía era un «pesquisa» valorado en el cuerpo y con una carrera bastante prometedora por delante.

—Soy buen amigo de Juanfra —dijo Ugarte—. Y sé que usted trabajaba con el abogado ese, con el que mataron hace poco.

—Así es, trabajaba con él.

—¿Paisano suyo?

—Y amigo.

Otro silencio, y el policía dio un sorbo a su café. Estaba bien, dijo con un suspiro, y abrió un cajón de donde sacó una carpeta que dejó sobre la mesa.

—La verdad —dijo Larrazabal mirándose las manos—, me conformaría con saber lo que ocurrió, qué es lo más significativo de todo lo que encontraron.

El inspector Ugarte hizo un gesto de impotencia. En realidad, era todo demasiado evidente, si debía ser sincero. La señora de la limpieza encontró el cadáver el sábado por la mañana. Ella corrió a avisar al portero y este, instado por un vecino, llamó a la policía. A partir de allí se llevó a cabo el estricto protocolo de estos casos, ya sabía Larrazabal, se dio parte a la policía judicial y cuando llegó él para la inspección ocular ya se encontraban allí Nina Cabañas, la forense, y la jueza que ese día estaba de guardia y su secretaria. Le firmó el acta a esta y entró a la oficina de la víctima. Dos agentes custodiaban la puerta y otro, debidamente enfundado de pies a cabeza en el traje para evitar contaminar la escena, pasaba con diligencia el Crimescope para ver las huellas, posibles residuos de sangre y fluidos corporales, si se habían efectuado disparos, marcas de mordiscos... la rutina habitual.

El cuerpo de Laura Olivo estaba tendido en el suelo, en posición decúbito dorsal. Ugarte dijo esto y abrió delicadamente la carpeta que había puesto encima de la mesa. Dentro había, además de papeles, un sobre. Extrajo de este unas fotos que colocó frente a los ojos de Larrazabal sin permitir que las tocara. En ellas aparecía una mujer que rondaría los cincuenta años, con la cabeza en un charco de sangre y la expresión remota de los muertos. Llevaba un vestido aguamarina, tal como recordaba el encargado de *Las velas durmientes*. Tenía el brazo izquierdo por encima del hombro, como si hubiese querido aferrarse a algo. «Como una nadadora», había dicho Lucía Luján. Ugarte pidió que se preservasen las manos de la mujer en bolsas de papel, por si encontraban rastros de piel bajo las uñas, como efectivamente había sido el caso.

El informe toxicológico había arrojado consumo de alcohol pero ninguna droga ni veneno o somnífero alguno. A Olivo la mató un fuerte y quizá sorpresivo golpe propinado por alguien que con toda seguridad la conocía y que había entrado con ella a su despacho. Le había fracturado el parietal derecho, cosa que confirmó el informe forense. Hubo hemorragia en nervios ópticos.

—Un golpe propinado con esto —dijo el inspector, y mostró una segunda fotografía que sacó del sobre y que volvió a colocar frente a los ojos de Larrazabal.

Era una escultura de oropeles y figuras estilizadas.

—¿De qué es la escultura, inspector?

—De uno de los premios literarios más importantes del país. Seguro estaría en una repisa al alcance de la mano del asesino, por eso insistimos en la hipótesis del crimen no planeado.

—Entiendo. ¿Y las huellas?

—Muchísimas. —Ugarte meneó pesaroso su cabeza de marine—. De calzado, como comprenderá, muchísimas. Constataron todas con la base de datos de la SICAR.

Larrazabal había oído hablar de aquella potente base de datos que almacenaba huellas de rodadas de todos los vehículos imaginables y también pisadas de una cantidad monstruosa de calzado de todo tipo y de todos los rincones del mundo: la Solemate. Él no había tenido tales sofisticaciones a su alcance en Lima, pero sabía de ello por Reig.

—La cuestión, Larrazabal —prosiguió Ugarte nuevamente reclinado en su asiento, nuevamente juntando la punta de los diez dedos—, es que había rastros de los empleados de la agencia, todos con coartada demostrable, pero también los de una persona ajena a la misma: Lucía Luján. Y la escultura con la que se le dio muerte a Laura Olivo tenía sus huellas.

—Pero la caja fuerte estaba abierta...

—Sí. Pero eso no prueba nada. Es meramente circunstancial. Pudiera ser que Laura Olivo estuviese en aquel momento sacando algo de ella cuando se produjo la discusión y en el calor de la misma se olvidó de cerrarla.

—¿Se ha hecho el inventario de lo que contenía?

—Naturalmente. Según hemos sabido, Laura Olivo no acostumbraba a guardar nada de valor allí. —Ugarte hizo una mueca después de comprobar la temperatura de su café: seguro ya estaba frío—. Nada de valor para unos ladrones, entiéndame. Contratos, manuscritos, otros papeles. Pero ninguna joya. Ni dinero. Seguimos no obstante investigando. No hemos encontrado ningún mensaje o whatsapp de relevancia en el teléfono de la mujer, y los de informática ya han destripado su ordenador personal. Nada fuera de lo común, nada que llame la atención. Una correspondencia comercial, laboral y, créame, bastante anodina. Con algunos exabruptos, pero nada extraño. Mire.

Y dejó en la mesa unas fotocopias de un registro de llamadas y mensajes de móvil. Larrazabal apenas le echó un vistazo, quedó momentáneamente en silencio y Ugarte se cruzó de brazos. En ese momento apareció en la puerta la misma agente jovencita que atendiera al Colorado momentos antes.

—Inspector —dijo con la mano en el pomo de la puerta—. Lo esperan para la reunión.

—Diles que ya voy, Begoña.

Ugarte levantó las cejas en un gesto de impotencia: si en algo más podía ayudarlo...

—Solo una cosa más, inspector, y ya no lo molesto.

—Usted dirá.

—Encontraron papeles desperdigados por el suelo.

—¡Ah! Eso —dijo Ugarte, y volvió a sacar del sobre unas fotos. En esta ocasión se trataba de fotografías de textos impresos—. No hemos podido encontrar nada que nos sugiera alguna relación entre estos papeles y el crimen. La señorita Monclús nos lo confirmó, cuando se los presentamos: eran papeles de viejos manuscritos sin mayor importancia que seguro que se le cayeron a la víctima en el jaleo de la discusión —hizo una breve pausa y luego acercó el rostro al de Colorado—. Le voy a decir una cosa, señor Larrazabal, de policía a policía. Este caso resulta bastante claro. Se trata de un crimen pasional. La señorita Luján entró con Laura Olivo a su despacho. Venían de tener una fuerte discusión, una pelea más bien, en un restaurante. Estaban bebidas. Discutieron y se volvieron a acalorar. No era la primera vez, por lo que sabemos. En un arrebato de furia, Luján golpeó a Olivo y la mató. Seguro que no quiso hacerlo, se le fue de las manos, ya sabe usted cómo es esto. Pero huyó despavorida. Las uñas de Olivo tenían vestigios de tejido epitelial. Y este corresponde a la señorita Luján. Dejó huellas por todos lados y el portero de la finca la vio bajar a las carreras más o menos a la hora en que la forense ha situado la muerte de la víctima.

La agente de la cola de caballo volvió a asomar la cabeza: inspector, estaba allí el comisario Torres. Y volvió a desaparecer.

Ugarte se levantó como impelido por un resorte y lanzó por lo bajo una maldición. «¡Comisario!», llamó desde la puerta, y luego se volvió a Larrazabal. Que lo disculpara un momento. Su voz se perdía en el pasillo. Larrazabal quedó solo, sentado frente a la mesa del inspector. Miró la carpeta un momento. Y supo lo que tenía que hacer.

Cuando el inspector Ugarte regresó a los quince minutos, Larrazabal se levantó con celeridad.

—No sabe cuánto le agradezco su tiempo, inspector. No lo entretengo más.

—De nada —el inspector Ugarte estrechó con fuerza la mano del Colorado—. Espero que le haya sido de ayuda. Y dígale a Reig que me debe una. Grande.

4
Somos muchos los que queríamos verla muerta

CUANDO REGRESÓ A SU PISO con las fotos que hizo de toda la
documentación que el inspector Ugarte dejó sobre su mesa
un momento —con toda seguridad para que él hiciera lo que
hizo—, Larrazabal se preparó un sándwich, destapó un botellín de
cerveza y llamó a la señora Luján para darle un informe de cómo
iban sus pesquisas. Intentó ser todo lo sincero que pudo aunque
sin llegar a desanimarla. Pero sobre todo le sugirió paciencia, que
no lo telefonease hasta que él no lo hiciera porque... para qué ¿verdad? Y es que la señora Luján había empezado a llamarlo intempestivamente, a todas horas, y Larrazabal decidió que era el momento de dejar las cosas claras. Colgó prometiéndole que la tendría al tanto de sus avances. Sí, que no se preocupara.

Luego se dedicó a mirar con atención el listado de mensajes
recogidos del móvil de Laura Olivo. Entre muchos whatsapps de
trabajo destacaban los que intercambió con Lucía Luján. Algunos
empalagosamente tiernos, otros de una refinada lujuria y otros más
bien duros y llenos de reproches de una alcalina malignidad, propios de una amante despechada. No se podía decir lo mismo de los
exiguos mensajes que cruzó con su marido, con quien se comuni-
caba con la fría eficacia de quien empuña un revólver, ni con Paloma Martínez, a punta de órdenes perentorias y escuetas salpimen-
tadas por frases ásperamente amables. También había en los últi-

mos meses correspondencia con Clara Monclús, más contenida de formas e incluso un punto zalamera, pero en general ninguno de aquellos mensajes parecía contener el mínimo rastro de amenazas ni alertar de alguna posible situación más tensa de lo que parecía natural en la correspondencia y las relaciones de la agente literaria. Ahí estaban las llamadas que Olivo recibió de su amante la noche de autos, lo que no probaba su inocencia, como pretendía Lucía Luján, pero sí en cambio que efectivamente ella estuvo allí y en las horas en que se cometió el crimen. Mal asunto. Realmente el caso parecía clarísimo y no había por dónde cogerlo sin que se desmigajara como un barquillo de canela. Ya la policía se había encargado de investigar y seguir la pista de las personas con quienes Olivo se había comunicado por voz y por mensajes de texto en los últimos cuatro meses. No habían podido rastrear nada que les llamara la atención. Aun así, Larrazabal hizo una prolija lista de las llamadas y mensajes de mayor frecuencia: editores y escritores, fundamentalmente. Luego las metió en una base de datos de excel y las ordenó por tiempo de duración, por contestadas, por devueltas, por no respondidas y de muchas otras formas. Al cabo de unas horas, exhausto, con la cabeza dándole vueltas, obtuvo una lista organizada por frecuencia, duración y contenido, de mayor a menor importancia. La lista estaba encabezada, claro, por Lucía Luján.

En fin, se dijo mirando por la ventana, esperando ver aparecer por la esquina más alejada de la calle a la Morita. Al día siguiente había quedado con Paloma Martínez, la chica que ya no trabajaba en la agencia de Laura Olivo. A ver qué le decía esta. Pero poco podría aportar, se temió el Colorado bebiendo el último sorbo de la cerveza, ya sin potencia. Por eso ahora era necesario seguir indagando con la gente más cercana a Olivo. A ver qué descubría...

La CAFETERÍA ESTABA LLENA de oficinistas y el rumor de las conversaciones hacía del lugar un sitio poco propicio para tener una conversación relajada. Quizá esa había sido la intención de Paloma Martínez cuando Larrazabal la citó para conversar. Al principio se negó en redondo, ahora mismo apenas si contaba con tiempo disponible, le dijo, y además ya había dicho todo lo que sabía a la policía. Ella no tenía nada más que decir: su voz sonó con el trazo rotundo del hartazgo y por un momento Larrazabal pensó que iba a ser difícil conseguir que la mujer aceptara reunirse con él. Pero no se rindió y así, persistente, suave, obstinado, logró sacarle una cita. «Veinte minutos», advirtió Martínez, «y ni uno más. En el bar que hay en la esquina de la calle Orense con General Perón. A las once de la mañana». Y colgó antes de que Larrazabal pudiera siquiera agradecerle.

A las once en punto se encontraba en el lugar donde lo emplazó Martínez. Bebiendo a sorbitos una coca-cola en una mesa cerca de la ventana, miraba una y otra vez hacia la puerta del local porque eran ya las once y diez y Martínez no aparecía. Quizá lo había plantado, quizá a último minuto se había desanimado o quizá desde el principio decidió no venir y la única manera de quitárselo de encima que encontró el día anterior mientras hablaban por teléfono fue concertar una falsa cita. No era la primera vez que le sucedía. Porque ya iban a ser las once y doce minutos y de Martínez ni rastro. Un suizo quizá se reiría de esto, pensó llevándose un cigarrillo a los labios, pero los españoles eran bastante puntuales o, al menos, mucho más que los peruanos, que a impuntuales no les ganaba nadie.

Qué país, Larrazabal. En el fondo él nunca se había sentido a gusto del todo en el Perú y allí siempre se había movido —vino a descubrir con los años— con la vaga incomodidad de un niño que de pronto sospecha que es adoptado. ¿Sería su sangre vasca? Quizá, o quizá simplemente su sempiterna negativa a asumir que la impuntualidad, la informalidad y la improvisación, tan características de sus paisanos, eran una seña de identidad con la que él pudiera sentirse concernido. Cuando llegó a España entendió que pese a las mil pequeñas diferencias que encontró entre su Lima natal y esta ciudad bulliciosa, caótica, insomne y festiva, se encontraba más a gusto aquí que allá. Claro que extrañaba la sazón de los guisos peruanos, pero no tanto como para convertirlo en tema de devoción, como les ocurría al gordo Freddy y a otros peruanos, incluyendo a su compadre. Muchos de ellos llevaban más tiempo que él viviendo en España y aun así no terminaban de acomodarse, de encajar, como si alguien hubiera dejado caer una minúscula arenilla en el engranaje de su rutina social distorsionando así su correcto funcionamiento. Para él nunca fue así. Quizá era de fácil conformar, pero tampoco extrañaba mucho la sinuosa, algo servil y a menudo hipócrita zalamería peruana. Quizá no extrañaba nada porque lo que ocurría era que sus nostalgias las reservaba a un espacio íntimo y recóndito donde no dejaba entrar a nadie. Un espacio sin luz ni ventilación que él cada vez frecuentaba menos, como el sótano de una casa al que rara vez bajan sus habitantes porque allí solo se amontonan papeles viejos y cacharros ya sin utilidad discernible.

—¿Señor Larrazabal?

Se volvió despacio. Frente a él tenía a una mujer espigada y de cabellos rubio ceniza, de rostro lavado, sin pizca de maquillaje, lo que contribuía a darle un aire juvenil, y unos ojos azules iluminados por la suspicacia. La mujer llevaba vaqueros y camiseta y sobre estos una gabardina negra ligera, con un botón rojo muy coqueto en la parte superior. Así parecía más joven de lo que seguramente era.

—Soy yo, sí. ¿Paloma? ¿Paloma Martínez?

—Sí. Discúlpeme por la tardanza. —Se sentó y dejó su móvil sobre la mesa—. Tenía que visitar un piso que quiero alquilar y el dueño se retrasó. De hecho se me ha juntado con otra cita, de manera que no lo puedo atender ni un minuto más del tiempo pactado.

—Uy, caramba, esto de los pisos es bien difícil, ¿verdad? A mí me costó sangre encontrar el mío. Y eso que es un piso pequeño en Lavapiés. Por aquí debe de ser más difícil. Y con lo carísimo que se ha puesto todo.

—Sí, es difícil, pero a veces no hay más remedio —dijo Paloma Martínez buscando con la mirada al camarero. Luego se volvió a él—: Como le digo, no tengo mucho tiempo.

Nadie tenía tiempo para dedicarle unos minutos, pensó Larrazabal. Lo de siempre. Le buscó los ojos.

—Entonces vamos directamente a la cuestión. ¿Un café?

—Claro.

Por fin se acercó el camarero de bigotito bien recortado para recoger el pedido. «Un camarero español auténtico», especie en extinción, «uno de esos que te atiende él solito una barra llena de gente y la terraza repleta», que solía decir su compadre Tejada para agregar meneando con desánimo la cabeza: «y de esos, lamentablemente, no producimos nosotros».

Una vez que se fue el camarero, Paloma Martínez cruzó ambas manos, las apoyó casi en el centro de la mesa, como quien delimita una frontera, y compuso la expresión alerta del que asiste a una entrevista de trabajo.

—Bien. Usted dirá.

—¿Qué relación tenía usted con Laura Olivo?

Martínez levantó unas cejas sorprendidas y miró a los lados buscando testigos que dieran fe de lo absurda que resultaba aquella pregunta.

—¿Cómo que qué relación? ¿No lo sabe acaso? Era su adjunta, trabajaba con ella desde que se instaló en Madrid... era, lo que se dice, su brazo derecho.

Larrazabal sacó su libreta y anotó pulcramente. Suponía, dijo al cabo con cautela, que además serían amigas o al menos bastante cercanas.

El camarero español se acercó con el café y Paloma Martínez se tomó su tiempo para contestar eligiendo un sobre de sacarina y dándole golpecitos contra la mano antes de vaciarlo en su taza. Eran bastante cercanas, sí, susurró bajando los ojos. Se podría decir que eran amigas, aunque claro, Laura tenía un carácter un poquito difícil como seguramente él ya habría averiguado. No le resultaba sencillo congeniar con los demás, se impacientaba rápidamente y le daban unas grandes rabietas, pero Paloma creía que todo eso era nada más que una inseguridad tremenda por haber luchado en un mundo difícil y lleno de zancadillas. Pero, también en el fondo, tenía un corazón de oro. ¡Si él supiera lo difícil que resultaba lidiar con los autores! Y eso por no hablar de la precariedad del negocio de las agencias literarias en los últimos años. Bueno, de todo el sector del libro, en realidad. Olivo era una magnífica agente y ella, Paloma, estaba orgullosa de haber trabajado y aprendido a su lado. Fue una amiga y también una mentora, ¿sabía él? La voz de Martínez desfalleció: una gran persona, con todo y a pesar de su carácter, una persona noble.

Larrazabal le alcanzó un pañuelo inmaculado y ella se lo agradeció: ya no se encontraban hombres con pañuelo en Madrid, sonrió, pero su voz aún estaba quebrada. Se secó con cuidado la comisura de los ojos.

—Creo que se lo voy a manchar, señor Larrazabal.

—Se lava —se encogió de hombros él.

Una vez que Martínez pareció serenarse, prosiguió:

—Laura me dio mi primer empleo serio. Y además en un sector que a mí me encanta. Soy filóloga de carrera, ¿sabe usted?

—¿Filóloga? Perdone usted mi ignorancia, pero ¿es una carrera relacionada con la literatura?

—Digamos que sí, bastante. El caso es que los filólogos no tenemos muchas salidas laborales más allá de la docencia. Laura me dio trabajo en la agencia poco después de trasladarse de Barcelona. Con la pesadez del catalanismo llegó un momento en que, como muchos otros, se hartó y decidió venirse a Madrid. Después de todo, la mayoría de las editoriales están aquí y también los autores y los medios. Bueno, desde ese momento, desde el momento en que se instaló, yo estuve trabajando con ella. Diez años hará de esto. Yo era una cría y Laura fue, ya le digo, una amiga y una mentora.

—Pero ya no trabaja usted en la agencia.

Martínez ganó tiempo bebiendo un sorbo de un café y Larrazabal advirtió que sus facciones suaves se tensaban y adquirían el leve rubor del desconcierto.

—Bueno, digamos que no encajo en el organigrama actual de la empresa...

—... Que lleva ahora la señorita Clara Monclús.

—Sí, y vamos a ver por cuánto tiempo porque Paco Costas...

—El viudo de la señora Olivo.

—Sí, él. Costas reclama la parte que le corresponde como socio y heredero. Yo creo que Clara Monclús no lo sabía. Como tampoco lo sabría Lucía Luján. En realidad muy poca gente estaba al tanto de esto, todos pensaban que Laura era la única dueña de la agencia. Ya sabrá que ellos no tuvieron hijos y que Olivo no tiene más familiares. La verdad, no quisiera estar en la agencia ahora que Clara se ha hecho con el control, pero por otro lado me dio pena dejarla. Fueron muchos años, muchas batallas. La agencia la sacamos nosotras con nuestro esfuerzo, señor Larrazabal. Y ahora...

113

bueno, ahora me han dado la patada y vamos a ver qué pasa. Por lo pronto, muchos autores querrán irse porque sin Laura Olivo la agencia no es la agencia. Para Cremades es la oportunidad que estaba buscando, y Alumini y Álvarez del Hierro también se irán.

—El señor Alumini es...

—Un escritor portugués. ¿No lo conoce, no ha oído hablar de él? Tiene setenta y siete años y vive en Lisboa, por si tiene intención de interrogarlo...

El rostro de Larrazabal se distendió en una sonrisa luminosa, como si le hubieran contado un chiste genial.

—Desde luego que no, señorita Martínez.

Aún meneando la cabeza como si no se lo acabase de creer, Larrazabal anotó el nombre y también los otros dos, por los que preguntó si vivían en Madrid o, al menos, en España.

—Albert Cremades vive en Barcelona —dijo Paloma Martínez recogiendo su móvil—. Álvarez del Hierro en Madrid. Si desea, le envío por whatsapp los teléfonos de ambos. Y ahora, si me disculpa... Se me hace tarde.

—Muchas gracias, señorita Martínez. Es usted muy amable.

Larrazabal se levantó algo precipitadamente para despedirse porque Martínez ya estaba de pie, acomodándose la gabardina ligera sobre la camiseta juvenil. Caminó hasta la puerta de la cafetería y desde allí se volvió a Larrazabal.

—Suerte con sus investigaciones.

Y le dedicó una hermosa sonrisa.

* * *

APENAS APARECIÓ EL HOMBRE en la puerta del bar, Larrazabal pudo reconocer el rostro que había visto tantas veces en internet y en los periódicos. El Colorado se levantó del sofá donde hasta ese mo-

114

mento estaba tan a gusto —un chéster de piel ajada y marrón, suave como un buen zapato trajinado— y se abotonó la chaqueta. El hombre paseó unos segundos la mirada por el concurrido bar del Casino y finalmente se encontró con aquel hombre negro, robusto, de americana azul y camisa tan blanca como su sonrisa, que se había puesto de pie. Entonces le hizo un gesto familiar con la mano, como de viejo conocido.

—Larrazabal, supongo —hizo el chiste fácil, pero el Colorado pareció no captarlo.

—El señor Álvarez del Hierro, ¿verdad?

Y estrechó la mano tendida del otro. Una mano firme, la mano bien cuidada y tibia de quien no ha pasado muchos sobresaltos en la vida. Ambos se sentaron y Larrazabal lo miró sin dejar de sonreír. Si le hubieran pedido al Colorado que pensase en alguien que encarnara la idea del triunfador, ese era Álvarez del Hierro. Vestía chaqueta de espiguilla gris, bien cortada, pantalones azules y zapatos de piel tan buena como la del chéster. Pero era más bien la negligencia elegante con la que el escritor llevaba sus prendas. Su voz resultaba ligeramente ronca y su saludable cabellera castaña había sido trabajada a conciencia por un buen peluquero. Álvarez del Hierro era un hombre maduro que estaba a gusto consigo mismo y no encantado de conocerse.

Un camarero con una bandeja y una botella sobre esta, aparecido de la nada, esfumó su veloz elucubración. Preguntó en un murmullo si el señor iba a tomar lo de siempre y este asintió con una sonrisa amable, un Glenfiddich en vaso ancho y con un cubito de hielo.

—¿Usted, señor Larrazabal?

—Yo estoy bien así, gracias.

El Colorado mostró su cerveza mediada como para que no cupiera duda alguna de sus palabras. Una vez que el camarero sirvió el vaso, Álvarez del Hierro lo levantó como para observarlo mejor. El líquido color miel destelló fugazmente a contraluz.

—Salud. Este es el único whisky escocés destilado, madurado y embotellado en una única destilería. Y lo ha sido así desde que apareció en 1887.

—Me deja asombrado. Veo que sabe usted de whiskys...

—Aprecio las buenas cosas —se encogió de hombros el escritor—. Las buenas cosas bien hechas, que sobreviven al paso del tiempo.

—Como las novelas.

—Exacto —se iluminó el rostro del escritor—, como las novelas. Sí señor. Destiladas, maduradas y embotelladas en el mismo lugar. Aquí.

Y se señaló la sien, donde aparecían unas mínimas hebras blancas. Larrazabal decidió entrar en materia.

—Aunque ahora que no está Laura Olivo, será difícil que las cosas...

—No se equivoque, señor Larrazabal —cortó el otro—. La pérdida de Laura Olivo es algo terrible que todos los que la conocimos lamentamos. Como lloramos su pérdida, que ya no esté más la amiga. Pero la vida continúa —y recitó muy bajito, casi para sí mismo—: Apenas desamarrada la pobre barca, viajero, del árbol de la ribera, se canta: no somos nada.

—Precioso, señor Álvarez del Hierro. ¿Es suyo?

—No. ¡Ya quisiera! Es de Antonio Machado. ¿Lo ha leído?

—No he tenido el gusto.

Álvarez del Hierro bebió un sorbo de su whisky y sonrió con sincera preocupación.

—Entiendo. Pero supongo que no me ha citado para hablar de literatura, sino de la muerte, del asesinato más bien, de Laura.

—Así es, señor Álvarez. Usted tenía una fructífera relación con la agencia y seguro conocía bien a Laura Olivo. ¿Sabe de alguien capaz de..?

—¿Matarla? —Álvarez del Hierro cruzó la pierna procurando no arrugar la raya del pantalón—. La verdad, no se me ocurre nadie. Es cierto que en este mundo literario las envidias, los resentimientos y la animosidad campean por sus fueros y hay mucho escritorcillo frustrado que cree que el mundo ha conspirado para negarle la fama que merece... con esos tuvo que lidiar Laura y tienen que lidiar los agentes todos los días. Los egos inflados casi siempre son inversamente proporcionales al talento de quienes los detentan. Pero de allí a que alguno de ellos mate a alguien, pues creo que es llevar las cosas al extremo. Quizá en una novela de detectives. Debería plantearse escribir alguna...

Larrazabal pensó en la Morita, lectora voraz, y se imaginó a sí mismo diciéndole que iba a escribir una novela. Le daría un verdadero ataque de risa.

—No tengo la más remota idea de cómo escribir una novela, señor Álvarez.

—Muchos que se dicen escritores tampoco y sin embargo lo hacen. E incluso venden esos libros.

—Entonces no serán tan malos.

Álvarez del Hierro sonrió con tristeza y pasó su vaso a la otra mano, quizá temiendo que se calentara en exceso.

—Créame si le digo que la labor de los agentes literarios es mucho más esforzada de lo que dicen por ahí...

—Supongo que uno habla de la feria según le va en ella. Y creo que a usted le ha ido bien...

Álvarez del Hierro extendió los brazos con un gesto de desamparo.

—No le negaré que hay un punto de verdad en ello. Al fin y al cabo, los refranes no son más que estadística... aunque hay quien dice que la estadística es una ciencia falaz. El caso es que sí, para qué vamos a negarlo —Álvarez del Hierro volvió a encogerse de hombros—. A mí me ha ido bien. ¿Sabe, señor Larrazabal? Yo no sé si soy realmente un buen escritor...

—Pero cómo puede decir eso —protestó Larrazabal recordando los elogios en los que se había deshecho la Morita al hablarle de Álvarez del Hierro—. Usted que ha recibido tantos premios.

—No, no, en serio —dijo el escritor moviendo el vaso de whisky mientras hablaba, que lo dejara terminar. Su voz era didáctica ahora—: Un escritor escribe porque necesita contar una historia, ¿sabe? Porque hay un impulso dentro de él que lo obliga a contar esa historia. Y luego, al cabo de dos, tres, cuatro años de esfuerzo, entrega esa historia a su editor, o a su agente, para que este a su vez la lleve a la editorial. Una vez que el libro es aceptado y sale a la venta, la que ocurre en el paso siguiente es completamente arbitrario. No hay pues una real causa y efecto entre el proceso de comprar un libro, leerlo y considerarlo valioso. Lo primero es una transacción, lo segundo una opción y lo tercero y último un valor, ¿entiende usted? Por lo tanto un libro puede ser malo y venderse mucho. Y ser bueno y no vender nada. Aunque a veces pasa lo contrario: que un libro malo se vende poco y un libro bueno se vende bien. Por fortuna.

—¿Y cuál cree usted que es su categoría?

Álvarez del Hierro lo miró unos segundos a los ojos, como si hubiese acusado una impertinencia o le resultase embarazoso contestar una obviedad. Al final sonrió, paternal.

—He vendido mucho, señor Larrazabal. No solo en España, sino en mercados realmente difíciles para un autor español. En Inglaterra y en Francia, en Alemania y en Estados Unidos. Mis libros están en casi todas las librerías importantes de una veintena larga de países. Pero créame si le digo que no sé sinceramente si soy o no soy un buen escritor. En todo caso, Laura opinaba que sí y mis editores también.

—¿Entonces un agente puede hacer que vendas o no? —insistió Larrazabal.

—Un agente, un buen agente, confía en tu trabajo, sabe cómo puedes mejorarlo y, lo que es más importante, sabe cómo y a quién vendérselo.

—Y usted diría que la señora Olivo...

—Era, sin duda alguna, la mejor. Tenía un carácter digamos complicado, sí. Y no aguantaba muchas pulgas. Pero también era leal y fiel con sus autores. No se preocupe, no le voy a decir que fue como una madre porque sería exagerar, pero sí que fue una buena amiga y una excelente profesional, muy respetada en el gremio.

—Y con muchas enemistades, también.

—Se lo repito, señor Larrazabal —el sorbo que iba a dar el novelista se quedó a medias—, ninguno de esos escritores de pacotilla, llenos de odio y mala uva, tendría agallas para eso, para matarla en algún otro lugar que no fuera su cabecita. Y si así fuera, ustedes lo hubiesen pillado al momento porque las huellas serían tantas que hasta un niño habría llegado a él. ¿Sabe qué le digo? Creo que fue Lucía Luján. Ella era la única que tenía un motivo real: la pasión. Fue un crimen pasional, como se ha dicho hasta ahora. Lo que no entiendo es por qué usted se empeña en que no fue así. Entiendo que el despacho para el que trabaja tiene que hacer todo lo posible para defender a su cliente, pero de allí a negar la mayor...

Larrazabal suspiró rendido. Miró con pena su vaso. La cerveza ya estaba tibia y sin presión.

—Es complicado, señor Álvarez del Hierro. Pero hay algo que se me escapa. No puede ser todo tan simple, no...

—¿Usted ha oído hablar de la navaja de Ockham?

Larrazabal lo miró alerta y Álvarez del Hierro dejó su vaso casi intacto sobre la mesita que los separaba.

—No conozco esa navaja. ¿Toledana?

Álvarez del Hierro rio, verdaderamente divertido. Luego sus ojos lo enfocaron con bondad.

—La navaja de Ockham es un principio filosófico según el cual en igualdad de condiciones la explicación sencilla suele ser la más probable. De manera más clara, lo que postula el fraile franciscano Guillermo de Ockham es que las explicaciones nunca deben multiplicar las causas sin necesidad.

—Yo creo más bien en la chaveta de Carrión, qué quiere que le diga —dijo el Colorado, y ante la interrogación que se formó en el rostro del escritor, añadió—: Ese es el principio que me enseñó mi comandante Carrión en Lima: «desconfía hasta de tu madre».

Ahora sí, Álvarez del Hierro soltó una carcajada franca, limpia, casi mentolada, que hizo girarse algunas cabezas en las mesas vecinas. Se lo tenía merecido por pedante, dijo dándose una palmada en la pierna. Muy bien dicho, señor Larrazabal. Luego se recompuso y agregó, más serio:

—En todo caso, le deseo suerte con su pesquisa. Y que el peso de la ley caiga sobre el culpable. Eso es todo lo que queremos.

* * *

Larrazabal se quedó callado un momento, tamborileando en la mesa con el bolígrafo, como si en realidad estuviera resolviendo una ecuación de tercer grado y no releyendo sus cada vez más copiosas notas. Había vuelto a citarse con Paloma Martínez después de verse con Álvarez del Hierro. No fue fácil que aceptara aquella segunda entrevista y sólo después de mucho perseverar logró que accediera. En la misma cafetería y a las doce del día. Tendría que apurarse para recoger a Fátima de la inmobiliaria porque habían quedado en comer juntos. «Ya ni te veo el pelo, cariño», se había quejado ella la otra noche. Pero Larrazabal parecía tener no solo el viento sino el tiempo en contra. Ahora, frente a Paloma Martínez, quiso entrar en materia sin mucho protocolo.

—Solo por situarme —preguntó al fin—: ¿usted dónde estaba el día del crimen?

Paloma Martínez volvió a entrelazar las manos como hiciera la primera vez y se recostó en la silla para enfocarlo mejor.

—Como le dije a la policía en su momento, estuve en la oficina con Laura, y luego de que ella se fuera, yo partí a Barcelona. En el AVE de las cuatro y media, concretamente. Tenía cita con un autor de la casa. Me enteré el domingo por la mañana —mostró su brazo joven y muy blanco—. Aún se me escarapela la piel al pensar en lo que hizo esa mujer.

—¿Usted está segura de que el crimen lo cometió Lucía Luján?

Nuevamente Paloma Martínez arqueó las cejas en un gesto exagerado de incredulidad.

—¿Acaso no está en la cárcel? ¿Acaso no encontraron sus huellas por todos lados? ¿No la vio el portero escapar de allí?

—Entiendo. ¿Y no vio ningún comportamiento extraño en la señora Olivo, nada que le llamara la atención?

—La verdad, ese día apenas la vi. Estábamos todos tensos porque debíamos revisar unos contratos que nos llegaron en el último momento de Alemania y además preparar todo para la feria de Guadalajara. Teníamos poco tiempo. Laura acababa de tener una agria charla con un autor, Albert Cremades, porque no quería representarle una novela que ella consideraba muy floja. Y Albert estaba hecho una furia. Además, sabíamos que a Cremades lo estaba enamorando otra agencia.

—¿Cuál?

—Una que no viene al caso.

—Perdone.

En algún momento de la conversación, la señorita Martínez había sacado un paquete de tabaco y jugueteaba ahora con él mirando hacia la calle, como calibrando la posibilidad de salir a fumar. Se volvió al peruano:

—El asunto es que Laura entró a la oficina, hablando pestes de Cremades. Que era un ingrato, un malagradecido y que no quería saber más de él. Que se largara con quien quisiera, ya estaba harta de sus niñerías. Era viernes y Vanessa y Soto ya se habían ido: ese día se trabaja solo hasta la una, una norma que la excluía a ella. Y a mí, naturalmente, que estaba preparando documentación para la feria y había almorzado apenas un bocadillo mientras revisaba unos documentos. El caso es que llegó Laura hecha una furia y yo procuré calmarla, le serví un whisky y nos fumamos unos pitillos. Ahora estoy planteándome dejarlo —dijo, y mostró el paquete—. Laura todavía maldijo un rato más pero poco a poco la fui calmando. En un momento dado casi se echa a llorar porque las cosas no estaban yendo demasiado bien y estaba sometida a muchas presiones, lo normal en un negocio tan precario. Luego se calmó y se fue porque tenía cita con Carolina Foscato, la editora, y se le estaba haciendo tarde. Y luego había quedado a cenar con Lucía. Yo terminé de recoger y partí a la estación.

—¿Siempre era así de temperamental?

—Ya le digo que era una mujer difícil, que a menudo se sentía acorralada. Creía que todos la despreciaban. En los círculos literarios de Barcelona por charnega, en...

—¿Charnega? Perdone mi ignorancia, señorita Martínez.

—Así les llaman en Cataluña a los que no son de allí, a los emigrados de otras regiones españolas. Es un término despectivo.

—¿Y la señora Olivo era... charnega?

—Ella era de Barcelona, pero de padres andaluces. Ya ve en qué hemos convertido este país. Tiene gracia que se hubiese hecho socia de una catalana de la alta burguesía como Clara Monclús...

—¿Socias? Eso no lo sabía. Pero bueno —Larrazabal miró fugazmente su reloj—. Me estaba diciendo que la señora Olivo se sentía despreciada.

—Sí. Más o menos. Por charnega, por mujer en un mundo donde era necesario abrirse paso a codazos, por no tener formación universitaria... «es lo que más lamento», me decía algunas veces, «no haber podido estudiar, no tener un título que arrostrarle en la cara a esos pelmas». Los pelmas eran sobre todo los escritores, con los que Laura llevaba una relación ambigua y perniciosa, porque despreciaba en muchos de ellos su vanidad, su pueril sentimiento de superioridad y al mismo tiempo le sacaba de quicio que en el fondo fueran tan inseguros y timoratos. «Es como si siguieran siendo niños», solía decir, y remataba su frase con una sonrisa malévola: «unos niños envejecidos y decrépitos, que solo han mantenido de la infancia lo peor de ella, la insensatez, el egoísmo y el capricho».

—No tenía muy buena imagen de los escritores. Y sin embargo trabajaba con ellos, los representaba, les conseguía contratos ventajosos... El negocio lo justificaba, al parecer.

Paloma bebió un sorbito de café e hizo una mueca, como si lo hubiese encontrado demasiado amargo.

—Bueno, en realidad el negocio en sí no era lo más importante para ella. No le voy a negar que le reportaba lo suficiente para vivir bastante holgadamente, pero ese dinero se lo conseguía un porcentaje mínimo de los escritores a quienes representaba. Dos o tres superventas. Y cuatro o cinco que ganaron algún premio más o menos importante. Pero los demás, en ese sentido, solo eran

123

quebraderos de cabeza para ella. Un lastre. Muchas veces me decía: «que se jodan, los voy a echar a patadas». Porque, si le soy sincera, el negocio no marchaba del todo bien de un tiempo a esta parte. No era cuestión de nuestra agencia, no. Es el mercado editorial, que se muere. Al menos tal como lo conocemos. En los últimos tiempos Laura acariciaba la idea de retirarse, de vender la agencia y dedicarse a vivir en su masía, alejada de todo.

—¿Y entonces por qué?...

Martínez ladeó la cabeza como para constatar mejor que Larrazabal fuera tan ingenuo.

—¿Por qué mantenía la agencia? Ya se lo he dicho: el poder, señor Larrazabal, el poder que ejercía sobre esos seres que despreciaba. —Hizo un gesto de impotencia con las manos—. Escucharlos lloriquear y lamentarse, ilusionarse por cualquier tontería, la falsa modestia con la que aceptaban los elogios más hiperbólicos, las pataletas que les daban por cualquier crítica en algún periódico... Le fascinaba escucharlos hablar y hablar, y ellos creían que Laura lo hacía con gusto, con maternal comprensión, con la empatía de un amigo, de un confidente, de alguien solidario para con sus temores más profundos y sus desgracias menos visibles. Laura los dejaba explayarse, sí. Pero lo hacía, como me lo confesó alguna vez, hipnotizada por aquella colosal y estúpida vanidad, hechizada a partes iguales por el desprecio y la vergüenza ajena que le impedían apartar los ojos del escritor de turno. «Es como una adicción», me dijo una vez con tanta perplejidad que entendí que no era una exageración de las suyas, «soy adicta a la estupidez de esta recua de gilipollas». Y se quedó mirándome como para que la ayudara a comprenderlo.

Larrazabal retiró el cuerpo como el que evita una enojosa salpicadura.

—Menos mal que no soy escritor...

Martínez soltó una risa sincera y fresca. Parecía divertida con la conversación.

—No se asuste, Larrazabal. Creo que solo estoy ofreciendo su perfil más desagradable. Laura era fiel y honesta. Cuando quería a alguien lo quería sin condiciones. Lo mismo vale decir para los autores que respetaba. Cuando se ganaban su respeto se convertía en una leona luchando por sus contratos y era desprendida hasta el punto de adelantarles dinero si lo necesitaban, resolverles problemas, conseguir los mejores colegios para sus hijos o unas entradas imposibles para la ópera. O para ver una final del Barça. Pero si la traicionaban... ay, si la traicionaban.

—¿En ese punto se encontraba el señor Cremades?

Paloma Martínez entrecerró un poco los ojos, como si de pronto le costara enfocar a Larrazabal.

—Con Albert había una relación antigua, de amistad. Pero todas las relaciones emocionales de Laura eran laberínticas, sinuosas y complicadas... como un cuadro de Escher, ¿sabe?

—Ajá —dijo Larrazabal, y dio gracias al cielo porque a la Morita se le hubiera ocurrido llevarle al museo donde vio esos cuadros rarísimos: escaleras que conducían a otras, enredadas y sin fin. Imposibles, sí.

—Se habían tirado los trastos a la cabeza más de una vez —continuó Paloma Martínez—, de manera que cuando entró a la oficina con la noticia de que su escritor preferido le había insinuado que se iba con otra agente, la situación era peliaguda. Y todo ello porque Laura había tenido suficientes arrestos como para decirle que su última novela estaba muy por debajo de su calidad y que no debería ni siquiera molestarse en tratar de publicarla. Que escribiera otra cosa. Cremades le colgó sin dejarla terminar y días más tarde se enfrascaron en una discusión a grito pelado, extenuante. Ninguno quería dar su brazo a torcer. Como la ruptura se veía venir, días antes habíamos quedado en que yo me acercaría a Barcelona para visitarlo y convencerlo de que se quedara con nosotros.

—¿Usted resolvía los desaguisados que ocasionaba Laura Olivo?

Paloma se quedó un momento pensativa, casi a la defensiva.

—No lo diría con esas palabras, pero como le comento, Laura podía ser muy buena negociando con las editoriales, pero con los autores le faltaba mano izquierda. Y claro, nuestro trabajo se basa en tener contentos a los autores.

—¿Entonces usted era quien negociaba con ellos?

—Digamos que pulía y allanaba las diferencias que podían surgir.

Larrazabal aspiró hondo y lanzó la pregunta.

—¿Y con usted? ¿Quién allanaba las diferencias que surgían con usted?

—Nadie.

La frase sonó como un epitafio grabado en mármol.

Pero Larrazabal no dio su brazo a torcer. Había descendido un buen trecho por aquella galería oscura de revelaciones y no era cuestión de salir a la superficie tan pronto.

—¿Podría ser más explícita, por favor?

Las manos de Paloma Martínez presionaron levemente el paquete de cigarrillos.

—Laura y yo teníamos diferencias —dijo concentrada en lo que hacían sus dedos—. Como por otro lado es natural entre una jefa y su adjunta. Y más con el carácter de ella, ya le digo. Pero sabía muy bien quién era la que le sacaba las castañas del fuego.

Se quedaron un momento mirándose a los ojos.

—Solo una cuestión más, señorita Martínez. ¿Tenía muchos enemigos la señora Olivo? Quiero decir, enemigos de verdad, no esos escritores de los que me habla. Si por un momento, y solo como hipótesis, descartáramos a Lucía Luján como autora del crimen... ¿quién cree que podría querer hacerle daño?

—No me parece una pregunta pertinente.

Ahora fue Larrazabal el que se recostó contra su silla.

—Pero Laura Olivo tuvo algunos problemas con dos autores, al menos que yo sepa: con uno por un supuesto plagio, Jacinto Rebolledo, creo, y otro lío fue con un escritor de nombre Ramos Andrade, que les acusó no sé de qué cosa...

Paloma Martínez empujó la tacita de café hasta más allá del centro de la mesa, necesitada de espacio para cruzar ambas manos sobre la misma.

—Yo se lo voy a decir, señor Larrazabal: nos acusó de no pagarle los beneficios que le correspondían por las ventas de su libro. Delirios de un alcohólico. Su demanda se desestimó por falta de pruebas. Y en cuanto a Rebolledo, nosotras actuamos de buena fe. Pensamos que era su manuscrito, ¿entiende? Que él lo había escrito y que la idea era original. Y luego supimos que no, que se lo había plagiado descaradamente a una escritora menor, más bien desconocida, que había ganado algún premio provincial y nada más. Y resultó que su manuscrito era idéntico al de este escritor. —Hizo una pausa cargada de efecto—. En todo caso, señor Larrazabal, me parecería inverosímil que cualquiera de ellos deseara matar a Laura por una cosa así. Es absurdo, y además no hay nada que los incrimine.

—Tiene toda la razón, señorita Martínez. ¿No se le ocurre a usted nadie que quisiera...?

—¿Matar a Laura? —dijo la mujer, y soltó una risa liviana—. Todo el mundo. Pero solo en sentido figurado.

—Pues difícil lo tengo. Porque su muerte, no es figurada sino real.

Paloma Martínez se inclinó más hacia él, con una vehemencia que lo sorprendió.

—¿Difícil dice? Creo que usted está empeñado en no ver lo que todo el mundo ve, señor Larrazabal. Que Lucía Luján mató a Laura por motivos pasionales. Y ojalá pase muchos años en la cárcel.

—¿Usted conocía a Lucía Luján?

—No mucho, la verdad. ¿Pero quiere que le diga una cosa de esa relación?

—Dígame.

* * *

Fátima y él eligieron una cafetería cerca del teatro La Latina y esperaron con paciencia a que les atendieran. Era una mañana dominical de cielo azul y limpio, había llovido la noche anterior y parecía como si el mundo estuviera de estreno, lo cual le infundía a Larrazabal una extraña serenidad. O quizá una tranquila resignación. Alumbraba un sol frío y la calle estaba atestada de gente que paseaba enfundada ya en chaquetones, tomaba vino, escuchaba a los músicos callejeros con su algarabía de acordeones y violines y sus gorras en el suelo.

—Aquí tienes tu libro —dijo el Colorado poniendo sobre la mesa el ejemplar de la novela que le firmara Álvarez del Hierro.

Fátima dio unas palmaditas y se movió como si fuera una *groupie* que no quisiera llamar demasiado la atención, un meneíto que hizo reír a Larrazabal y de inmediato sentir una oleada de ternura hacia ella.

—Eres un cielo —la Morita se levantó de su taburete y le dio un beso fugaz en los labios—. ¿Qué tal es?

—¿Álvarez del Hierro? Un buen tipo, me pareció. Muy sensato y muy culto.

128

—Pero no te ha aportado nada, ¿verdad? —dijo ella poniendo una mano solidaria sobre la del Colorado.

No se habían visto en los últimos días porque cuando estaba su padre era difícil que ella pudiera moverse con la tranquilidad habitual y sus visitas tenían aún más ese aire clandestino y precario que a Larrazabal ya le resultaba habitual. Y además, lectora voraz como era, se había inscrito en un club de lectura que la obligaba a desplazarse todos los viernes hasta Alcobendas.

—Nada —resopló—. La vía Álvarez del Hierro es vía muerta. Pero sirve para hacerme una idea más cabal de lo que me dijo el otro día Paloma Martínez.

Larrazabal encendió un cigarrillo y comenzó a hablar: Laura Olivo no parecía, en la vehemente composición que hizo de ella quien fuera su adjunta hasta hacía muy poco, una persona con muchos amigos, eso era cierto. Lo mismo que le había dejado entender hasta el momento todo aquel que la había tratado. Y lo que fue averiguando aquí y allá, en prensa y en viejos artículos que encontró en internet no hacía más que corroborar esa sensación: que relacionarse emocionalmente con aquella mujer era como correr descalzo por un campo de cactus.

La verdad, la conversación con Paloma Martínez no le había aclarado mucho las cosas. O mejor dicho sí, pero de una manera que no le convenía en absoluto a Lucía Luján.

Para Paloma Martínez —le explicó a Fátima mientras bebía un sorbo de fresca cerveza— Lucía Luján había trastornado a Laura, le hizo perder irremediablemente el control de sus emociones. Y creía que a Lucía le había ocurrido lo mismo. Desde el principio aquella fue una relación sustentada en lo pasional y dominada por lo violento. Empezó hacía un año, más o menos. Un viernes por la tarde, cuando no se encontraba ya nadie en el despacho y solo estaba ella, Paloma, leyendo unos manuscritos, llegó Laura. Como un huracán, los ojos desorbitados por una emoción que a duras penas podía contener. «Estoy enamorada», le dijo, y luego añadió con la voz adensada por la culpabilidad: «de una mujer». A Paloma no le sorprendió esto último porque hacía tiempo que había notado cosas, pequeños detalles con alguna becaria, gestos ambiguos, silencios espesos con una joven autora, miradas con cierta editora que le hicieron poco a poco entender cuáles eran las preferencias sexuales de su jefa. Estaba casada con un hombre, claro. Pero eso no significaba nada, ¿verdad? Al parecer, y según el relato de Paloma, que se convirtió en testigo de aquella relación, esta creció desde el principio como una hermosa planta en el estanque de lo equívoco, llena de arrebatos de celos y enturbiada de suspicacias, tremendista y un punto melodramática, como suele ocurrir con las pasiones germinadas a destiempo. Desde el principio de aquel *affaire,* y siempre según el relato de Paloma Martínez, el carácter de por sí arisco y desconfiado de Laura se avinagró más y los infrecuentes y sonrojantes arrebatos de ternura eran eclipsados cada vez con más frecuencia por episodios de furia, de insultos y juramentos, de lágrimas llenas de rencor y encono más que de tristeza. Alguna vez había visto a Lucía Luján, sí. Esperando a su jefa en el despacho habilitado para recibir visitas, con el fingido aire de superioridad y el recelo algo paleto de quien se siente vulnerable por el simple hecho de moverse en un territorio extraño. Su esmerada elegancia tenía no obstante un punto de prepotencia vulgar. Las pocas veces que se cruzó con ella parecía permanentemente enfadada y en alguna ocasión así se lo dio a entender a Laura. «¿Tu chica está enfadada por algo?». Y Laura que no, era tímida y se ponía algo hosca con los desconocidos. Al parecer a Paloma aquella descripción le sonó más propia de una hija o, si se quiere, de una mascota. Pero por supuesto se guardó mucho de hacer ningún comentario. Y se armó de paciencia para sobrellevar las intermitencias emocionales de Laura, las discusiones, los gritos por teléfono, los arrebatos de ira y también las boberías cursis del amor a las que su jefa se entregaba con la inhabilidad de quien ha olvidado el ejercicio de esas dulzuras propias de la juventud.

Larrazabal —no sabía si había hecho bien o no— luego le contó todo esto a la tía de Lucía Luján, como para prepararla para lo peor, porque hasta el momento no había sacado nada en claro, salvo aquellas confesiones que comprometían aún más a su sobrina. Pero la señora Luján frunció el ceño y se replegó en un silencio empecinado. «Busque, señor Larrazabal, busque. Algo habrá, algo que le permita tirar del hilo y dar con el verdadero asesino. Yo voy a rezar para que lo encuentre. No pierda la esperanza».

—Pero hasta el momento no tengo mucho hilo del que tirar, Morita, y me he concentrado en saber más cosas acerca de la agente literaria asesinada.

Luego, bebiendo un último sorbo de su cerveza, se preguntó casi retóricamente: ¿quién era esta mujer? Una cosa estaba clara: se había partido los lomos tratando de sacar adelante su agencia literaria y para ello tampoco parecía haber tenido muchos escrúpulos a la hora de descarrilar a cualquiera que se interpusiera en su camino. Pero eso solo la convertía en una mujer dura, quizá egoísta y con pocos amigos. Estaba casada —bueno, lo estuvo, se corrigió Larrazabal— con Francisco Costas durante casi veinte años. De manera que quizá este hombre podría darle más pistas. Quién sabía.

Acabaron sus copas, se fueron caminando despacio y del brazo, como un matrimonio antiguo, y se despidieron en la esquina de la casa de ella, que lo besó con ternura. ¿No se venía al piso con él aunque sea un ratito?, sondeó Larrazabal pasándole un dedo por la mejilla y el cuello. No podía, cariño. Hoy tenía visita familiar. Vale. Entonces la llamaba mañana para contarle. Claro, cielo. Que no se olvidara que ella iba a su club de lectura. Y otro beso.

Se quedó viendo cómo se alejaba la Morita por la calle solitaria. ¿Hablaría por fin con sus padres? ¿Les diría que salían juntos? Aquel era un elástico que no podían estirar más, le había sugerido alguna vez Larrazabal. Ya no eran unos críos. Fátima le dio la razón, pero se ponía muy nerviosa al hablar de ello y él no quería agobiarla ni agobiarse justo en esos momentos. Ya después pensaría con calma en cómo abordar nuevamente el asunto de su relación...

Sentado a su mesa, con el ordenador encendido, el Colorado supo que debería volver a repasar sus notas, ya copiosas y cada vez más desorganizadas, salpicadas de círculos y flechas, de frases que se cerraban con varios signos de interrogación, con nombres superpuestos sobre otros, leves enmiendas ortográficas y añadidos apresurados en los márgenes. Pero confiaba en ellas, como si fueran un puzle difícil de ensamblar y que requería para tal empresa todo su empeño y paciencia. Muchas veces, desde que empezó a investigar este caso, había despertado a medianoche, sobresaltado por una idea o por una premonición de lucidez que le impelía a buscar su libreta y dirigirse a una página concreta donde, inexplicablemente, hallaba un dato que había anotado sin mucha atención y que se le revelaba en ese momento decisivo. A Fátima le divertía y extrañaba a partes iguales aquel método «antediluviano» de trabajo. ¿Por qué no lo pasaba al portátil? Así lo tendría todo de manera más clara. Pero a Larrazabal aquello no le convencía, por más que se prometía hacerlo y encendía el ordenador, como ahora. Confiaba más en el aprendizaje de su mano sobre el papel que en la redacción burocrática del procesador de textos.

Luego de mirar sus anotaciones, abrumado, cerró la libreta, puso sus *Variaciones Goldberg* y encendió un cigarrillo. Cerró los ojos para abandonarse a esa suerte de lluvia delicada de notas que se iban repitiendo y al mismo tiempo variando mínimamente en su secuencia y en la que Larrazabal creía descubrir siempre algo más, una veta inesperada de placer o de conocimiento. «Te estás volviendo un melómano, cielo», le dijo Fátima cuando él le confesó lo que le ocurría con esa música, y le dio tanta vergüenza el comentario de la Morita que decidió no decir nada más sobre la profunda conmoción que le causaban aquellas *Variaciones*. Porque era cierto, así lo sentía. Y no, no se había vuelto un melómano, porque intentó escuchar piezas de Mozart y de Rachmaninov que, aunque le gustaron, no le produjeron la misma sensación. Las *Variaciones* le traían, como el viento remoto nos trae un perfume del mar cercano, una hebra inidentificable de recuerdos. Algo que no podía discernir del todo pero que le hablaba de su pasado. ¿Eso era la melancolía?

Al cabo de un rato en aquel estado de quietud decidió que ya era hora de ponerse a repasar sus anotaciones. Sin embargo lo hizo durante un buen rato sin poder concentrarse mucho en ellas, de manera que decidió salir a dar una vuelta y a comer algo en el bar a donde solía acudir, en la plaza de Tirso de Molina, mustia y anochecida ya a esa hora. Cuando regresó a su casa, algo embotado por las dos copas de vino con las que había empujado el grasiento pincho de tortilla, pensó que esta vez su libreta no le estaba sirviendo de mucho y que lo mejor era continuar con sus pesquisas de campo.

Presa de un *élan* budista del que sus colegas se burlaban discretamente, su comandante Carrión solía afirmar que «así como todo en el universo estaba conectado, así todo estaba conectado en el universo de un delito», y que, por tanto, no había ninguna pista, por pequeña e insignificante que pudiese parecer, que no fuera digna de seguirse, ni ninguna relación de la víctima, por alejada que pareciera a simple vista, que no estuviera mínimamente emparentada con el caso. Todo era pues susceptible de convertirse en rastro, pista o camino, agregaba su comandante, ya arrebatado por cierto halo místico. Gran tipo el comandante Carrión. Valiente y honesto como pocos había conocido. Lástima lo que pasó.

Por otra parte, él tenía mucho del camino allanado por las investigaciones de la policía, aunque esta hubiera abandonado rápidamente aquella arborescente galería de pistas, como si dejasen vías muertas y excavadas en el corazón mismo de aquel caso, pistas que a todas luces y de manera inexorable parecían conducir a la amante de Laura Olivo. Pero Larrazabal intuía que algo de todo aquello no encajaba, y si sus notas hasta el momento no lo ayudaban, intentaría continuar por otro lado. Buscó los nombres y teléfonos que había anotado en su libreta y decidió abrir otro cauce en la pesquisa. Y por fin se dio tiempo para revisar con más interés las copias de los papeles que se habían encontrado desparramadas en el despacho de Laura Olivo el día de su asesinato. Las había descargado en un *pendrive* y en la copistería de al lado de la Farmacia Lavapiés se las imprimieron. Eran un puñado de hojas de distinto origen y hasta para un neófito como él resultaba evidente qué eran. Pero ahora había que encontrar a sus autores.

*　*　*

CUANDO LE EXPLICÓ por teléfono quién era y qué quería, Jacinto Rebolledo, que respondió con una voz cascada de fumador, le dijo lo que hasta ese momento nadie le había dicho y que a Larrazabal le sonó a verdadera música celestial: que tenía todo el tiempo del mundo. Y si era para hablar de Laura Olivo, mucho más. Y luego soltó una risa cicatera y pedregosa, como de personaje maligno de opereta.

Le había costado desprenderse del cuerpo tibio de Fátima, que se presentó en su piso muy temprano por la mañana, como una deliciosa sorpresa, con unos cruasanes calentitos que se quedaron olvidados sobre la mesa por el perentorio deseo que le acometió al tenerla allí, sin esperárselo. ¿No iba a la inmobiliaria? No, estaban de inventario y su jefe le había dado el día libre, dijo ella apresurándose en desnudarse. Él contempló un momento sus pechos pequeños y densos, de areolas rosadas, y su vientre plano de gimnasta, admiró las piernas largas y dibujadas con precisión. Ella, al darse cuenta de la minuciosa observación de que era objeto, soltó un risa halagada, se cubrió con las manos, como ganada por un resto de pudor limpio y coqueto, antes de zambullirse en la cama. A Larrazabal le gustaba cómo se entregaba Fátima al sexo, desinhibidamente, ronroneando de placer, buscando posturas distintas, encaramándose en él sin complejos, pero sobre todo le gustaba la expresión de trance, de infinito arrebato que le transformaba el rostro cuando alcanzaba un orgasmo y se quedaba quieta, estremecida por breves espasmos que recorrían su cuerpo con precisa intermitencia, hasta que parecía volver en sí y le dirigía una mirada dulce y agradecida.

Se quedaron remoloneando en la cama después del amor y Larrazabal fue aguijoneado por la alarma de no amodorrarse: no quería posponer aquella cita con el escritor. De manera que dejó a la Morita leyendo en la cama, feliz de disfrutar de aquel inesperado asueto del que no había dicho una palabra a sus padres.

El piso de Rebolledo quedaba en el Barrio de las Letras, de manera que a Larrazabal no le fue difícil acercarse andando desde su casa. Un paseo, le dijo a Fátima, estaría de vuelta en un par de horas como muy tarde. O después, si quería, podían quedar en La Dolores para tomar unas cañas y comer por allí cerca.

Rebolledo lo recibió en un batín de seda algo desflecado, de una elegancia preterida y vagamente ducal, con un cigarrillo en los labios y el cabello alborotado de quien acaba de levantarse. Aunque fuera ya casi mediodía.

Lo miró de arriba abajo, divertido, parpadeando a causa del humo, y se hizo a un lado histriónicamente.

—Pase, pase. Larrazabal es su apellido, ¿cierto? Sea usted bienvenido y disculpe el desorden. La señora de la limpieza que viene todos los años no ha venido este.

Y soltó una carcajada bronca para celebrar su broma.

El piso era pequeño, frío y lleno de luz, quizá por eso se notaba aún más el desorden. Había montones de libros por todos lados, en pilas de difícil equilibrio y en estanterías desbordantes, en el sofá y en la mesita de cristal, donde también había una botella mediada de Johnny Walker y un vaso sucio junto a un cenicero repleto, que despedía un olor venenoso. Y en una mesa grande y de buena madera, sumergido entre tantos volúmenes de todo tamaño y condición, naufragaba un portátil cuyo mínimo zumbido indicaba que estaba encendido. «Estoy trabajando en una nueva novela», anunció Rebolledo. También observó torreones de libros dificultando el acceso al pasillo por donde avanzaron hasta llegar a aquel salón.

Rebolledo se quedó entonces un momento contemplando en silencio a Larrazabal, con una media sonrisa satisfecha, la de quien observa a un espécimen extraño al mundo de los libros que, a su vez, observa atónito semejante desmesura.

—¿Qué? ¿Muchos libros, no? —Rebolledo no fue capaz de resistir una nota envanecida en su propia pregunta.

—Ya lo creo —silbó Larrazabal como aliviado de tener que esconder su sorpresa porque, en efecto, nunca había visto tantos libros juntos. Aquel sería un paraíso para la Morita.

Pero no era en realidad la apocalíptica cantidad de libros que había en aquel piso lo que le sorprendía, se dijo el Colorado, sino la sensación turbadora de que estos habían terminado por colonizar la casa de una manera despiadada y sutil, doblegando a una

136

servidumbre inmisericorde a aquel hombre estragado que ahora lo contemplaba con curiosidad.

—Muchas gracias por recibirme, señor Rebolledo. La verdad, nadie tiene tiempo para hablar conmigo y todos parecen tener prisa por quitarse...

—¿El muerto de encima? —completó la frase Rebolledo, y volvió a lanzar su carcajada maligna. Larrazabal notó su aliento a alcohol, observó sus cejas canas y erizadas de gnomo.

—Sí, eso es —sonrió aceptando sentarse en el sofá que le indicó el escritor—. Todos quieren quitarse el muerto de encima.

Rebolledo se acomodó frente a él después de desalojar una pila de libros del sillón y antes de servirse un whisky. ¿Le apetecía o estaba de servicio?

—Digamos que estoy de servicio —contestó el Colorado sacando su libreta—. Muchas gracias de todos modos.

—¡Vaya! —en la voz de Rebolledo pareció carbonizarse un filamento de decepción—. Entonces vayamos a lo nuestro. Pero antes, si no le importa, dígame: su apellido obviamente es vasco...

Larrazabal sonrió apenas.

—Así es. Mi padre lo era. De Lekeitio.

—¡Cojones! —Rebolledo se dio una palmada en la rodilla—. ¿Pero usted es... cubano?

—No, soy peruano. Peruano de origen vasco —agregó sin saber por qué.

—Ya veo —Rebolledo entornó los ojos y afirmó despacio con el mentón, como si no se hubiera percatado de algo que saltaba a simple vista—. Espero que no sea usted proetarra.

Y volvió a soltar su carcajada áspera.

—No, no soy proetarra, señor Rebolledo.

—¡Qué alivio! ¡Menudos hijos de puta esos cabrones! No lo tome a mal, amigo Larrazabal, pero desde los últimos cuarenta y ocho años no me terminan de caer muy bien los vascos aunque usted, claro, siendo ecuatoriano...

Larrazabal no sabía si el escritor hablaba en serio o en broma porque no había abandonado en ningún momento, desde que le abriera la puerta, ese tono exagerado de personaje de sainete, malhablado y guasón. Luego le ofreció un cigarrillo, suponía que sí fumaba. Todos los detectives fumaban, ¿verdad?

—Gracias —el Colorado aceptó el cigarrillo—. Pasando a lo nuestro: ¿qué tipo de relación tenía con Laura Olivo?

Rebolledo bebió un sorbo de su whisky y pareció pensárselo mucho.

—¿Qué tipo de relación, dice? ¡Malísima!

Y soltó su carcajada rocallosa, solo que esta vez se deshizo en toses y carrasperas que le llenaron los ojos de lágrimas. Luego tomó un sorbito casi medicinal de whisky como si este fuera un jarabe expectorante. Desde muy pequeño, Larrazabal había aprendido a lidiar con alcohólicos, de manera que no se inmutó y esperó pacientemente a que la tos de Rebolledo se apaciguara.

—Usted la tuvo de representante durante muchos años, ¿verdad?

—¿Y si lo sabe para qué lo pregunta? —dijo Rebolledo con repentina mala leche y conteniendo un nuevo acceso de tos.

Así, retrepado en el sofá, encogido para contener la tos que le enrojecía el rostro, el escritor parecía una alimaña acorralada, una de esas ratas que uno arrincona contra una esquina a escobazos. Y estaba siendo, en contra de lo que inicialmente supuso el peruano, el más difícil de cuantos había interrogado. Sinuoso, burlón, distraído, Rebolledo parecía un crío caprichoso y decrépito. Uno de esos escritores niños, egocéntricos y maleducados que tanto despreciaba Laura Olivo. Pero no se iba a rendir tan fácilmente. Ni tampoco quería hacerse composiciones apresuradas que le obstaculizaran la investigación.

—Lo pregunto, señor Rebolledo, para confirmar si es cierto lo que dicen por ahí.

—¿Y qué coño dicen por ahí?

Los ojos de Rebolledo se encendieron de contrariedad. Pero también de alerta.

Había picado, se dijo Larrazabal satisfecho.

—Bueno, ya sabe —explicó Larrazabal con sencillez—. Que usted tuvo un tremendo lío con la señora Olivo porque le entregó un manuscrito que ella se encargó de colocar en una buena editorial y por el que le dieron un sustancioso anticipo. El detalle es que el manuscrito no era suyo. De manera que tuvieron que hacer frente a una inesperada y costosa demanda. Una tal señora Nogales afirmaba ser la autora de aquella novela.

Rebolledo se había llevado un pañuelo a la boca y después bebió de un sorbo su whisky. Lo hizo con encono, como quien apresura un medicamento desagradable.

—Bueno, hay varias cosas que aclarar en todo eso. Si tiene tiempo y le interesa escuchar la verdadera historia. O al menos la parte no conocida de la historia, que, como seguramente sabe, a menudo es la más exacta.

—Tengo todo el tiempo del mundo, señor Rebolledo.

* * *

JACINTO REBOLLEDO SE ACOMODÓ mejor en el sofá y se quedó un momento en silencio. Era el suyo un silencio menos teatral de lo que hasta el momento había sido su actitud hacia Larrazabal. Como si estuviese esperando que se disolviese hasta el último vestigio de posible burla en el tono de su voz.

—Lola Nogales —empezó al fin— es en un principio y *stricto sensu* la autora de aquella novela, sí. Pero yo la había ayudado con el manuscrito, yo le di la idea, yo le perfilé los personajes, yo la encaminé para que la sacara adelante. Se podría decir que en cierta medida, o mejor aún, ¡en gran medida!, aquella novela pasó a ser mía. Y Lola no se portó bien conmigo, no señor.

Rebolledo se sirvió un chorrito más de whïsky. La había conocido en un taller literario que impartió en La Coruña, muchos años atrás, cuando ella era una joven estudiante de Derecho y él un escritor de mediana edad al que las cosas le empezaban a ir bien, aunque sin exagerar. En esos años los escritores podían redondear un sueldo más o menos digno yendo de aquí para allá con los bolos.

Larrazabal ya sabía qué era aquello, esas actividades relacionadas con la profesión, charlas, conferencias, cursos y cosas así, a las que se dedicaban con cierta frecuencia los escritores. Pues bien, el caso es que Rebolledo recaló en La Coruña para hacer aquel taller organizado por el ayuntamiento y allí conoció a Lola Nogales, esa linda rubita que soñaba con ser escritora y que miraba con arrobo a su profesor mientras tomaba notas de lo que decía, o terminaba de leer algún cuento de su propia cosecha. Había ganado un premio municipal y aquello había sido todo un estímulo para seguir su vocación.

—Escribía bastante bien, la cabrona —rio entre dientes Rebolledo, como quien se acuerda de una maldad.

Pero no solo escribía bien, sino que era guapa, de larga cabellera vikinga y un rostro delicado y al mismo tiempo ávido, como si aquella chica estuviera esperando el beso que la despertara de su letargo coruñés. Y ciertamente ese beso no se lo iba a dar el novio de toda la vida con el que estaba destinada a casarse por vagos imperativos de clase. Una relación pacífica de provincias, ya sabía él, de chicos de buena familia, de vermut después de la misa, citas en la cafetería más rancia de la ciudad y tumultuosas reuniones del clan familiar en torno a una comida dominical.

Para hacer el cuento corto, Rebolledo se lio con ella y se frecuentaron durante aquellos días que duró el curso con una urgencia nacida a partes iguales de lo clandestino y de la dificultad para vislumbrar un futuro juntos. Él estaba casado por aquel entonces, pero su matrimonio ya no parecía dar más de sí a esas alturas del partido y luego de veinte años que fueron resquebrajando todo lo hermoso que pudo haber habido en la relación. Nada del otro mundo, por otra parte. De manera que el capricho por aquella joven se convirtió en algo más intenso o en todo caso más ofuscado. Y después de terminar aquel taller regresó para verla cada vez que podía. Seiscientos kilómetros de ida y otros tantos de vuelta, en su viejo coche. Dos años duró aquella locura. ¿A qué iba, a qué fue? Pues a buscarla para hacerle el amor con la urgencia del primer día, que seguía intacta, como una promesa de libertinaje y juventud renovada. Pero también para ayudarla con su primera novela. Quizá porque, siguiendo el tópico, Rebolledo se veía reflejado en ella. Así que la guio por cada tramo donde Lola se encontraba sin saber cómo seguir, deshaciendo los nudos de su trama con el mismo entusiasmo con que la desnudaba cada noche en su hotelito de la rúa Galera, a donde les llegaba el azote salino e intenso del mar cercano. Ahí hacían el amor pero también leían, corregían, iban armando poco a poco aquella novela.

—Pero luego ocurrió lo que ocurrió... —la voz de Rebolledo sonaba ahora extrañamente dócil, vencida.

Se quedó un momento en silencio hasta que Larrazabal preguntó con la voz más neutra que pudo qué fue aquello que sucedió. Lo que ocurrió fue muy simple: a él le rechazaron una colección de cuentos en los que había trabajado arduamente durante todo el verano y Laura Olivo le pedía una novela, una novela como la primera que había publicado tres años antes, la que despertó el entusiasmo de la crítica y logró muchos lectores. Solo que el caudal de su talento se había secado, se había trasvasado, más bien, en esa primera novela de su amada Lola.

Y para rematar aquella faena que inesperadamente le hacía la vida en aquel momento de crisis creativa, la chica cambió. Con la facilidad de una veleta soplada por el viento, cambió. De un verano para otro decidió reconducir la relación con su novio de siempre, quien debía hacerse cargo del despacho familiar en Londres. En aquella ocasión, Rebolledo había ido a buscarla sin previo aviso e impelido por la rutilante y algo pueril idea de explicarle que iba a dejar a su mujer. La citó en la tasca donde solían encontrarse, en las inmediaciones de la plaza de María Pita, y ella se mostró sorprendida ante aquella visita inesperada, fuera del curso algo funcionarial con que agendaban sus citas, de manera que puso algunas excusas triviales para no ir a verlo. Sin embargo, y ante su insistencia, cedió, un poco a regañadientes. Se vieron frente a unas cervezas y como Rebolledo, luego de no obtener una respuesta entusiasta a su anuncio de abandono marital, empezaba a mover su discurso entre la pesadez, el agravio y la queja plañidera, la chica lo paró en seco. Rebolledo intentó un último, desesperado recurso y habló de la literatura. Aquello desatascó algún secreto resorte en la galleguita, nunca lo supo bien el escritor, pero la cosa es que el resorte saltó. Aunque de manera contraria a la que él hubiera deseado. Lola se ofuscó. No, no se ofuscó. Se cogió un rebote de mil pares de cojones, precisó el escritor. ¿La literatura?, preguntó la chica con el rostro encendido. Que le dieran. Casi se cae de espaldas, Rebolledo. ¿Y la novela en la que había puesto todo su puto empeño y por culpa de la cual había descuidado su propia literatura? Que le dieran también. Se la regalaba. Lola cogió su tabaco y su móvil y se marchó, dejándolo ahí, chapoteando en un pantano de humillación y desconcierto.

Larrazabal se hizo una rápida composición de lo ocurrido pero esperó a que fuera el propio Rebolledo quien se lo terminara de contar. Este se sirvió un chorro más de whisky y prosiguió.

Con el sentimiento indignado de los que se creen en todo derecho por haber sido vejados en su fuero más íntimo, y ante la deserción de la joven amante y su repentino desinterés por aquella novela, Rebolledo replegó velas y corrigió el rumbo. Aquella trama, llena de imperfecciones aún, bien valía la pena seguir trabajándose. Y así lo hizo. Hasta que con el paso de los meses en que se dedicó a escribir enfurecido, terminó por convencerse de que la novela era suya, línea por línea. Después de todo, ¿no le había dicho ella que se la regalaba?

—¡Que me la regalaba! —se enardeció el escritor, como si Lola Nogales hubiese hecho acto de presencia en su salón y a ella se dirigiera—. ¡Pero si yo prácticamente se la había escrito de cabo a rabo! Ella me dio una idea tosca y sin pulir, nada más. La pobre era incapaz de ver el potencial de aquella historia, no tenía herramientas ni constancia ni mucho menos talento para terminarla. Para ella fue apenas una veleidad de chiquilla aburrida. Como lo fui yo.

En esta nueva versión, anotó Larrazabal, la chica no parecía tener muchas luces, ni la novela ser suya. Pero siguió escuchando sin interrumpir. Ahora llegaba lo importante. Lo anterior había sido apenas un desahogo.

Terminada la redacción, Rebolledo le entregó el manuscrito a Laura Olivo. Naturalmente, en ese momento le parecía absolutamente innecesario explicarle que aquella estupenda novela había pasado por las manos de una cría tarada. Pero a última hora, cuando ya habían conseguido editor y firmado contrato, impelido por un prurito de honradez o de pánico ante lo que pudiera ocurrir, se lo confesó todo a Laura. Y esta, luego de escuchar los pormenores del caso, le dijo que no tenía importancia, que la novela era «condenadamente buena» y que no sucedería nada. Que le diera la copia original de Lola Nogales y que ella la guardaría a buen recaudo.

—Pero la cría tarada se había guardado un as bajo la manga —dijo Larrazabal.

Rebolledo pareció despertar de un sueño y lo miró sonámbulo.

—Así es. Cuando la novela empezó a ir insospechadamente bien y de pronto se convirtió en un *best seller* del que todos hablaban, ella salió a la luz diciendo que era la autora. Y presentó a los periodistas que le exigieron pruebas el tosco borrador de unas cuantas páginas que había guardado en el ordenador. No era mucho en realidad, pero lo suficiente como para alborotar el gallinero mediático.

Rebolledo enloqueció de furia ante lo que consideraba una traición. Aquella fue una batalla cataclísmica, correosa y agotadora, con abogados y mucho ruido en la prensa. Pero finalmente ganaron Olivo y él. Lo que presentó Lola ante los medios y después en el juzgado, a decir del juez encargado de dictar sentencia, no terminaba de probar nada, salvo que guardaba vagos parecidos con lo publicado. Pero la prensa no se conformó con tal dictamen e incluso se insinuó que la agente había tenido tratos con aquel juez laxo y prevaricador. De manera que no, no salieron indemnes. Al menos él, no. Porque Laura retuvo parte del anticipo que le correspondía alegando gastos judiciales a los que se refería elusivamente, dando a entender que los rumores de soborno eran ciertos, de manera que Rebolledo no se atrevió a reclamar. Pero luego rehusó pagar las regalías derivadas de la venta del libro. Ni tampoco quiso cancelar lo obtenido de las traducciones. Decía que había gastado en abogados más de lo que la novela reportaba, que se olvidara de ver un duro.

—Era mentira, por supuesto —Rebolledo volvió a servirse whisky con el entusiasmo de quien vierte estricnina en el vaso de un enemigo.

Aquello era una mentira tosca y ramplona a la que no obstante la agente se aferraba porque tenía el manuscrito final de Lola que tontamente él le había confiado. Si llegaba a manos de la justicia, estaba perdido, aunque peor aún si llegaba a la prensa. Su prestigio, que pendía ahora de un hilo, saltaría por los aires. De manera que cedió. Pero cuando la novela fue contratada por un potente sello inglés y Laura le dio apenas una fracción ridícula de lo que él sabía que era un sustancioso anticipo de las ventas, Rebolledo estalló.

—Aquella bronca fue monumental —se rio por lo bajo el escritor, con su risa maligna—. Nos dijimos de todo en su oficina. La traté de vieja perra para abajo. La puteé con entusiasmo y casi con lujuria. Pero ella ni se inmutó. Que la denunciara, dijo dándose la vuelta, y yo quise patear su culo gordo. Estuve a punto de hacerlo, ¿sabe?

—¿Qué lo contuvo?

—Que ella, aún de espaldas a mí, me advirtió: «Anda, atrévete a hacer lo que estás pensando y te juro que nunca más volverás a publicar ni la mitad de un microcuento en ninguna editorial de la tierra ni del universo». Del universo. ¡Ja! Exactamente como dicen los contratos leoninos que solemos firmar los gilipollas de los autores con las editoriales. Y de la mano de cabronas como Olivo.

—Pero usted continuó siendo representado por ella.

—¿Y qué otra cosa podía hacer? Me hundió, literalmente. Se quedó con todo mi dinero. Ya me había divorciado por ese entonces y pasaba por verdaderos apuros. Laura esperaba que yo fuese a su agencia a suplicarle que me diera algo de lo que me correspondía y cuando ya estaba con el agua al cuello, recibía una transferencia, como una limosna que me concedía su magnanimidad. Fui a ver a un amigo abogado a quien le conté el asunto y que revisó mi contrato con la agencia. Lo único que me dijo fue: «estás pillado por los huevos, Jacinto». Y me dio dos palmadas en el hombro.

En efecto, Rebolledo estaba pillado por los huevos y se convirtió así en una suerte de escritor menesteroso que vivía de la caridad de Olivo; en alguien que recibía *in extremis* lo justo para seguir tirando, para pagar el alquiler, para comer, para los cigarrillos y para el whisky. Como una maldición bíblica, fueron siete largos años los que vivió así. Hasta que Olivo pareció cansarse de él como un general espartano y altivo de un ilota que ya no tiene utilidad ninguna.

—Así que un buen día rescindió mi contrato. Naturalmente de aquella novela no recibí un duro. Pero pude volver a escribir sin la angustia ni la desesperación de pensar que no ganaría ni un céntimo. Y aunque ya había perdido el tren del éxito, confiaba en que podía seguir adelante.

—Cambió de agente, ¿verdad?

—Sí. Me fui con Isabel Puertas. Su gran enemiga. ¿Y quiere que le diga una cosa? Me extraña que nadie hubiese tenido el valor de hacer lo que hizo su amante.

—¿Matarla?

—Pues claro. ¿Cree que soy yo el único que deseaba con todas su fuerzas verla muerta y pudriéndose lentamente bajo tierra? ¡Ja! Somos muchos, amigo. Investigue usted, investigue.

Larrazabal apagó el cigarrillo en el cenicero repleto que le alcanzó Rebolledo, como dándose tiempo a pensar en lo que iba a decir a continuación.

—Pero ¿usted piensa que fue Lucía Luján quien la mató?

—Mire, Larrazabal, todo parece indicar que fue ella. Pero créame que había una cola de gente detrás de ella con deseos de hacer lo mismo.

—¿Usted también?

—Sí, yo también —contestó Rebolledo, desafiante—. Pero no lo hice. Como seguramente sabe, estaba en París ese día. Es abrumadoramente fácil de comprobar. Tengo hasta fotos.

Hacía ya un buen rato que Larrazabal había descartado a Jacinto Rebolledo de sus pesquisas. De manera que miró su reloj, se levantó del sofá y le agradeció el tiempo concedido. Cuando estaba ya en la puerta se volvió a él, como recordando algo importante.

—Solo una cosa más, señor Rebolledo. ¿Usted sabe de quién pueden ser estos folios?

El escritor buscó unas gafas que sacó del bolsillo superior de su batín de seda y se las colocó con cuidado para examinar con interés aquellas páginas fotocopiadas. Empezó a leer con atención.

5

El escritor que vendió su alma

L<small>A CALLE DEL</small> B<small>ARCO</small> era larga, angosta y dibujaba en su trayecto una nítida hondonada, lo que probablemente le había dado su nombre, tan raro en una ciudad sin mar. Justo al finalizar se encuentra la plaza de San Ildefonso, que por las noches bulle con las conversaciones y las carcajadas de la mucha gente que colma sus terrazas. Pero ahora la larguísima calle y la plaza se encontraban vacías, desangeladas y más bien mustias. Justo allí, casi en la esquina con la calle Colón, se alzaba la dirección que le habían dado. A ver si había suerte, se dijo Larrazabal, sin saber exactamente a qué se refería. En todo caso, hasta el momento no había tenido ninguna.

La noche anterior, nada más irse Fátima, él se acostó temprano y se puso a escuchar los resultados del fútbol por la radio. La Real Sociedad había vuelto a perder... Pero ni siquiera ese adormecimiento nocturno y dominical pudo distraerlo del caso de Lucía Luján y tampoco del de su compadre Tejada. ¿Cómo se podía esfumar tan fácilmente un hombre que entra en un despacho a plena luz del día y acuchilla a un abogado? La única pista medianamente robusta que tenían era el testimonio de aquel chaval chino, Xian, aunque hasta el momento no había vuelto a tener noticias del subinspector Reig.

No quiso pensar más en su compadre. Dio todavía varias vueltas en la cama y al fin, resignado, se levantó, se preparó un café y buscó su tabaco. Y volvió a revisar sus notas, como si alguien inverosímilmente pudiese haber escrito allí un mensaje para él. Pero lo único que tenía en perspectiva era el burocrático plan de llamar y organizar entrevistas con quienes habían tenido algún relación con la agente literaria, como le había explicado pacientemente a la señora Luján, que se hacía la encontradiza para averiguar cómo iban las cosas.

El otro día, Rebolledo leyó los folios fotocopiados que él le mostró sin decirle que eran los mismos que la policía había encontrado junto al cadáver, dispersos por todo el despacho de la agente asesinada.

El escritor los miró con atención, leyendo un buen rato en silencio, concentrado. Separó unos de otros, frunció el ceño como si estuviera ocupado en una labor que requería toda su atención y al final resopló:

—Solo creo reconocer estas tres hojas. Son de una novela que tuvo cierta notoriedad a principios de los años noventa: *Cuando huye la tarde*. Las otras no sé a quién pertenecen.

—¿Quién es el autor? —El Colorado cogió las fotocopias y las guardó en su carpeta.

—Álvarez del Hierro. Un escritor comercial de mucho éxito. La novela a la que pertenecen estas hojas es la mejor de todas cuantas escribió. Las otras son un bodrio rebosante de tópicos y frases cursis hasta la náusea. —Luego se quedó pensando, antes de agregar—: Yo creo que leer a Álvarez del Hierro en voz alta y duramente más de diez minutos produce halitosis.

Así que Larrazabal anotó aquel nombre sin revelar que ya conocía al autor y que además tenía un ejemplar de su novela dedicado para su novia, a la que no le había producido el menor vestigio de halitosis. Le dio las gracias a Rebolledo y salió a la mañana luminosa y fría con una sensación de alivio y con la conciencia de que en cuanto pudiera debía volver a hablar con Álvarez del Hierro.

Pero ahora se vería con Paco Costas, el viudo... y el socio de Olivo. Este le contestó al teléfono cuando Larrazabal ya estaba a punto de colgar, remoloneó un poco en torno a la previsible y habitual desconfianza que generaban sus peticiones de una cita y luego de desplegar una artillería de reticencias terminó por concertar una reunión con él para el día siguiente. Después de tanta suspicacia, casi se diría que aceptó encantado. Le dio la dirección y le dijo que lo esperaba a media mañana. Sí, en la calle del Barco. ¿La conocía?

De manera que Larrazabal se encontraba ahora allí, llamando al telefonillo de aquel edificio del siglo XIX, muy parecido al que él habitaba en Lavapiés. El viudo de Olivo contestó inmediatamente. Larrazabal subió andando los tres pisos porque el edificio carecía de ascensor. Con la puerta entreabierta lo esperaba un hombre en la sesentena redonda, de rostro chupado y una boca pequeña y húmeda, algo femenina. Tenía amplias entradas y una melena canosa y rala, que le daba un cierto aspecto de seductor italiano o de genio incomprendido y mala uva.

—¿Señor Larrazabal? —dijo con voz de barítono, y le extendió una mano enérgica.

—El mismo. Señor Costas, ¿verdad?

—Adelante, por favor. Yo soy Paco.

—Y yo Apolinario.

—Entonces lo seguiré llamando Larrazabal, si no le importa. El Colorado sonrió.

—Lo prefiero, la verdad.

Larrazabal se encontró en el recibidor de una casa de muebles antiguos y cuadros solemnes, paisajes oscuros y ninfas en la fronda, cosas así. Un ventanal en el salón, a donde lo condujo Costas, permitía la entrada de luz que le daba al espacio una calidad más rica y densa. En la mesita de centro había dispuesto primorosamente un juego de café. Costas lo invitó a sentarse sin dejar de mirarlo, divertido o sorprendido. Larrazabal se sentó en un sofá cómodo frente a él y le aceptó una taza de café aromático y sabroso, que bebió apreciativo. El hombre extendió una pitillera de plata.

—¿Fuma?

Costas llevaba una chaqueta de *tweed* marrón con protectores en los codos y pañuelo de seda al cuello, de manera que a Larrazabal no le pareció extraño que tuviera una pitillera de plata.

—Muy bonita casa —apreció.

—Disfrútela porque en breve me iré de aquí. Estoy hipotecado hasta el cuello.

Larrazabal hizo un gesto ambiguo pero no dijo nada y más bien se quedó mirando las molduras de los altos techos, los cuadros dispuestos con gusto en las paredes, la chimenea de jambas elegantes, a las espaldas de su anfitrión. Sobre esta vio la foto de un hombre ligeramente canoso y atractivo que sonreía a la cámara con la confianza algo irresponsable que solo otorga la juventud. Llevaba un pañuelo al cuello. Estaba acompañado por una mujer de silueta esbelta y cabellos negros que ofrecía con descaro su sonrisa también llena, jubilosa. Ambos se apoyaban en un coche rojo y descapotable y parecían estar en el campo. Él tenía los brazos cruzados rotundamente del que siente que ha triunfado y ella los escondía tras la espalda como una niña pillada en falta.

—Laura y yo, a los pocos meses de casarnos.

Costas ni siquiera se volvió a mirar la foto que había captado la atención de Larrazabal, como si estuviese acostumbrado a explicarlo a todas sus visitas. O bien la había puesto allí para que la viera el investigador. En cualquier caso, pensó Larrazabal, servía para romper el hielo.

—Una foto muy bonita, sí. ¿De cuándo es?

—Imagínese, la tira de años. ¿No se nota que éramos felices?

—Todos los recién casados lo son.

—¿Usted cree?

—Bueno, eso dicen.

Costas encendió otro cigarrillo y lo encajó en una boquilla. Tenía las piernas cruzadas, ambos brazos extendidos a los lados del sofá, ostentosamente cómodo y dueño de la situación. El sofá donde estaba Larrazabal era muy mullido también, pero era de aquellos en los que si uno se intenta apoyar en el respaldo se hunde por completo, como presa de la indolencia, lo que resultaba poco propio para la charla que pensaba tener con Costas. Pero si, por el contrario, uno se sienta en el borde, parece intimidado. El Colorado optó finalmente por esta última posición y sacó su libreta. Pero no la abrió, simplemente la puso en la mesita de cristal que lo separaba de Costas.

—No sé, la verdad, si todos los casados son felices —se sinceró Larrazabal—. Pero ustedes sí lo parecen en esa foto. Después pasa lo que pasa: la vida.

Costas arqueó una ceja y aprobó imperceptiblemente con la cabeza.

—Efectivamente, señor Larrazabal, después pasa la vida. En el caso de la mía, de la mía y de Laura, quiero decir, nos pasó como una ola demasiado violenta que terminó por arrojarnos a cada uno por un lado. Nos separamos. Y la separación, usted seguro lo sabe, resulta la opción más deseada cuando hay odio y la más inimaginable cuando hay amor. Pero cuando ambos sentimientos van mezclados, como suele ocurrir, es una fractura de la que no salimos indemnes.

—Siento oír tal cosa, señor Costas. En parte, ese es uno de los motivos por los que quería hablar con usted. Como sabe, tengo el encargo de averiguar realmente quién mató a su mujer.

Costas levantó los hombros y sonrió con bondad.

—¿También tiene usted dudas de que fue esa putilla loca?

Larrazabal ignoró el adjetivo pero no la pregunta. Habían entrado en materia demasiado rápido para su gusto. Costas parecía pertenecer a esa categoría de hombres para quienes explicarle a los demás la verdad —*su* verdad— es una cuestión inaplazable. Y aunque los buenos modales lo disimulasen, tienen siempre una impaciencia feroz por hacerlo.

—Creo que no le entiendo bien, señor Costas. ¿Usted duda de que fuera ella?

Costas lo miró de arriba abajo, como si Larrazabal hubiese cometido el imperdonable error de dudar de su palabra.

—Por supuesto. Ella no fue quien la mató.

* * *

EL VIUDO DE LAURA OLIVO bebió un sorbo de café y con mucha delicadeza volvió a poner la taza en el platito y este en el azafate de alpaca.

—Ya sé que afirmar lo que afirmo es un poco temerario, señor Larrazabal, e incluso puede ir en mi contra, porque no se me oculta que yo también podría entrar en la categoría de sospechoso si la policía no hubiese decidido cerrar la investigación. Pero permítame que le explique un poco las cosas. ¿Tiene tiempo, verdad?

Larrazabal encendió otro cigarrillo que Costas le extendió antes de que él siquiera se lo insinuara, como si hubiese previsto esa urgencia después de preparar el terreno para explicarle lo que le diría a continuación.

—Todo el tiempo del mundo, señor Costas —afirmó, y recordó la charla con Rebolledo—. Pero me gustaría saber por qué dice que...

—Paciencia, amigo Larrazabal —dijo Costas incorporándose y acercándose al ventanal, como si esperase a alguien que tardara en exceso a una cita—. Paciencia.

Se quedó todavía unos segundos en silencio, bajo el chorro de luz, con un minúsculo y majestuoso universo de motas de polvo bailando alrededor suyo. Al fin habló, de espaldas al Colorado.

—El año que conocí a Laura yo acababa de publicar una novela que tuvo bastante repercusión en el provinciano mundo literario de ese entonces. Y me fichó Nuria Monclús para su agencia. La gran Nuria Monclús, hace tiempo retirada. Para un joven como yo, aquello era un golpe de suerte, algo tan inesperado como mágico que solo se puede retribuir balbuceando gratitud. Tiene que entender el momento, las circunstancias.

»De alguna forma éramos menos profesionales que los escritores de ahora. Quizá más leídos por quienes apreciaban de verdad la literatura, pero también más caóticos. No sé si más juveniles y al mismo tiempo más maduros que los papanatas que publican hoy en día y que solo piensan en las ventas, igual que sus editores y sus agentes, que rozan peligrosamente el analfabetismo. Quizá estábamos menos contaminados por la lujuria mercantilista de hoy en día, por el frenesí de las ventas disparatadas que exigen las editoriales. El nuestro, en ese sentido, era un mundo inaugural a cuyo estreno habíamos sido convidados de primera fila. Mezclábamos con desenfado el alcohol y la literatura, alternábamos las noches bohemias y los manifiestos políticos, pasábamos de las infinitas polémicas sobre Sartre y Camus a las enfebrecidas y largas horas de escritura, casi siempre nocturna, para terminar nuestras novelas. Aquella era aún una Barcelona dorada, iconoclasta, atrevida y desprejuiciada que no tiene nada que ver con la Barcelona cateta, casposa y egoísta de hoy en día. Estaban los grandes: Manolo Vázquez Montalbán, Juan Marsé, Pere Gimferrer, Ángel Crespo, que había regresado de Puerto Rico..., y algunos sudamericanos. Creo que quedaban por allí Mauricio Wacquez, Pepe Donoso y el ecuatoriano Marcelo Chiriboga. No recuerdo si estaba aún Jorge Edwards. En fin.

»Nosotros éramos más jóvenes, claro, y no solíamos ganar un duro con nuestras novelas. Aquello era una inmolación. Sobrevivíamos escribiendo reseñas para revistas, artículos y reportajes para la prensa, haciendo traducciones de ensayistas franceses, escritores ingleses y alemanes... esas cosas. Los premios no estaban dotados del dineral que reparten ahora y que se los conceden a presentadores de televisión, personajillos soeces de la farándula y mamarrachos cuyo mejor valor es ser fotogénicos.

Aunque no lo podía ver, Larrazabal adivinó el gesto airado de Costas, la boca fruncida de quien ha recibido de la vida un agravio imperdonable.

—Me voy por las ramas, amigo Larrazabal, usted sabrá disculparme. El caso es que Laura trabajaba en la agencia de Nuria Monclús, una agente mítica para aquellos años, seguro ha oído hablar de ella. ¿Verdad que sí? Pues bien. Laura aprendió todo lo que sabía del oficio con esta mujer. Era lista como una ardilla, rápida, resolutiva... y muy ambiciosa. ¡Si viera qué tipito tenía la condenada!

»Nuria Monclús. Gracias a ella vendí muy bien mi segunda novela, ¿sabe? Las cosas me iban rodadas, para qué negarlo. O eso pensaba yo, que asistía obnubilado a ese futuro luminoso que los dioses parecían haber trazado en mi horizonte. —Costas soltó una risita despectiva, como burlándose de sus propias frases—. Así nos pasó a muchos por aquellos años. Era joven, tenía ganas de comerme el mundo, no era mal parecido, como usted puede ver —sonrió sin poder evitar que se colara en el gesto una nube de nostalgia—, y conocí a Laura.

»Al principio fue bastante esquiva conmigo, era muy modosita o eso parecía. Siempre con sus trajes entallados y con hombreras, con esos tacones que ahora ya ninguna mujer sabe usar. Me trataba con frialdad comercial la condenada, con la sonrisa justa para no parecer desabrida ni descortés ante un autor de la casa. ¡Ah!, pero yo la rondé con el celo de un perro perdiguero, le mandaba flores y bombones y al final, creo que por intermediación de la propia Nuria Monclús, conseguí que me acompañara a los guateques con los amigos, a tomar una paella en el campo, a alguna *boîte* de moda después de la presentación de un libro, y bueno, que al final me dio el sí, nos pusimos de novios y a los pocos meses nos casamos como Dios manda. En Sant Pau del Camp, en pleno Raval. Así eran las cosas todavía en ese entonces. Nos compramos un pisito en el mismo barrio. Y fuimos razonablemente felices por un tiempo. Pero los días de vino y rosas se agotaron. Para mí solo quedó el vino. Laura quería tener hijos, ¿sabe? Y no podía. Eso la amargó bastante. Si viera lo que lloró esas noches. No pensé que nadie pudiera hacerlo tanto, con tanto ahínco y tan sostenidamente. Cuando se recuperó de aquel estado parecía otra. Sus ojos habían ganado una luminosidad inquietante, de fiera al acecho.

»Se le metió entonces en la cabeza que tenía que poner en marcha su propia agencia. —Costas se golpeteó la sien con el índice repetidas veces—. Decía que con Nuria estaba infravalorada y que apenas ganaba nada, una miseria, para lo que se embolsaba la otra. Yo bebía un poco más de lo debido por esos días, ya le digo, quizá porque las cosas tampoco me fueron muy bien en el aspecto, digamos, literario. Si Laura entendió muy pronto que su vientre estaba seco, yo tardé un poco más en darme cuenta de que mi creatividad también lo estaba. Mi siguiente novela fue un fiasco y la cuarta apenas si me la quisieron publicar. Este mundo es bastante expeditivo, amigo Larrazabal, si no funcionas quedas fuera. Paso a los más jóvenes.

»Llegaba frustrado a casa y lo pagaba con Laura. Discutíamos por todo. Por aquel entonces trabajaba como una negra —Costas no se dio cuenta de su frase y Larrazabal procuró fingir que tampoco—. Por fin un día renunció a la agencia de la Monclús. Esta no le pagó lo que le debía por ley, pero eso a Laura no la arredró. Es más, casi fue como si lo hubiera estado esperando para, con aquella prevista decepción, reunir el valor de seguir adelante con sus planes. Con sus magros ahorros, lo que me pidió a mí y sobre todo el dinero que le dieron sus padres alquiló una oficinita en un edificio modernista y algo destartalado de las Ramblas. Se hizo con algunos autores por los que apostó decididamente. Poseía buen olfato. No le ocultaré que parte de nuestras desavenencias tenían que ver con aquello: ella sabía que yo no era un escritor talentoso, que me faltaba *eso* que es necesario para conseguir algo mejor que una novela de estilo mediocre y prosa adocenada. Y no se cortaba un pelo en recordármelo. "Tú a leer manuscritos", me decía con crueldad, "que para eso sí que vales". Me lo ordenaba, más bien. Y eso era lo que yo hacía. Nos pasábamos el día entero leyendo manuscritos de escritores españoles e hispanoamericanos, pero también de franceses —idioma en el que leo bastante bien—. En medio de la habitual morralla que nos llegaba, también descubríamos algo raro y valioso, pero nunca lo suficiente como para arriesgarse a apostar por ello. Al menos no para Laura, que fue de las primeras en darse cuenta de cómo estaba cambiando el mercado editorial y cuáles eran las preferencias del lector, un poco empalagado ya de los dictadores y el tropicalismo sudamericano o de la novela de miseria tardofranquista y sopor existencial española. Nunca había nada suficientemente bueno, según sus criterios. De manera que la agencia no terminaba de arrancar. Vivíamos bastante apurados, y solo porque sus padres nos pagaban la hipoteca y nos prestaban dinero para vivir, resistíamos. Aquello era insostenible. Al cabo de un tiempo la relación se fue a pique. Era inevitable.

—¿Se fue a pique? ¿Se divorciaron?

Costas volvió a sentarse frente a Larrazabal y cruzó las piernas con lentitud. Unos calcetines de lunares quedaron al aire. Tenía los ojos ligeramente enrojecidos.

—El divorcio llevaba apenas unos años legalizado en España y sus padres eran terriblemente conservadores. Le dijeron que si se divorciaba le cortaban el grifo. Una locura. De manera que no, no nos divorciamos, pero cada uno hacía su vida por su lado. Con discreción, eso sí. Poco después tuvo el golpe de suerte que necesitaba. Un escritor que se convirtió en un *best seller*. Albert Cremades. Y casi de inmediato, Joao Alumini. El portugués, ese miserable. El premio Medicis, el Premio Rómulo Gallegos, el Camoes y otros tantos. Una avalancha de ventas. Y después la novela de un autor austríaco, Manfred Katz, cuyos derechos nosotros compramos por cuatro perras y que se volvió un superventas mundial. Debe de haber oído hablar de aquella novela porque hasta hicieron una película. *La dama del tren.*

Larrazabal confesó que no había oído hablar ni de la novela ni de la película. Pero tomó buena nota de que Costas había pasado al plural para hablar de la agencia.

—El hombre se mató en un accidente de coche regresando de Salzburgo una noche de mucha lluvia o mucho whisky, no recuerdo. Una pena, porque era un tipo inteligente, culto como una biblioteca, simpático como un meridional y buen bebedor. Nada más enterarse de su muerte, Laura viajó a Salzburgo y se asoció con Dieter Bauzer, el agente alemán que le llevaba los derechos. Entre ambos negociaron con la viuda del austríaco para editar los libros inéditos de su marido. Se lo diré con crudeza: se la comieron viva a la viuda, y cuando esta se quiso dar cuenta, ya era tarde. Creo que allí nació, en todo su esplendor, la Laura Olivo que todos conocieron y que ahora está muerta. Esto, naturalmente, no ocurrió de la noche a la mañana, pero creo que en ese momento empezó la verdadera mutación de la joven agente en ese ser calculador y muchas veces mezquino en el que se convirtió mi mujer. Laura me había ido apartando poco a poco de la agencia. Contrató a dos chicas, dos filólogas muy listas y leídas, Montse y Lali, que se ocupaban prácticamente de todo. Y cuando reaccioné ya nada podía hacer. Pero llegamos a lo que en ese momento me pareció un buen acuerdo: ella me daba un porcentaje de las ganancias y yo no metía las narices en la agencia. Me hizo firmar un contrato largo que yo cometí la estupidez de apenas leer. Es lo que tiene el alcohol. No obstante, para mí era suficiente. O eso creía. Porque Laura llevó a cabo varias ventajosas alianzas con otras agencias europeas e incluso con Bertie Wallace, el tiburón.

—Perdone, pero no le sigo. Supongo que este es o era un gran agente. Un pez gordo, como se dice.

—No un pez gordo, amigo Larrazabal. Ya se lo digo: un auténtico tiburón. Pero, según me dicen quienes asistieron a aquella cena de negocios en el Botafumeiro, el americano salió de allí convertido en un gatito. Y las ganancias de la agencia subieron como sube la espuma de una cerveza bien tirada.

—Entonces usted...

Costas miró su reloj y se acercó al aparador donde tenía unas botellas. Sirvió unos dedos de whisky en un vaso grueso, de cristal labrado. Vaso de buen bebedor.

—¿Con agua? —ofreció a Larrazabal.

—Así está bien, gracias. ¿Usted no bebe?

—Me conformo con ver que lo hace usted.

Costas continuó:

—Yo, naturalmente, fui a reclamar. Laura me echó con cajas destempladas.

—¿Por qué no pidió el divorcio?

Costas alzó las manos como para evitar explicar lo evidente.

—Porque iríamos a un contencioso y eso a ella no le convenía. Mi parte de la agencia le supondría un buen pellizco. Laura es cata-

160

lana. Yo no. Pero no iba a permitir que me echara así como así. Iba a pelear. A ella le resultaba mejor el *statu quo* y así lo entendió. Me compró este piso, y me aumentó el estipendio, por decirlo de alguna manera, y cada año lo revisábamos. Nunca he podido saber exactamente cuánto podía ganar ella, porque se había preocupado de tejer una maraña de dificultades para que yo no supiera de las cuentas. Y a mí en el fondo no me interesaba. Divorciarme era matar a la gallina de los huevos de oro. Y a ella tampoco le convenía.

—Disculpe, pero me dijo hace un momento que iba a perder el piso.

—Así es. A la muerte de Laura me enteré de que hacía tiempo que tenía deudas, que de pronto tenía dificultades para pagar las letras de las hipotecas de esta casa y de la suya, y que las cosas le iban mal. La reforma de la masía era un pozo sin fondo, realizó malas inversiones, representó novelas que no resultaron tan satisfactorias en ventas, paulatinamente menguaban las traducciones, los anticipos se volvieron una miseria... y entonces apareció una persona providencial que le compró la deuda, por decirlo así. Pero que no sabía que yo era dueño de una parte de la agencia.

Larrazabal apagó su cigarrillo y ahora sí paladeó un sorbo de whisky.

—Déjeme adivinar. Clara Monclús.

—Exacto. Voy a contarle algo que tal vez no sepa, señor Larrazabal.

Costas se dirigió a un cuadro, detrás del cual había una pequeña caja fuerte.

* * *

LOS OJOS DE VANESSA se abrieron de par en par, algo exageradamente, como si él fuese un viejo tío al que no veía hacía mucho tiempo.

—Hola, ¿nuevamente por aquí? —dijo entornando la puerta. Luego bajó la voz al tono de las confidencias—: Clara te está esperando, pero creo que no le hace mucha gracia que vengas, Larrazabal.

Al Colorado le encantaba ese tuteo sin complejos que se solían dedicar los españoles, especialmente los jóvenes con los mayores. A diferencia de a su compadre, más solemne, a él sí le gustaba que lo trataran así, como en ese momento lo hacía Vanessa. Tal que si fuera un amigo más, un «colega». Ya le había ocurrido cuando al llegar a Madrid se vio en la necesidad de compartir piso con aquel grupo de chiquillos entre los que él se movía con cierta desubicación generacional.

—Gracias por el aviso, Vane —dijo también con un susurro, y pasó al despacho de la primera vez. Habían sacado la fotocopiadora, desmontado las estanterías y metido los libros en cajas, dejando únicamente la mesa de trabajo y el carrito bar, lo que le daba a aquella habitación un aire provisional, de mudanza inminente.

—Nos mudamos, sí —le dijo Vanessa antes de dejarlo—. Desde que se fue Paloma a mí me toca ahora meterme en la mazmorra y organizar aquel caos de papeles y viejos manuscritos que tenemos aquí sabe Dios desde cuándo... Oye, Larrazabal, ¿nunca te han dicho que tienes un aire a Denzel Washington?

—Sí, después de un accidente de coche.

Vanessa lo miró extrañadísima y no dijo nada más.

Una vez que la chica lo dejó solo, Larrazabal cogió una revista y la hojeó sin mucho interés. Al instante la reconoció: era una revista de libros y escritores que le gustaba leer a la Morita. De hecho se llamaba así, *Qué leer*. Encontró un reportaje que le llamó la atención porque hablaba de su paisano Vargas Llosa. Pero bueno, aunque el Colorado se enorgullecía algo tontamente, el Nobel estaba hasta en la sopa. El reportaje hablaba de los escritores hispanoamericanos del *Boom* que alguna vez habían vivido en Barcelona. Y se mencionaba a Vargas Llosa, pero también a su compatriota Alfredo Bryce Echenique, al mexicano Carlos Fuentes, a los chilenos Jorge Edwards y José Donoso, al ecuatoriano Marcelo Chiriboga —de quien se decía que tenía una magnífica novela inédita inencontrable— y al colombiano García Márquez. Aunque de los otros solo había oído hablar, a este último sí lo había leído Larrazabal solo porque se lo dio su comandante Carrión, empeñado en que se culturizara un poco. Fue durante un verano limeño inusualmente agobiante, y le dejó una sensación abrumadora de tropical sensualidad, de desmesura y grandilocuencia que lo tuvo varios días exhausto y desorientado. *El Patriarca del Otoño,* se llamaba aquella novela, si mal no recordaba. Larrazabal vio la foto de todos aquellos escritores, que lo miraban desde su impertérrita fama y algunos desde más lejos aún, porque estaban ya muertos. Leyó otros artículos por encima, reseñas de libros y cotilleos, pero lo hizo distraídamente, con cierta aprensión de culpabilidad por chapotear como un náufrago en esa inmensidad oceánica que era su desconocimiento de la literatura. Allí resultaba clave la Morita, porque era una lectora contumaz y conocía un montón de autores. La otra tarde, después de hacer el amor, le empezó a leer unos párrafos de *Si una noche de invierno un viajero,* la novela de un italiano que habían elegido en su club de lectura para su reunión del mes. Pero el Colorado la escuchaba a medias, invulnerable a los afanes de Fátima para que se distrajera un poco. Al darse cuenta de que Larrazabal no le hacía caso, cerró el libro y le ronroneó «ya sé cómo hacerte olvidar de todo ese asunto», y deslizó una mano traviesa bajo las sábanas. Aun así, no conseguía olvidarse del todo, Larrazabal, más aún después de la charla mantenida con Paco Costas.

En realidad, no sabía muy bien por qué había cedido al impulso de llamar a Clara Monclús y pedirle una cita después de hablar con el viudo de Olivo. Quizá porque le sorprendió lo que este le revelara en su casa. Y quizá, porque, aunque algo descabellada, allí parecía abrirse una veta de investigación que no conducía, por una vez, a Lucía Luján. A los pocos minutos escuchó en el pasillo unos pasos apurados y ligeros, como de bailarina. Una bailarina altiva y enfadada.

—Cómo está, señor Larrazabal. No se levante, por favor —dijo Clara Monclús entrando al despacho prácticamente sin mirarlo, directa al escritorio.

Llevaba una blusa blanca, un vaquero ceñido y unas botas de gamuza negra que le estilizaban aún más la figura. Era naturalmente consciente de la belleza de sus piernas. De espaldas a él revisó o hizo como si revisara unos papeles. Había que ser muy entusiasta para pensar que se ofrecía así, para que él la admirara. Más bien era un gesto ostensiblemente maleducado. «Fíjate cómo interrumpes mi trabajo», era el mensaje. Larrazabal esperó en silencio un momento que le pareció una eternidad hasta que por fin Monclús se dio la vuelta. Se apoyó en el borde del escritorio y se cruzó de brazos, como una maestra severa. Incluso la pregunta que le dirigió contribuía a afianzar esa idea.

—¿Y bien?

No había la más remota partícula de cortesía en la pregunta. Sus bonitos ojos castaños eran un par de cristales fríos que lo escrutaban como a un bicho molesto.

—Mil disculpas por volver a incordiar, señorita...

Monclús levantó una mano enérgica y cerró los ojos, exasperada.

—Ahórrese las disculpas y dígame por qué ha vuelto. Usted no es policía, ¿no es cierto? Al menos no aquí, y si le concedo este tiempo es por pura cortesía, una cortesía que se me está agotando. Lo entenderá, ¿verdad, señor Larrazabal?

—Por eso mis disculpas. —Larrazabal se sintió ridículo recibiendo aquel chaparrón sentado como un colegial frente a la mujer que cruzada de brazos lo miraba a unas pulgadas del desprecio.

—Ya le digo, señor Larrazabal. No me haga perder más tiempo. Le he contado todo lo que sé sobre este asunto y mis empleados y yo hemos soportado sus absurdas y reiterativas preguntas.

«Navega siempre con bandera de cojudo», le aleccionaba el comandante Carrión. «Hasta que llegue el momento». Y eso era lo que había hecho. Por eso Larrazabal cambió su expresión bobalicona por otra más dura e inesperada.

—¿Sus empleados? ¿Debo entender que ahora es usted la dueña de la agencia?

Larrazabal no podía asegurar que Monclús tuviera algo que ver con la muerte de Laura Olivo, pero tampoco estaba de más presionar un poco. Lo que quería era ver su reacción. Si se desmoronaba, si vacilaba en sus respuestas, si su indignación era real o solo fingida.

—Y a usted qué...

—Y permítame que le diga que no, señorita Monclús —dijo Larrazabal con un tono rotundo que hizo relampaguear el desconcierto en los ojos de la mujer—. No me ha dicho todo. Al menos ha escamoteado una parte importante de información.

—Pero qué demonios...

—Usted compró la deuda que tenía la señora Olivo con sus acreedores. O si prefiere, con un desprendimiento y una generosidad más que sospechosos, asumió sus deudas. Para el caso es igual. ¿No es cierto? Y al mismo tiempo dejó de abonar la hipoteca del piso que está a nombre del señor Costas, ese que Laura Olivo pagaba a su marido religiosamente como parte de un acuerdo que había alcanzado con él hace años. Un acuerdo que lo dejaba fuera de cualquier decisión que se tomara en la agencia, de la que un porcentaje es aún suyo, por cierto.

Por primera vez en el tiempo que la había frecuentado, y que no había sido extenso pero sí intenso, Larrazabal la vio titubear.

—Pero qué tendrá que ver esa información con todo esto... fue un préstamo, nada más.

Monclús seguía apoyada de brazos cruzados contra el escritorio, pero su frágil y bien proporcionada musculatura empezaba nuevamente a tensarse. De manera que Larrazabal volvió a atacar:

—Tiene mucho que ver, señorita Monclús. Porque la deja en una situación más que interesada por que desaparezca la señora Olivo. ¿Se lo explico o me lo explica usted? Mejor se lo explico yo.

»Laura Olivo tenía deudas importantes: fallidas inversiones en bolsa, probablemente mal aconsejada, una masía cuyas reformas se habían disparado en los últimos tiempos, impagos varios, contratos que no cuajaron, y por si fuera poco se iban yendo de la agencia sus mejores autores, los que más vendían. Entonces aparece usted en escena. Le presta el dinero necesario para afrontar aquellas deudas, que es una manera de asumir a cambio el control de la agencia. Por eso se hace socia de la señora Olivo, quien nunca quiso tener a nadie en tal condición, ni siquiera a su marido. Pero estaba desesperada. De manera que acepta su oferta. Firman.

»Pero entonces usted se entera de algo que Laura nunca le contó: que el señor Costas tiene una parte de la agencia. Y Olivo le dice que ahora ese es su problema, que se entienda con su marido. Porque sabe que de esa manera no perderá el control total de su empresa. Al fin y al cabo siempre le será más fácil renegociar con el señor Costas las condiciones de su acuerdo para recuperar la agencia que negociar con usted desde una posición absolutamente desventajosa. De manera que así las cosas, usted se dirige a Costas y le propone comprarle su parte a un precio de miseria. Él se negó y entonces usted subió la oferta. Y luego veladamente amenazó. He visto las cartas y escuchando las conversaciones grabadas que guarda el señor Costas, llamadas a su teléfono fijo, señorita Monclús, porque muy hábilmente usted nunca usó ni el móvil ni el correo electrónico para ello. Pero aun así él no está dispuesto a vender. Por lo que le cierra el grifo generosamente abierto por Olivo, y deja de pagar la hipoteca de esa casa, tal como le dijo que iba a hacer si no aceptaba. Espera que echen al señor Costas, espera ponerlo contra las cuerdas y claro, que la señora Olivo muera es despejar parte de ese camino, o al menos apurarlo. Cuando al fin compre la parte de Costas, la agencia será solo suya.

Monclús palideció de manera tan notoria y brusca que por un instante Larrazabal pensó que se iba a desmayar.

—Cómo se atreve, miserable —masculló con un furor que hizo resplandecer su rostro descompuesto por la contrariedad.

Tenía la mandíbula apretada y le latía una vena en el cuello. Pero Larrazabal no se dejó intimidar. Monclús se acercó a la puerta del despacho y la abrió con desprecio, como quien necesita ventilar una habitación de malos olores.

—Salga de aquí ahora mismo. Y si quiere hacer una acusación de ese calibre, será mejor que prepare algo mejor si no quiere que le eche encima a mis abogados.

Larrazabal se levantó despacio y se abotonó la chaqueta con pulcra y demorada deliberación. Ya en la puerta, se volvió a ella.

—Gracias por su tiempo, señorita Monclús.

—*Pelacanyes* —murmuró esta mirándolo de arriba abajo.

* * *

XIAN, SU MADRE Y REIG estaban ya en *El sol de oro* cuando él llegó, apresurado y con el corazón redoblando como un tambor. Esa misma mañana, cuando se disponía a seguir con sus pesquisas, recibió la intempestiva llamada de Reig. Tenía muy buenas noticias,

Colorado, dijo, y Larrazabal notó la emoción contenida en la voz del subinspector. ¿De qué se trataba? De lo mejor que podía pasar. Xian había vuelto a ver al sicario. Si es que era él, claro. Eso bastó para que se acercara en un taxi hasta allí, dispuesto a escuchar aquella inesperada noticia.

Nuevamente se produjo aquel circuito de pregunta-traducción-pregunta entre él, la madre y el chico, solo que esta vez Xian parecía haber aprendido en tan escaso tiempo un número considerable de palabras con las que iba matizando u objetando lo que traducía su madre. Y así fueron enterándose de lo que ya le había contado a Reig, aunque en esta ocasión la señora Chen llamó directamente a Reig y le dijo que prefería no acudir a la comisaría sino al restaurante de la primera vez. Así que el subinspector aprovechó para llamar al Colorado, vente de inmediato, hombre. ¿Qué había ocurrido?

—Xian lo ha visto. A nuestro sujeto. ¡Lo ha visto, Colorado!

—¿Estás seguro? —Larrazabal sintió de pronto una sed tremenda. Lo preguntó mirando a Xian.

—Sí —dijo este con aplomo—. Yo lo vi.

Al parecer, Xian venía de casa de un familiar, un primo suyo. Fue el día anterior por la tarde. Estaba ya oscureciendo.

—Venía comiéndose tranquilamente una de esas empanadillas, cómo se llaman... —apuntó de pronto Reig, algo incongruentemente.

—*Jiaozi* —dijo el Colorado. A su compadre le encantaban aquellas empanadillas chinas hechas de arroz, carne y apio. Solo las encontraban en Usera.

—*Jiaozi*, sí —dijo Xian con soltura—. Me gustan mucho, ¡joder!

A este paso, en pocos meses el chaval iba a hablar español con mayor soltura que sus padres, que se habían estancado en lo básico, pensó Larrazabal. Después de todo, Usera estaba copado por la colonia china y uno encontraba a cada paso templos, pequeños bares, coloridas agencias de viaje, bulliciosas peluquerías y hasta una residencia de ancianos en la que apenas se necesitaba una palabra de español.

Venía pues Xian de casa de su familiar, allí en la calle de Ferroviarios, cuando le llamó la atención un griterío en un bar de la acera de enfrente.

—El Beni —dijo Reig mirando a Larrazabal—. Ese restaurante regentado por bolivianos. Ya han enviado a un agente para que investigue lo que ocurrió.

—¿Qué es lo que vio, qué viste, Xian? —dijo el Colorado con la boca seca y las manos húmedas.

Xian abrió mucho los ojos cuando vislumbró aquel relámpago metálico en la mano del tipo que había sido sacado a empellones del restaurante por un hombre gordo y aindiado. Este se detuvo en seco y su semblante se demudó al ver al otro empuñar la navaja, como si hubiese comprendido que las cosas pasaban a un nivel de juego que no se esperaba. «Te vas a enterar, culero de mierda», dijo el tipo trastabillando pero sin dejar de empuñar amenazante la navaja. Salió detrás del hombre gordo una mujer de trenzas que lo cogió del brazo, tirando para contenerlo, mirando a uno y otro lado. En la esquina de la calle Xian se había convertido en una estatua, sin atreverse a seguir su camino porque ese tramo de Ferroviarios estaba desierto y el tipo de la navaja siguió en la misma dirección en la que él iba. En la esquina el sujeto —un hombre de unos veintipocos años, delgado, de rasgos negroides, camiseta y vaqueros— se encontró con otro, que venía en una moto. Roja.

—La Bultaco.

—Exacto. La Bultaco.

—¿Cómo era, Xian? —Larrazabal se palpó los bolsillos del pantalón en busca de sus cigarrillos. Estrujó el paquete.

Por desgracia se puso el casco en el momento en que Xian, al reconocer la moto, avanzó decidido. Estaba demasiado lejos como para verlo con nitidez. También parecía joven, sí, advirtió en la rapidez del momento y antes de que su cabeza quedara oculta bajo el casco. De entre veinticinco y veintiocho años. Cabellos negros. Ningún detalle más. Pero Xian se acercó sigilosamente, temblando, cuando el otro individuo trepaba a la moto. En ese momento, el conductor, el del casco, ladeó la cabeza para mirar si venían coches y expuso su cuello a la mirada de Xian, que ya estaba cerca y, conteniendo su miedo, cruzó frente a ellos, como si nada. En la piel morena había una mancha, quizá podría pensarse que era un lunar, de no mirarse con atención. Pero no, no era una mancha ni un lunar. Xian pudo verlo con absoluta nitidez. Era un tatuaje.

—¿Algo identificable?

El muchacho, que estaba cruzado de brazos y había vuelto a su inexpresividad habitual mientras Reig y Larrazabal intercambiaban opiniones, pareció reaccionar, tomó un bolígrafo y aplicadamente dibujó un ideograma en la servilleta: 酷.

Larrazabal se quedó mirando aquel garabatejo que Xian había trazado con pulcritud y diríase con gusto, como si al hacerlo regresara a su pueblo. Lo mostró con orgullo y dijo: «Kù». Y sonrió.

—¿Y eso significa algo?

—Sí —dijo Reig sin dejar de mirar a Xian—. Significa «cruel».

—Vaya. Entonces el tipo o era chino o sabía lo que se estaba tatuando.

—O no, simplemente le gustó el garabato —retrucó Reig.

—No es un garabato, Reig. Es un ideograma. Y significa «cruel». Me parece que es mucha coincidencia que un tipo así, un sicario, se haya tatuado aquella palabra por casualidad.

—Bueno, sea como sea, ya tenemos una pista más segura —y despeinó amistosamente a Xian, que sonrió ufano—. Un tatuaje de estas características reduce considerablemente el rango de nuestra búsqueda. Lo vamos a cotejar con nuestra base de datos ya mismo. Y lo que nos digan en El Beni también servirá.

—Ya lo creo. Me gustaría...

—No, Larrazabal —Reig puso una mano sobre la mesa—. No puedo permitirte que nos acompañes, si eso es lo que ibas a decir. Y te ruego que no hables tú con la gente del restaurante. Ni te acerques, por favor. Esta investigación es nuestra.

Larrazabal enfrentó la mirada severa del subinspector. Resopló. Pero muy a su pesar tenía que admitir que tenía razón. No podía interferir en la investigación de la brigada judicial. Él jamás lo hubiera tolerado y ya bastante estaba haciendo Reig permitiéndole asistir a aquel interrogatorio informal con un testigo.

—Está bien, Juanfra, no iré al restaurante.

—¿Tengo tu palabra?

—La tienes. Sabes que sí.

Y no la iba a incumplir, por supuesto, se dijo caminando hacia la estación de metro, una vez que despidieron a Xian y a su madre y él también se despidió de Reig, que regresaba a la comisaría. El subinspector le prometió que lo tendría al tanto de las pesquisas, eso sí. Confiaba en que sería cuestión de días atrapar al sicario. No le entraba en la cabeza a ninguno de los dos que aquel tipo fuera tan negligente como para dejarse ver en el mismo barrio donde supuestamente había cometido el crimen. Eso lo descorazonaba porque podía significar que no tenía nada que ver con el asesinato de su compadre. Que simplemente estaba en el lugar y el momento equivocados cuando el chaval chino lo vio. En Usera había infinidad de jóvenes latinos que podrían responder a esa fugaz descripción. Pero claro, el tatuaje lo particularizaba. Era minúsculo, había reflexionado Reig, como la punta del meñique, en las palabras de Xian. ¿Cómo había podido verlo con tanta nitidez?, era un dibujo endiablado.

Bueno, dijo Larrazabal deteniéndose en la esquina donde Reig se separaba, para Xian era como una letra. Vale, un ideograma, mejor dicho. Y pudo leerlo. Y decía «cruel». ¿Quién lleva un tatuaje con esa palabra en el cuello?

Mientras esperaba el metro, se dijo que en realidad el significado de la palabra no importaba gran cosa. Bastaba con que fuera un ideograma chino, que además había sido plenamente identificado. Como había razonado Reig, no era frecuente. Pero en el hipotético caso de que se encontraran con dos o más sospechosos con un pequeño tatuaje chino en el cuello, la precisión con la que Xian había dibujado aquella palabra descartaría a los inocentes. Eso o que fuera la marca de alguna banda, elucubró mirando la servilleta que se había guardado. Alguna de esas bandas, los *Latin Kings* o los *Ñetas,* aunque estas estaban compuestas básicamente por chavales mucho más jóvenes. Quizá los *Dominican don't play* o los *Latin Blood,* una escisión especialmente brutal de los *Kings.*

Pero todas estas bandas se identificaban por sus colores y solían tener problemas por cuestiones de territorio, le contó a Fátima cuando regresó a su casa y la encontró esperándolo, deliciosamente acurrucada en la cama y con un libro en las manos. Puñaladas, grescas monumentales... Pero no se dedicaban al sicariato. Eso era más bien negocio de lobos solitarios, por lo general latinoamericanos o europeos del Este que actuaban solos y con mucha discreción. Gente con mucha experiencia en aquellos menesteres. No, definitivamente la descripción que había hecho Xian no parecía corresponder con la del miembro de una banda.

Pero no quiso pensar más, dijo. Ya todo quedaba en manos de la brigada judicial. Sería cuestión de días. Ahora él tenía su propio problema sin resolver. Y se le acababa el tiempo. Mañana tendría que verse con Miguel Alcaraz.

—¿Miguel Alcaraz, el escritor? —preguntó Fátima vistiéndose con rapidez, se le hacía tarde y su madre iba a poner el grito en el cielo.

—Ese mismo. ¿Lo conoces?

Fátima le regaló una linda sonrisa después de sacar la cabeza del jersey que alborotó sus rizos negros.

—No personalmente, claro. Pero leí unos cuentos suyos. Un escritor peculiar, de chamarras de cuero y tatuajes. Creo que hace tiempo que no publica nada.

* * *

EL *KERUAC* QUEDABA en una pequeña calle transversal a la de La Palma, en pleno corazón de Malasaña y encajado entre otros bares pequeños y ruidosos. Las paredes de aquella vía estaban consteladas de obscenidades, furiosos grafiti y sucesivas costras de carteles que anunciaban conciertos ya pasados de bandas aguerridas, músicos desconocidos que miraban a Larrazabal con los ojos pintados y vestimenta gótica o cantautores delicados y de guitarra clásica. El *Keruac* era un bar donde los últimos viernes de cada mes se convocaban recitales de poesía y tocaban algunos grupos de los que en un cartel se anunciaban algo temerariamente como lo mejor de la escena *underground* del país.

Abriéndose paso entre el gentío de jóvenes que pedían cubatas y tercios de cerveza, Larrazabal se acercó hasta la barra donde una chica de camiseta y *piercing* en la nariz atendía con el gesto adormecido y feliz de quien se acaba de entregar a los placeres clandestinos de un buen porro. Pidió un botellín de cerveza y preguntó por Miguel Alcaraz. Tuvo que repetir el nombre un par de veces antes de acercar su boca a la oreja de aquella camarera para que le entendiera. Mejor no haber traído a la Morita a aquel antro, pensó. Finalmente, la chica movió la cabeza hacia el rincón de aquel local estrecho como un túnel que desembocaba en un destartalado auditorio.

Con una cazadora de cuero, pendiente en la oreja y barba de tres días o tres intensas resacas, según se mire, Miguel Alcaraz conversaba con dos muchachas de escasos veinte años, que lo escuchaban con devoción. Tenía el aire empecinado de quien desea aferrarse a los prestigios de una juventud dejada mucho tiempo atrás. Era dueño de una buena mata de cabellos grises, zapatones negros de punki ochentero y la piel apergaminada del fumador crónico. Nada más pensar esto último, a Larrazabal le vino a la cabeza Lucía Luján. La última entrevista con ella tuvo un final muy tenso pese a que el Colorado había intentando conducirla por el lado amable. Al referir el asunto de Clara Monclús y Paco Costas, a la mujer se le desencajó la expresión. «No sabía que él tuviera alguna participación en la agencia, Laura siempre me dio a entender que era suya», tartamudeó, y se echó a llorar como si por fin alguien le hubiese revelado una terrible verdad que ella no fue capaz de ver. «Por eso Laura no se podía divorciar de él, cómo no me di cuenta». Fuera como fuera, el tiempo corría y ya no podía esperar más. Entonces fue que Larrazabal le explicó que hablaría con Alcaraz, que si ella sabía algo de ese escritor. «¿El loco que amenazó hace años con matarla?», dijo secándose las lágrimas. El mismo. Luján creía que tenía una buen coartada, según le contó el abogado. Fue al primero al que investigaron. «Está perdiendo el maldito tiempo, Larrazabal, investigue a Clara», fue lo último que le dijo Lucía Luján.

Pero Larrazabal ya se había encargado de hablar con Del Castillo y este con la policía para investigar a Monclús. Solo que hasta el momento y en buena ley no había nada ilegal ni mucho menos criminal en su conducta. La visita del Colorado había sido un farol, a ver si la Monclús se ponía nerviosa y se terminaba por resquebrajar ese mármol frío en el que se parapetaba. Pero luego del momentáneo desconcierto contra el que la arrinconó la otra tarde, la catalana había mostrado temple y, si tenía algo que ocultar, lo iba a manejar muy bien. Por lo pronto, le dijo Del Castillo casi para consolarlo, la policía la tendría en la mira.

De manera que decidió hablar con aquel escritor ahora reconvertido en empresario hostelero. Avanzando entre el estruendo desgarrador de la música blues y la gente que se arracimaba en torno al escenario, pudo llegar a donde él.

—¿Señor Alcaraz?

—Sí, ¿quién pregunta? —Y lo miró de arriba abajo, con recelo.

—Apolinario Larrazabal, del despacho del señor Del Castillo. Hablamos hace un par de días. Por el asunto de Laura Olivo.

—¡Ah, sí! ¿Usted es el detective?

Y levantó una ceja desdeñosa o incrédula.

—Sí, soy el investigador del despacho, en efecto. ¿Podemos hablar un momento?

Alcaraz se alisó los cabellos con ambas manos como si pensara hacerse una coleta. Luego se cruzó de brazos.

—Mire, Larrazabal. Ya le dije que no creo que sea buena idea. Hay mucho trabajo ahora mismo. El concierto va a empezar en media hora y tenemos problemas con el equipo de luces.

—Le prometo que seré breve —atajó el Colorado, sonriente—. Es importantísimo porque van a encerrar a una persona inocente.

Alcaraz suspiró, rendido. Miró su reloj y salieron a la calle. Allí Larrazabal encendió un cigarrillo y extendió la cajetilla hacia el otro. No, hacía un par de años que lo había dejado, dijo Alcaraz mirando el tabaco como si le hubiesen mostrado un alacrán. Larrazabal se sorprendió un poco porque hubiera jurado que Alcaraz era fumador. Como si el otro le hubiera leído el pensamiento, observó:

—Ni fumo ni bebo, amigo. Estuve a punto de palmarla por los excesos dionisíacos a los que me entregué durante muchos años y aunque administre un local como este, no se deje llevar por una primera impresión.

E hizo descender ambas manos junto a su cuerpo, igual que un santón mostrando a los incrédulos que también es de carne y hueso. Bien mirado, tenía aspecto de usar un disfraz, con aquella cazadora, sus pantalones pitillo y el pendiente en la oreja. Y en su rostro flotaba la alegría bobalicona del converso. De manera que Larrazabal se fumó el cigarrillo solo, hurtándose un poco al viento nocturno, ganando tiempo para saber cómo empezar aquella conversación y sacarle todo el partido posible.

—Este negocio parece mejor que el de los libros, ¿cierto?

—En el de los libros depende de cuál sea su posición —valoró el otro con desconfianza—. Si eres editor o agente, siempre será un buen negocio. Si eres el escritor, estás arruinado. En cuanto a esto... —y le echó un vistazo a su local—, da lo suficiente como para ir tirando. Como para vivir en paz y sin pretensiones, ¿sabe?

—Parece que casi todos los escritores de este país opinan como usted —sonrió Larrazabal lanzando su colilla a la otra acera.

—No se crea. Seguramente ha entrevistado a los perdedores o a los menos listos. Le aseguro que también hay escritores que se han forrado.

—Ya. Pero usted no es uno de esos.

Alcaraz se llevó una mano al bolsillo, como si fuese a sacar algo. Pero no lo hizo.

—Veo que ha hecho su trabajo, señor...

—Larrazabal.

—Larrazabal. Es apellido vasco, ¿verdad? —Y lo volvió a mirar. En su rostro flotaba un presentimiento de sonrisa burlona.

Larrazabal suspiró y explicó a grandes rasgos lo de su origen, ante la indiferencia del otro. Finalmente, pastoreando un rebaño de frases inocentes, volvió a reconducir la charla a donde quería.

—Parece pues que su relación con Laura Olivo no fue todo lo bien que pudiera desear.

Larrazabal observó, pese a que Alcaraz estaba a contraluz, cómo se tensaba la mandíbula potente, el gesto contenido del pendenciero que pugnaba por volver a la superficie.

—Laura Olivo era una estafadora —afirmó sin entonación, como si fuera un diagnóstico—, una hija de puta sin escrúpulos que me hundió a mí y también a otros escritores. No me haga hablar.

Del fondo del *Keruac* brotaron tres acordes broncos de guitarra que parecieron ponerle un punto dramático a aquella frase. Y casi de inmediato una salva de vítores. Como un rugido. Alcaraz se volvió momentáneamente y Larrazabal supo que si no decía algo se le escapaba.

—Tiene que ser difícil de encajar que te hagan lo que le hizo a usted Laura Olivo.

Aquello era un farol en toda forma. Larrazabal no tenía idea de qué le podría haber hecho Laura Olivo a Alcaraz, pero era evidente, a juzgar por el rencor con el que hablaba, que algo grave había sucedido entre ellos. Y no era el único, claro.

Alcaraz lo miró sin abrir la boca, como si estuviera conteniendo un juramento o un escupitajo que pugnara por escapar de sus labios y destrozar así su imagen de hombre pacífico, de bravucón regenerado, de converso ganado para la irreprochable causa de la sensatez. Pero Larrazabal había puesto el dedo en un nervio que lo hizo saltar de rabia. Aunque hubiera ocurrido mucho tiempo atrás

—puesto que Alcaraz hacía años que no publicaba—, allí quedaba la tibia hoguera del rencor. Y él acababa de soplar sobre ella.

—Deme un cigarrillo, —Alcaraz extendió una mano, exigiendo—. Supongo que usted ya está enterado de lo que me ocurrió con esa perra. Claro, usted lo sabe. Pero ya los maderos vinieron por aquí y me hicieron mil preguntas que con toda probabilidad usted va a repetir. Y me hará perder el tiempo para llegar a la misma conclusión que esos lerdos prepotentes: que yo no la maté.

—No, no, señor Alcaraz —afirmó Larrazabal—. Le juro que no he venido por eso. Simplemente trato de averiguar todo lo posible para descubrir al asesino de la señora Olivo. Porque su amante, Lucía Luján, prácticamente ha sido acusada ya, como usted sabe. Y mucho nos tememos, su abogado y yo, que lo haya sido injustamente. Por pruebas, digamos, más bien circunstanciales.

—¿Circunstanciales, dice usted? Pero si aquello estaba lleno de sus huellas por todos lados, la vieron salir del edificio a la hora en que se cometió el crimen y luego lo negó...

—Veo que usted está al tanto de lo ocurrido.

—¿Quién no?

Como era de esperar, el caso de Laura Olivo había continuado filtrándose rápidamente a los medios, debido a la repercusión del personaje en el mundo cultural, y durante un buen tiempo no se habló de otra cosa en la prensa escrita y en la televisión.

—Ya. Pero aun así, creemos que ella no es la asesina. Usted sabe lo que es la injusticia. A usted le destrozaron la vida por una, ¿verdad? Y fue Laura Olivo quien lo hizo. Quizá podamos evitar que cometa la misma injusticia, aunque sea de manera póstuma, con otra persona.

Los ojos de Alcaraz se esfumaron de su rostro. Le dio dos caladas rápidas, llenas de urgencia, al cigarrillo antes de lanzarlo lejos, como si abjurara de él.

—Pues sí que sé qué es ser víctima de la injusticia de esa mujer. Y sí es cierto que la amenacé de muerte. Pero fue un arrebato, no una verdadera amenaza. Yo tenía un futuro brillante como escritor. Tenía talento, ¿sabe? Un talento brutal y sobre todo un talento cargado de originalidad. No lo digo yo, lo decía la crítica. No era disciplinado, eso sí. Pero ¿quién coño lo es de joven? Pasaba la vida en garitos como este, escribía de madrugada, trapicheaba con hachís, vivía con unos okupas. Pero mi literatura... ¡ah! Mi literatura era puro fuego. Entonces apareció en el horizonte Laura Olivo. Venía a poner en orden el caos que era mi vida para que mi obra tuviera el lugar que se merecía, me dijo mirándome a los ojos. Y en lugar de eso hizo añicos lo poco que tenía: mi talento, mi dignidad y mi futuro. Y de la peor manera posible. ¿Lo sabe, verdad?

* * *

LARRAZABAL LE OFRECIÓ otro cigarrillo a Alcaraz y este lo aceptó con la premura de los adictos. Fumaron unos segundos en silencio, cada quien atrincherado en lo suyo. Pero era como si la erosión de aquella afrenta lejana volviese desde el fondo del tiempo para desgastar el rostro de Alcaraz, como una tormenta acercándose peligrosamente a la costa.

El Colorado por su parte pensaba en lo que le dijera Del Castillo sobre Alcaraz en su despacho un par de días atrás, justo después de su visita a Paco Costas y a Clara Monclús. Quizá se estaban empecinando en un asunto que estaba clarísimo, Larrazabal, le dijo el abogado a modo de saludo. La jueza ya tenía preparado el auto de conclusión de sumario, que se había retrasado bastante por cuestiones meramente burocráticas, y por fortuna en esta ocasión, pero ellos no tenían nada aún para demostrar la inocencia de Lucía Luján. Él estaba organizando la defensa centrándose en lo pasional del asunto porque veía pocas posibilidades de encontrar nada que la exculpara. Larrazabal carraspeó y se permitió plantear que creía estar cerca de algo, pero necesitaba un poco de más información respecto a cierta gente. Miguel Alcaraz, por ejemplo. Del Castillo le pidió a la secretaria sus notas y los documentos del caso Luján y al momento esta apareció con unos legajos. Del Castillo se caló las gafas y puso un índice en las hojas de su cuaderno, disponiéndose a leer.

Miguel Alcaraz había sido un escritor precoz, contestatario, provocador, dueño de una prosa que el crítico de un suplemento literario había considerado «un asalto a mano armada a la corrección política y al mismo tiempo un deleite lleno de rotunda arrogancia», leyó de carrerilla el abogado. De vez en cuando saltaban al ruedo escritores así, colmados tanto de furia como de ganas de triunfar. Mujeriego —«además de putero», le especificó Del Castillo—, camorrista, trasnochador, con más confianza en sí mismo que un tráiler lleno de chulos, narcisista, inestable emocionalmente según los peritos que lo vieron, sableador de amigos y de extraños, y por lo tanto ahogado en deudas, pequeño traficante... una verdadera joya el amigo Alcaraz, observó el abogado. Pero parecía un escritor de talento homérico que había publicado hasta entonces en alguna editorial de tres al cuarto, agregó. Eso al menos fue lo que llegó a oídos de Laura Olivo, quien fue en su busca, relamiéndose de gusto.

—Sí, ya le digo, yo era un escritor con tremendo talento —dijo Alcaraz de pronto, casi asombrado de sus propias capacidades—. Escribía con la misma naturalidad con la que otros respiran. No necesitaba ni un lugar adecuado, ni silencio ni tranquilidad económica, ni ninguna de esas mariconadas que reclaman los escritores de pacotilla. Solía escribir muy cerca de aquí, en el *Bukowski*, que llevaba Carlos Salem, un buen amigo argentino. Argentino y escritor. Como la copa de un pino. Yo escribía a máquina, no con ordenador. Me parecía más sincero, más brutal, no sé qué gilipollez pensaba en ese entonces sobre la autenticidad. Lo hacía en medio del alboroto, de la música atronadora, del jolgorio beodo de la gente que iba a beber y a escuchar blues. Llegaba a las nueve o diez de la noche, todavía con resaca, y me iba a casa a las tres o a las cuatro de la mañana. Completamente ebrio. A veces dormía allí mismo. A veces despertaba en casa de alguna chorba.

—Tenía mucho éxito con las chicas, sí —dijo Del Castillo hojeando sus papeles—. Supongo que con el cuento del escritor maldito. Eso no falla con las chavalitas. Pero si le ponen una mujer de verdad seguro que se caga por las patas para abajo. Disculpe mi vulgaridad. Y pensar que tiene una hija de casi veinte años...

—No se preocupe, señor Del Castillo. ¿Entonces Alcaraz no tenía pareja estable?

—No, no tenía ningún romance duradero —dijo Alcaraz con sencillez—. Me encantaba follar con todas las chicas que podía. De toda edad.

—Como le digo, sobre todo le gustaban las jovencitas —continuó Del Castillo—. Tuvo algún problema con eso. Algún padre enfurecido que le partió la boca. Una madre que quiso denunciarlo. Pero nunca pasó de ahí la cosa. También tenía una habilidad especial para meterse en trifulcas. Y no olvide lo principal: hace años amenazó de muerte a Laura Olivo por algo que le hizo. Quizá le rechazó algún libro. En fin, Larrazabal, si quiere hablar con él, hágalo. Aquí tiene la dirección de su bar en Malasaña y la de su piso en Usera. No sé qué puede sacar de todo esto, porque la policía ya lo investigó y no encontró ninguna relación ni nada sospechoso que lo involucre en el crimen. De todas maneras, váyase con cuidado.

Del Castillo hizo un gesto de boxeador y le guiñó un ojo.

—Lo cierto es que sí —dijo Alcaraz—. Era bastante pendenciero. Arrastraba una especie de furia sagrada en el pecho, un rencor o una pasión, no lo sé. Pero no soportaba el más mínimo agravio, la menor ofensa. Tampoco había publicado nada más que un libro de cuentos y quizá era eso, que sentía que la vida me estaba negando lo que en justicia me merecía. Una editorial pequeña y hoy desaparecida me publicó aquellos cuentos. El editor me pagó con ejemplares, ¿sabe usted? Y luego desapareció del mapa.

»Yo simplemente leía mis relatos allí en el *Bukowski*. Sentado en un taburete como de comediante barato o cantautor estreñido, con una luz cenital y tenue sobre mi cabeza, yo leía, y a medida que avanzaba por los párrafos, los murmullos se iban apagando y la gente se sumía en un silencio absorto y devoto. Quizá les subyugaba que mis textos eran bastante macarras, pero en cambio mi novela... era otra cosa. Aquella novela era de una elegancia que no obstante admitía una veta canalla. Por decirlo así: mis personajes cogían trompas de órdago, pero con martinis. Y salían de los bares dando traspiés como unos caballeros. Era como el puto Scott Fitzgerald. La gente aplaudía a rabiar, me daban palmadas en la espalda, me invitaban a chupitos, las chicas me miraban con coquetería o directamente me escribían sus teléfonos en servilletas o papelitos. Follaba mucho, yo. Era una puta gloria local. O más bien era una puta gloria del local.

Alcaraz rio entre dientes su propio mal chiste. El Colorado escuchaba con las manos en los bolsillos. Ya el escritor había abierto esa espita que manaba sangre y rencor.

—Yo era el escritor cuyas lecturas hechizaban al auditorio, ¿sabe usted? Para envidia de los pobres infelices que leían después de mí.

»Pronto se corrió la voz, porque cada vez venía más gente cuando yo participaba. Y Salem no me cobraba las birras. ¡Era yo el que tenía que haber cobrado por llenarle el local! Pero seguía siendo un escritor poco menos que inédito, sin verdaderos lectores, un escritor que curraba en cualquier trabajito para pagarse la habitación de un piso compartido y que los viernes por la noche tenía su momento de estrellato. Eso, evidentemente, no podía durar mucho. Yo sabía que la gente hablaba, que comentaban mis lecturas. Algunos en el barrio, al reconocerme, me gritaban: «¡escritor!», y levantaban el pulgar. O me invitaban a una copa cuando coincidíamos en algún garito. Nada más. Eso era todo.

»Pero un día, un viernes de esos en que me tocaba leer, se acercó por el bar una pava entrada en carnes, vestida como para ir a un cóctel con la puñetera reina de Inglaterra, vamos, absolutamente fuera de lugar. Todo el mundo la miró con descarada perplejidad, casi a punto de soltar un comentario soez. Pero ella avanzó invulnerable hasta la barra, pidió un whisky con la voz de los que están acostumbrados a mandar, se lo sirvieron, ella dijo "gracias" sin siquiera mirar a la camarera y avanzó hasta la primera mesa, la que estaba pegada al escenario. Lo hizo sin soltar ni un codazo ni mucho menos pedir permiso. La gente simplemente se apartó de su camino como las aguas se apartaron al paso del cabrón de Moisés. Quitó el cartelito de "reservado" como quien retira el cadáver de un insecto y se sentó a la mesa con su whisky. "Casi arranca una ovación, tío", me dijo Salem que fue quien vio todo y luego me lo contó, porque yo estaba a punto de salir al escenario, fumándome un canuto para relajarme.

»Ni me fijé en ella. Estaba absolutamente concentrado en mi lectura. Esa vez había decidido leer un capítulo de mi primera novela. Trataba del asesinato de un editor y era completamente distinta a cuanto había leído hasta ese momento. Fueron veinte o veinticinco minutos, no lo sé. Quizá media hora. Media hora de silencio absoluto. Al finalizar, hubo un momento como de confusión —tan distinta era a mis cuentos que pensé que la había cagado al leer para esa tropa—. Pero después la ovación fue brutal. Los aplausos arrecieron, igual que los gritos de "campeón", "escritorazo", "cojonudo" y todas esas cosas que se dicen cuando uno está arrebatado de entusiasmo. Bajé del escenario como si fuera una *rock star* y se me acercaron y todos me preguntaron para cuándo la publicación, si seguiría leyéndola el próximo viernes, era genial. Dos chicas vinieron hasta mí para que les firmara unos ejemplares de mis cuentos que Salem había puesto a la venta en el mostrador. Una de ellas llevaba una camiseta blanca de tirantes y al ver dónde yo ponía los ojos, se bajó un poco el escote y con una sonrisa que le acentuaban unos hoyuelos hermosos me dijo: "mejor firma aquí". Y en ese momento sentí que me tocaban el hombro. Era la tía esa vestida para un cóctel. "Francamente bueno. Mejor de lo que me habían contado", dijo. "Soy Laura Olivo, agente literaria". Si había algo que me pusiera más cachondo que una tía buena era una agente literaria que se presentara así después de una lectura mía, de manera que pasé de aquella chavalilla y miré a la mujer, su sonrisa franca, sus ojos penetrantes, aspiré el olor de su perfume elegante. Me pareció hasta hermosa. Pero si no hubiera estado tan ciego de ambición y canutos, me hubiera dado cuenta de que su sonrisa no era franca sino falsa; sus ojos mezquinos, y no penetrantes, y su olor, más bien dulzón y anticuado.

»Al ver que las chicas revoloteaban impacientes a mi alrededor, lanzó un resoplido como si algo oliera mal, y como yo tenía en una mano un botellín y en la otra los folios que había leído, sacó de un tarjetero de oro una de sus tarjetas y la metió en el bolsillo de mi chaqueta. "Ahora estás muy ocupado. Pero mañana te espero a las diez de la mañana. Ahí está mi dirección. Si me haces caso, nos va a ir muy bien, ya lo verás. No te olvides de traerme los cuentos y sobre todo este manuscrito", y señaló mis folios mecanografia-

184

dos. Aquella noche me emborraché con especial ahínco, vislumbrando ese futuro espléndido que había acudido a mí, como una amante impaciente.

»A las diez en punto de la mañana estaba en la oficina de Laura, seguramente apestando a alcohol y con los ojos turbios porque, ya digo, me había pasado toda la noche bebiendo como si celebrara un premio cuando estaba, sin saberlo, agotando las últimas horas del *Titanic*. Pensé que le haría gracia, no sé, al fin y al cabo era un escritor maldito, ¿no? Pero me miró con un gesto desabrido, casi ofensivo. Me dijo que le dejara la novela y que mejor volviera cuando se me hubiera pasado la resaca. Fue como si alguien hubiese metido un puñado de cubitos de hielo en mi espalda. Pero no dije nada y me fui de allí. A los tres días me llamó. Estaba a punto de mandarla a la mierda cuando me soltó sin ambages que la novela era estupenda, que creía que podía encajarla en un buen premio sin problemas. Me quedé de piedra, con el pecho tan inflado que no podía respirar.

»El caso es que en los días siguientes yo flotaba en una nube que por primera vez no tenía nada que ver con el hachís. Fui a su despacho —debidamente adecentado— y discutimos sobre las condiciones de mi contrato. Bueno, discutimos es solo una forma de decirlo. Laura tenía un documento preparado. Me mareó con mil cláusulas para reservar las traducciones en todas las lenguas y proteger los derechos del traslado del libro a la edición electrónica, al cine, a la televisión y al braille... yo a duras penas entendía lo que leía. Me preguntó si tenía más copias y le dije que no. Era verdad, escribía a máquina y no hacía ni una puta copia. Mejor, me dijo, no quiero que nadie más lea este manuscrito. Luego me habló de unos cambios que era necesario hacer. Mínimos. La miré con repentina desconfianza, ¿sabe? A ningún escritor le gusta que le hagan cambios en su obra. Pero Laura era expeditiva: o lo tomaba o lo dejaba, no tenía tiempo para tonterías, el papel de genio atormentado lo dejaba en el *Bukowski*. Allí, en su agencia, se trabajaba en serio. Como además me dijo que iban a reeditar mis cuentos en una editorial grande y vender los derechos al extranjero, acepté. Bueno, en realidad aceptaba todo porque luego de hablar con Laura venía Paloma, ¿sabe quién es Paloma Martínez, no es cierto? Bueno, venía ella y hacía de poli bueno, me explicaba las cosas, aclaraba mis dudas... y estaba como un queso. Y no parecían disgustarle mis insinuaciones. Una tarde incluso me aceptó una copa en un bar cercano. Y luego otra. Íbamos a La Dry Martina, allí muy cerca de la agencia, hacía poco se habían mudado de Barcelona, creo. Y hablamos de Olivo. Me dijo que tuviera paciencia con ella, que no hiciera caso de sus malos modos, me habló de lo mucho que confiaba en mi talento, que los relatos para los que me acababa de conseguir editorial eran verdaderas joyas, que ya estaban interesados en una editorial francesa y en otra alemana. Yo seguía en mi feliz nirvana, naturalmente, y no me daba cuenta de que apenas si mencionaba la novela o cuando yo lo hacía cambiaba de asunto. Yo trabajaba en los cambios que me había sugerido, más bien ordenado Laura. Necesitaba esos cambios —que cada vez eran más—, para poder venderla en una editorial que esperaba algo de esa calidad como agua de mayo. Escribía mañana, tarde y noche, intoxicado de cigarrillos que acompañaba con pelotazos de ginebra y de vez en cuando algo más estimulante. Escribía con tesón, con fe ciega, con inquebrantable obsesión. Y cuando el dolor de espaldas se hacía insoportable, me atiborraba de ibuprofeno y escribía de pie, en camiseta y sin afeitar, con la máquina sobre una pila de libros. Como el mismísimo Hemingway.

»Una mañana en que a la hora de escribir me empezaron unas taquicardias espantosas, decidí dejarlo y tomarme el resto del día libre. Paseé, fui al cine, me tomé un helado. Y al regresar leí lo avanzado hasta el momento. Lo hice con otros ojos. Entonces me di cuenta de que mi novela, de tanto corregir y aceptar las sugerencias de Laura, cada vez era menos mi novela. No sabría decir en qué momento ocurrió. Aun así, sobreponiéndome a cierta lógica perplejidad, la terminé de corregir y se la entregué a Laura. Bueno, la dejé en su oficina porque ni ella ni Paloma estaban en Madrid. Creo que era la feria de Londres a la que habían ido, no recuerdo bien lo que me dijo la secretaria. A la semana recibí una carta con magníficas noticias: cuatro sellos extranjeros iban a publicar los cuentos. Adjunto a la carta iba un cheque por una cantidad que casi me tira de espaldas. Y me enviaba un abrazo. Y ahí acabó mi corta e intensa relación con Laura Olivo, agente literaria. Cuando volvió de Londres alegó mil excusas para no verme, ni siquiera respondía mis llamadas. Solo lo hizo Paloma, que la disculpara, estaban hasta arriba de compromisos. ¿Una copa?, le sugerí. No, no podía. Pasaron así dos, tres semanas. Solo volví a ver a Laura una vez después de lo que ocurrió: en su despacho. Allí fue que la amenacé de muerte. También allí fue donde vendí mi alma.

6
¿Qué es un negro literario?

Esta vez no se citaron en su casa sino en un bar muy cerca de Recoletos. Costas iba a visitar a un amigo abogado para que lo ayudara a salir de la situación en la que se encontraba a raíz de la muerte de Laura y del inminente desalojo de la casa cuya hipoteca Clara Monclús —ahora apoderada de la agencia— había dejado de pagar. Al menos eso le dijo cuando el Colorado lo llamó por teléfono.

En la penumbra que la tarde invernal y oscurecida acentuaba, descubrió su silueta. Estaba acodado en la barra, apurando un café. Larrazabal lo encontró bastante desmejorado, la verdad, con los ojos hundidos de quien no logra conciliar cabalmente el sueño por las noches. Pero aún mantenía la elegancia de sus chaquetas inglesas y el pañuelo al cuello.

—Cómo está, Larrazabal, ¿ha averiguado algo? ¿Hay noticias? —saludó.

—No muy buenas, me temo —contestó dejando a un lado el paraguas para que escurriera junto a la puerta—. Parece que Clara Monclús poco tiene que ver con el asesinato de su mujer. Todo lo que ha hecho es completamente legal. Astuto, quizá poco ético, pero legal. Lo hablé con el abogado de Lucía Luján, y este con la policía, pero no hay ninguna prueba que la vincule con el crimen. No hay llamadas ni correos extraños. Aun así, van a investigar algo

189

más, aunque yo personalmente creo que no tiene vínculo alguno. Otra cosa es el problema que usted tiene con ella, claro. Y para eso lo mejor es lo que está haciendo, hablar con un abogado.

Y pasó a relatarle la entrevista que tuvo con Monclús. Por un instinto de cautela, Larrazabal prefirió no contarle nada sobre Alcaraz y lo que este le dijera noches atrás.

—Me da a mí que, como le digo, el asunto lo tiene crudo, señor Costas.

—Eso parece —gruñó este—. Pero va aviada si piensa que voy a venderle mi parte de la agencia. Se va a quedar con un palmo de narices. ¿Para qué quería verme, Larrazabal?

El Colorado se sentó en un taburete cerca de él y pidió un café solo. En realidad, le gustaba casi más el aroma del café que el café en sí. El olor denso y terroso del *expresso* y la tibieza de mantequilla de los cruasanes le traían una lejana memoria del centro de Lima. La mano de su padre enroscando la suya, pequeña y confiada. ¿Cuánto tiempo lo tuviste, Colorado, antes de que se fuera para siempre? Sacudió la cabeza.

—Mire, en realidad le quería pedir un favor —sacó entonces de una carpeta las fotocopias de aquellas hojas escritas a máquina que la policía había encontrado en el despacho de Olivo, esparcidas por el suelo—. Bueno, se trata de una nueva línea de investigación. Quizá por aquí podamos tirar de la madeja.

Costas resopló con desagrado, ¿otra línea de investigación? Y cogió los papeles. Ya veía que no tenía nada, señor Larrazabal, meneó la melena de seductor italiano con manifiesto desencanto. A ese paso su cliente iba a terminar cumpliendo sentencia antes de que él lograra aclarar nada que la salvase de una condena segura.

—Y quizá sea porque usted y yo —agregó— nos estamos empeñando, cada uno por sus particulares motivos, en no ver la realidad. Y esta señala de manera inevitable a Lucía Luján.

190

—Espero que no sea así —contradijo Larrazabal con suavidad.

Entendía el malestar de Costas, claro. Primero estaban a punto de descartar a la mujer por cuya culpa iba a perder su casa y a quien seguro terminaría por malvenderle su parte de la agencia, y ahora él lo citaba para despejar unas dudas que alejaban aún más la posibilidad de incriminar a Monclús. Pero un resto de curiosidad parecía haberse puesto en marcha. Costas bebió un sorbo de su café y escudriñó aquellas hojas un buen rato.

—¿Qué es esto?

—Eso es precisamente lo que me gustaría que me dijera. El otro día usted mismo me recordó que era un sagaz lector de novelas...

—Bueno, salta a la vista que son hojas de manuscritos —dijo Costas mirando de reojo a Larrazabal y sacando de un estuche unas gafas de lectura—. O si prefiere más técnicamente mecanuscritos. Novelas o quizá relatos. Más bien novelas. Eso seguro lo sabe usted, hasta un niño de colegio se da cuenta de lo que son. Pero quiero decir: ¿de dónde los ha sacado? ¿Tienen que ver con el asesinato de Laura? ¿O es que ahora se va a dedicar al negocio de la representación, señor Larrazabal?

El peruano retiró la taza de café y saboreó el regusto que este le dejó en el paladar. Se tomó su tiempo para contestar.

—Me temo que no le puedo decir de dónde los he sacado, pero si confía en mí, le diré que quizá puedan darnos la clave de quién fue el autor del crimen.

Eso no era mentira del todo. Porque después de la charla con Alcaraz y de que este le contara cómo Laura Olivo se había quedado con su novela, el Colorado había sido asaltado por la idea de que en esos papeles podía encontrar alguna pista. Se lo dijo a la Morita el otro día por teléfono —ella se había ido sorpresivamente acompañando a su madre a Marrakech y él se encontraba triste como un perro abandonado—. Y se lo dijo a la señora Luján, que le exigía resultados y había vuelto a llamarlo con cualquier excusa...

Al parecer, Laura Olivo le entregó el manuscrito original de Alcaraz a otro escritor que hizo apenas unos retoques, le puso su firma y lo presentó tan campante y como suyo a un premio literario de solera. Incrédulo, atontado como si hubiese recibido un mazazo, Alcaraz se enteró por los periódicos. Pero no pudo reclamar nada porque el nuevo manuscrito, es decir, el que acababa de entregar a la agencia con miles de correcciones, era tan distinto al primero que resultaba imposible hablar ni siquiera de plagio. En todo caso, si lo denunciaba, él pasaría por un plagiador del novelista que ahora firmaba su original. Y no tenía copia alguna del primero para demostrarlo, pues «cándida, ingenua y estúpidamente se lo había dado a la cabrona esa para que lo guardase en su caja fuerte». Y a cambio ella le dio una copia para que la trabajara. El otro era un escritor conocido, «más habitual de los platós televisivos que de los suplementos literarios, engreído, fatuo» y cuya prosa en esta nueva novela premiada —decía la prensa de esos días, rebosante de elogios y ditirambos— recordaba a Scott Fitzgerald. «Un cruce de Fitzgerald con Álvaro Pombo: elegancia y desenfadada profundidad», leyó Larrazabal, pero a este último no lo conocía.

La mañana que Alcaraz, después de leer incrédulo los periódicos, se presentó en su despacho como una tromba, enloquecido y furioso, Olivo puso sobre la mesa un sobre abultado. Contenía dinero en efectivo, una más que respetable cantidad. La entrada de un piso modesto, digamos. Cruzó las manos tranquilas sobre su escritorio, como el médico que está a punto de explicarnos el cáncer que nos come vivos. Y le dijo con frialdad que era mejor así. ¿Acaso no le había conseguido publicar los cuentos?, y dio un golpe sobre la mesa. ¿No le había dado, además de esa suma que entregaba ahora, un generoso anticipo? Alcaraz debía de entender que su novela estaba en buenas manos. Él, con sus borracheras perpetuas y su pinta de chulo chuloputas, iba a echar todo a perder. «A cierto nivel de altura, los macarras, como el oxígeno, desaparecen», le dijo sin inmutarse. Y los cambios que le había hecho el autor que ahora la firmaba eran necesarios y mejoraban la novela, agregó con deliberada malignidad. Alcaraz se levantó como si lo hubiese picado una alimaña, indignado al oír esto —«¡Me estaban robando la novela y lo que más me jodía era escuchar que los cambios hechos por otro la mejoraban!»—. Estrelló contra una estantería el vaso de agua que Olivo le había ofrecido previamente, blasfemó y la maldijo mostrándole el puño, la injurió a gritos, habló de llevarla a juicio, amenazó finalmente con matarla. Olivo se mantuvo imperturbable, quieta, casi zen. De una mirada hizo que la becaria y otra chica que había corrido al oír los gritos se marcharan. Nuevamente solo hizo un gesto de fastidio, como la madre que ya se ha cansado de las majaderías de su hijo, y se limitó a sacar el contrato que él había firmado donde, enrevesadamente, cedía la autoría de los derechos de la novela. El párrafo estaba señalado con el grueso lápiz rojo que usaba para sus correcciones. «Lo tomas o lo dejas, Alcaraz. Si es lo primero, tendrás más trabajo. Si es lo segundo, sal de aquí, consíguete un abogado o un mago más bien, y ponme una demanda. Veremos quién sale perdiendo». Enloquecido de dolor, furioso y contradictorio, Alcaraz cogió el sobre y al hacerlo entendió vertiginosamente dos cosas: que no podría luchar contra aquella arpía y que al hacerlo, al aceptar aquel dinero, había sellado su suerte. Pero no lo pudo resistir y una tarde, ciego de alcohol, decidió cortarse las venas. Lo salvaron de milagro. Y empezó a pensar en su hija pequeña —sí, sí, tenía una hija— y olvidarse de la literatura. No volvió a escribir una línea. Con el dinero que le dio Laura pagó la entrada para un pisito en Usera, compró el *Keruac* y se enterró allí.

Alcaraz era pues el segundo autor enredado en un asunto de plagio con la agencia de Laura Olivo, pero en este caso, y a diferencia de Rebolledo, él había sido el plagiado. Aunque ambos hubiesen resultado, por distintos motivos, víctimas de las malas artes y sinuosidades de la agente.

Por eso mientras esperaba pacientemente a que Costas terminara de leer aquellos folios, Larrazabal pensaba que allí, en esas hojas, podía encontrar una pista de quién había asesinado o mandado a asesinar a la agente literaria. Teniendo en cuenta las pésimas relaciones entabladas con ciertos autores, no sería extraño que alguno hubiera tenido que ver con el crimen. ¿Aquellas hojas de distintas novelas guardarían relación con ello?, se preguntaba una y otra vez.

La semana anterior, cuando Larrazabal le había mostrado aquellas copias a Rebolledo, el escritor no reconoció a ninguno de los posibles autores, excepto a uno, Álvarez del Hierro. Las demás hojas podían ser de cualquiera. Estaban amarillentas por el paso del tiempo. Otras dos llevaban el membrete de un hotel de Nueva York, «Algonquin Hotel. 59 W 44th St, New York, NY 10036, USA». Pero no podía decirle a quiénes pertenecían, insistió el escritor.

Así, cuando fue a visitar a Alcaraz, ya tenía una novela y un autor identificado: *Cuando huye la tarde,* de Julián Álvarez del Hierro. La novela se seguía encontrando fácilmente en librerías y grandes superficies, donde el Colorado compró un ejemplar de bolsillo. De manera que no había posibilidad de que Rebolledo se hubiese equivocado, por lo que Larrazabal le entregó al dueño del bar *Keruac* solo los otros folios, los aún no identificados. No le sorprendió demasiado que este, luego de echarles un vistazo, exclamara: «estas dos páginas pertenecen a la novela que robó Jacinto Rebolledo a una tal Lola Nogales. Supongo que estará al tanto, fue un escándalo. Ese cabrón también era un plagiador», dijo golpeando las fotocopias con el envés de la mano. Las otras novelas no las conocía, gruñó desdeñoso.

Así pues, ya tenía dos textos identificados, aunque con la de Rebolledo no estaba seguro, no se fiaba del todo del buen discernimiento del ofuscado Alcaraz, que apenas había echado un vistazo a las fotocopias. Por eso se las había llevado todas a Costas, cuyo juicio esperaba ahora pacientemente, apoyado en el mostrador de aquel bar de Recoletos.

—Creo reconocer tres novelas —dijo quitándose las gafas—. Estas tres páginas son de Ramos Andrade...

—¿El autor que acusó a la señora Olivo de no pagarle regalías?

Costas lo miró de reojo, suspicaz.

—A Laura la acusaban de muchas cosas, créanme, pero la mayoría de ellas eran infundadas.

Ramos Andrade, prosiguió Costas, era un vestigio de otra época, un escritor en retirada, con una prosa polvorienta y soporífera que tuvo su momento en los años setenta. Luego fue cubriéndose con el verdín del tiempo o como una pintura sin los debidos cuidados, hasta que una editorial se interesó por su obra completa a manera de homenaje casi póstumo. ¿Por qué de pronto ese interés por rescatar a aquella momia? Porque Ramos Andrade había sido un escritor entusiastamente vinculado al facherío franquista durante la larga posguerra. Y la diputación de su provincia, por aquel entonces en manos del PP, soltó una buena pasta para que aquella editorial lo publicara, a instancias de un académico también conservador y matusalénico. Laura, que lo tenía en su cuadra como una reliquia de otro siglo, peleó porque le pagaran un buen anticipo cuando Ramos Andrade daba por bueno que simplemente lo publicaran. Contra todo pronóstico, sus libros se vendieron bastante bien y el viejo reclamó unas regalías que no eran ni por asomo lo que alguien seguramente de su entorno le había sugerido. Amenazó con meterle juicio a la agencia, peregrinó por los periódicos, habló mal de Laura en todos los cenáculos donde le dieron tribuna y ella terminó echándolo de la agencia de una patada.

—¿Interesante? ¿Y dónde puedo encontrarlo?

—En la Almudena.

—¿Perdón?

—Que está muerto y enterrado, amigo Larrazabal. Murió casi en la indigencia. ¿Y sabe quién le pagó el entierro a ese ingrato?

—Me lo imagino.

—En efecto, mi mujer.

—¿Y los otros folios, a quiénes cree usted que pertenecen? —preguntó Larrazabal, y sintió que le sudaban las manos.

—Estos dos con el membrete de un hotel neoyorquino no logro identificarlos, pero por algunas frases diría que son de un escritor sudamericano. Lamento no poder decirle más.

—¿Qué autores sudamericanos representaba la señora Olivo?

—¡Uf! En un tiempo fueron muchos... pero no recuerdo haber visto estos papeles membretados y escritos a máquina. Me acordaría, se lo aseguro.

—¿Y los otros?

—Estos dos pertenecen sin duda a la novela que plagió Jacinto Rebolledo —con las gafas en la punta de la nariz, como un antiguo profesor bonachón, Costas le dirigió una mirada de reproche a Larrazabal—. Estos papeles estaban en la caja fuerte de Laura, ¿verdad? De manera que usted sabe lo que pasó con esta novela...

—Ya escuché la versión de Rebolledo. No juzgo, amigo Costas. Solo quiero saber.

De pronto la lluvia arreció allí afuera y las penumbras se adensaron aún más en el bar. Desde esa oscuridad cavernosa, Costas continuó:

—Bueno, a mí, qué quiere que le diga, nunca me pareció bien lo que hizo Laura. Pero Rebolledo tampoco obró bien. Ya sabe lo que dice el refrán: «ladrón que roba a ladrón, cien años de perdón».

—Por supuesto. Pero además Rebolledo no pudo ser el asesino porque estaba en París. La policía lo descartó de inmediato. —Larrazabal sacó su libreta y leyó unas anotaciones—. Tanto él como este Ramos Andrade del que me habla y cuya novela ha identificado tuvieron problemas con la señora Olivo, eso está claro. Por eso sus novelas estaban a buen recaudo en la caja fuerte, supongo. Lo que me extraña es que también estuviera allí la novela de Álvarez del Hierro, que al parecer es un escritor exitoso y se llevaba muy bien con ella.

El Colorado señaló el par de fotocopias que había identificado Rebolledo.

Costas se quedó mirándolo con fijeza, como tratando de descubrir si las frases dubitativas del peruano eran sinceras o parte de una estratagema. La lluvia volvió a apagarse y en el silencio del bar solo se escuchaba el chasquido de los neumáticos en la calle.

—¿Me está tomando el pelo? ¿Quiere decirme que ha hablado con el autor y no lo sabe? —preguntó al fin Costas con impaciencia.

—¿Perdón?

Costas dejó los papeles sobre el mostrador y se giró un poco en su taburete como para mirarlo mejor.

—Estos dos folios mecanografiados son parte de una novela que firmó Álvarez del Hierro, sí. Pero no son de él. Son de Miguel Alcaraz. ¡Joder! Si puedo reconocer hasta los tipos de su vieja máquina.

* * *

FÁTIMA ESTABA CONCENTRADA en la lectura de un libro, en una mesa al fondo de la cafetería donde se habían citado, *El secuestrador de besos*. Vaya nombrecito, pensó el Colorado cuando la Morita lo llevó por primera vez allí, con un entusiasmo juvenil y novelero. Era un local pequeño, de mesas rústicas, paredes de ladrillo blanco, muchas plantas y lámparas vagamente industriales. ¿Le resultaba muy *gay friendly?*, le había preguntado Fátima riéndose. ¿Muy qué?, dijo él, sonriendo bobamente. Nada, hombre, nada. Tenían una estupenda carta de tés y bollería para una clientela más bien de perfil bohemio e intelectual.

Ahí, con aquel jersey negro y de cuello de cisne, sus pantalones ceñidos del mismo color y el halo de tristeza que la iluminaba, Fátima era de una belleza dramática y herida. Se acercó sin que ella se percatara, embebida como estaba en la lectura, y le dio un beso en la cabeza.

—Hola, Morita —dijo en voz baja, como se le habla a un convaleciente, y ella le devolvió una sonrisa triste.

—¿Todavía disgustada?

Porque vaya disgusto se había llevado al saber que la novela de Álvarez del Hierro, uno de los escritores que más admiraba, no era suya sino el despreciable producto de un plagio. ¡Un simple, vulgar y prosaico plagio! No se lo pudo creer cuando el Colorado se lo contó. ¿Cómo que un plagio?, dijo con la voz desfallecida. Bueno, no sabía si ese era el término exacto, pero al parecer así era, Morita. Y lo peor fue cuando supo a quién había plagiado. De todo ello apenas hacía unos días, justo al regresar de hablar con Costas, quien le aclaró que la novela que Rebolledo había identificado como la de Álvarez del Hierro era en realidad de Alcaraz. Pero claro, Rebolledo no podía saberlo, de ahí su confusión al atribuirle equivocadamente la autoría al primero. Y todo eso se lo contó con inocencia Larrazabal a la Morita que, al escucharlo, abrió unos ojazos llenos de incredulidad y se llevó una verdadera decepción. O más bien un rebote de aúpa, que hubiera dicho Rebolledo. Ahora, mientras sorbía su té, parecía menos afectada por todo aquello.

—¿Fuiste a ver a Mari Carmen? —le preguntó—. ¿Cómo está?

Larrazabal, impulsado por el remordimiento, había hecho un hueco en su agenda para visitar a la viuda de su compadre Tejada. Casi hubiera preferido no hacerlo.

—Muy mal, en los huesos, fuma y llora todo el día —dijo tomando asiento—. Y parece muy nerviosa, mirando por la ventana a cada rato. Piensa que ahora van a venir a por ella, pese a que Reig la ha tranquilizado diciéndole que aquello sería muy raro, que no le va a pasar nada. Ya el médico le ha recetado unos tranquilizantes pero no le gusta tomarlos, cree que la mantienen zombie todo el día. Felizmente está su hija con ella. En fin, que no ha superado aún lo de Tejada.

—Es lógico. Apenas han transcurrido unos meses desde que le mataron al marido, esas cosas no se pasan así como así.

—Sí, claro. Lo sé por experiencia propia.

Era cierto. Él mismo no terminaba de digerir la brutal verdad de que su compadre, su jefe y su amigo había sido asesinado. A veces se sorprendía pensando en que iría al despacho como todos los días y allí lo encontraría, con sus trajes bien cortados y sus gafas de pasta, esperándolo para organizar la mañana: los documentos, las visitas, los papeleos. Por el lado más prosaico, se dijo Larrazabal con alivio, menos mal que había ahorrado lo suficiente para resistir unos meses y empezar a buscar trabajo. Su compadre era, además de un hombre recto, muy trabajador. Y generoso. En el tiempo que llevaba en la gestoría, cada vez más próspera, el Colorado había visto cómo le aumentaba el sueldo sin que él ni siquiera se lo insinuara. Y cada dos por tres le ofrecía un préstamo para que comprara un piso. Ya se lo pagaría cuando buenamente pudiera. Y también: un día de estos te hago una propuesta que no podrás rechazar, Colorado.

—No sé qué haría yo si te mataran —dijo de pronto Fátima, y él se sorprendió de la vehemencia mediterránea que había puesto en su frase.

Quiso cambiar de tema.

—¿Qué lees?

—¿Esto? Una novela de Jorge Edwards. Es para mi círculo de lectura. Y además estará dictando una conferencia dentro de poco en Casa de América. Me gustaría ir con su última novela leída. Al menos él no se hubiese apropiado de una novela que no era suya, —Y volvió a la carga con su tema—. Aún no me puedo creer que Álvarez del Hierro hubiese plagiado una novela. ¡Que le premiaron! Eso debería saberlo la prensa. No es posible tanta impunidad con algo así de grave.

Con todo, al Colorado esa zona pantanosa por donde transitaba la indignación de Fátima no le parecía la más censurable. Más bien, como le dijo a la señora Luján cuando le habló de cómo iban sus investigaciones, estas podían sugerir que aquel escritor tuviera alguna relación con el crimen de Laura Olivo. Sí, pero si así fuera, ¿por qué? ¿Un chantaje quizá? ¿Olivo lo amenazó con hacer pública la novela de Alcaraz y desenmascararlo? Muy arriesgado pero posible si se tenía en cuenta la mala época económica que estaba pasando la agente en los últimos tiempos. ¿Sería capaz de algo así? Quizá por eso guardaba en la caja fuerte las novelas polémicas cuyas páginas el asesino había tirado, al descuido o con intención, en el suelo del despacho. Para despistar o para incriminar... o simplemente para dejar al descubierto quién era realmente Laura Olivo.

En todo caso, eso era lo que quería descubrir Larrazabal cuando se citó nuevamente con Álvarez del Hierro en el bar del Casino de Madrid, al parecer su lugar favorito.

EL NOVELISTA ESTABA SENTADO en el chéster de la primera vez, con las piernas cruzadas y un brazo estirado indolentemente sobre el respaldo del sofá, como si solo estuviera conversando de manera casual con la rubia de traje sastre que empuñaba un micrófono grande como un puño, atrapado bajo la luz irreal de dos potentes focos y unas sombrillas blancas entre las que se movía un cámara. Estaban grabando una entrevista para una cadena de televisión, le susurró a Larrazabal un camarero que lo reconoció de la otra vez. El escritor iba vestido con su negligente elegancia habitual y se le veía cómodo mientras hablaba moviendo unas manos hipnóticas que trazaban líneas en el aire y subrayaban sus palabras. Cuando vio a Larrazabal le sonrió como se le sonríe a un viejo amigo e hizo una pinza con los dedos pidiéndole por favor unos minutos.

Larrazabal esperó con paciencia en la barra, donde dejó un libro y una carpeta voluminosa, mirando desde lejos la entrevista. La periodista, una mujer guapa y de escote llamativo, parecía francamente encantada con Álvarez del Hierro y cruzaba y descruzaba las piernas con indisimulable coquetería. Cuando finalmente acabó la entrevista, todavía se quedaron ellos dos hablando y riendo, y ella le entregó un libro que el escritor firmó complacido. Luego se acercó a donde Larrazabal, que bebía su cerveza en la barra solitaria.

—Las servidumbres de la fama —suspiró encogiéndose de hombros—. Hay escritores que mueren por estas cosas. Yo no. Yo prefiero estar en mi casa escribiendo, escuchando música o leyendo.

—Nadie lo diría, señor Álvarez, porque aparece usted en innumerables tertulias televisivas.

—Eso es trabajo, amigo mío —dijo el escritor levantando el índice cuando el barman lo vio. Al instante tuvo un vaso de whisky junto a él—. Uno no puede hacer siempre lo que quiere.

—¿Ni siquiera un escritor famoso y rico como usted?

Álvarez del Hierro lo miró algo amoscado.

—La fama es pasajera. La riqueza se la lleva Hacienda —se encogió de hombros—. Pero bueno, sería absurdo quejarme. Mis libros se venden bien. Eso es cierto.

Larrazabal puso sobre la barra el ejemplar de bolsillo que había adquirido hacía poco.

—¿Ya no le firmé uno para su novia? —preguntó extrañado el novelista—. ¿O es para otra persona? Quizá para usted...

Y soltó una risa juvenil, amable, mientras sacaba una pluma del bolsillo interior de la americana. Larrazabal abrió entonces la carpeta donde llevaba un grueso atado de fotocopias y lo dejó junto a la novela.

El escritor hojeó los folios durante unos minutos y casi de inmediato una nítida arruga partió su frente en dos.

—¿Qué significa esto? —La voz de Álvarez del Hierro se oscureció en un tono que Larrazabal había escuchado muchas veces en su vida: el de la persona que pretende fingir indignación.

—Dígamelo usted —respondió con suavidad sin dejar de mirarlo a los ojos.

—Aún no me puedo creer que alguien tenga tanta cara, te lo juro —dijo Fátima apartando su taza de té y el libro que estaba leyendo. Que se lo contara de nuevo, cielo.

Álvarez del Hierro apartó las fotocopias de la novela de Alcaraz con manifiesta repulsión.

—No tengo nada que decir —ahora su voz era tensa como un cable de acero—. Ese asunto quedó zanjado hace tiempo. Me valí de un negro literario. Perdone, pero si prefiere uso el anglicismo para que no se sienta incómodo: *ghostwriter*. ¿Sabe lo que significa? Negro literario o *ghostwriter* son los términos con los que se conoce a alguien que escribe por encargo para otro y permanece en el anonimato. Puede sonar cínico lo que le voy a decir, pero la historia de la literatura está llena de ellos: Corneille y Molière, Shakespeare y Marlowe...

Álvarez del Hierro bebió de un golpe su vaso y pidió otro whisky. Tardó en hablar, como si hubiese querido poner en orden las palabras que dijo a continuación: él estaba pasando por un momento espantoso de sequía literaria por aquel entonces. No se le ocurría nada, ni la más mínima idea, era incapaz de escribir ni una página sin que terminara en el cesto de papeles. ¡Si Larrazabal supiera lo que significaban para un artista esas espantosas sequías!, esa sensación de que su pulsión creativa se había agotado y que él iba desapareciendo poco a poco de las listas de libros vendidos, que ya casi no lo invitaban a participar en ninguna tertulia, ni a dar conferencias, ni a nada. Pero si solo fuera eso, ¡la vanidad!, exclamó meneando desalentado la cabeza, y el barman lo miró de reojo. Pero por desgracia no, no era solo la vanidad. También había hipotecas que pagar, la del piso en Madrid y la de la casa en Murcia, las letras de los dos coches, el suntuoso tren de vida de su mujer y la universidad americana de su hija... todo eso no salía del aire, así como así, chasqueó los dedos. Era necesario que sacara algo nuevo pronto. Pero nada de lo que se le ocurría parecía suficientemente bueno. Y aquello lo atormentaba. Y mientras más se atormentaba, menos escribía. Llegó a tomar pastillas para dormir, a hacer yoga, visitar a un psicólogo. No funcionó. Entonces apareció Laura con aquella novela luminosa. ¿De quién era?, preguntó él, repentinamente enfermo de envidia. Laura negó suavemente con la cabeza. Bastaba con decirle que no tenía dueño ni padre conocido. Como un bebé dejado en la puerta de la casa. Era para él. Con esa novela ganarían aquel premio de prestigio y bien dotado que convocaba todos los años una editorial de renombre. Después tendría tiempo de desbloquearse, pero ahora lo importante era resolver ese asunto, le dijo Olivo. Él nunca había hecho algo así, y al principio, cuando su agente y amiga le soltó la propuesta, se negó en redondo. Pero después, dando vueltas en la cama, lo pensó mejor. Una novela providencial, encargada para él, una novela que le permitiera salvar aquel atolladero. Solo eso. Después ya se vería. Esa misma noche llamó a su agente para decirle que sí, que aceptaba. No se sentía orgulloso, claro, y más de una vez, en medio del vértigo de la fama, se sorprendió amargado de saber que no era autor de aquellas hermosas páginas que otro había escrito por encargo para que él simplemente estampara su firma.

—Pero su autor no escribió esta novela por encargo. Se la robaron, amigo mío. Se la robaron usted y Laura Olivo.

—¿Cómo dice? —La mandíbula del escritor pareció que se desencajaba como la de un muñeco de ventrílocuo.

—¡Y encima se hizo el loco! —dijo Fátima dando un manotazo sobre el libro antes de cruzarse indignada de brazos.

El secuestrador de besos empezaba a llenarse con una clientela variopinta y sobre todo juvenil, y el Colorado alzó un poco la voz para seguir contando cómo había sido aquella cita bastante incómoda con el famoso escritor. Porque lo cierto es que a Larrazabal aquel tipo le caía bien. No parecía ni pedante ni soberbio ni tampoco desleal. Por eso le confundió la reacción que tuvo ante su acusación. El destello furioso que alumbró los ojos de Álvarez del Hierro lo sobresaltó.

—¿Me va a decir que usted no sabía nada? Vamos, hombre...

—¿Cómo dice? —repitió el escritor casi con un jadeo—. ¿Cómo que robada? Laura la encargó a un escritor del que no me quiso dar el nombre. «Eso no te lo voy a decir. Tú hazle los cambios que consideres oportunos y olvídate de lo demás. Todo está arreglado y hay cosas que es mejor no saber».

Entonces Larrazabal le contó con paciencia lo del verdadero autor y su novela, el dinero y el chantaje de Laura Olivo, el intento de suicidio de Alcaraz, su negativa a seguir escribiendo. Volvió a insistir y preguntó ya casi retóricamente si acaso no lo sabía, pero no hizo falta que el otro contestara. Su rostro era el de un hombre hundido, devastado por la certidumbre, como si hubiese sido partícipe involuntario de un crimen. Se volvió al detective.

—Yo no soy un santo ni modelo de nadie, señor Larrazabal, pero incluso mi indignidad tiene un límite. Jamás hubiese consentido un abuso así. Laura Olivo era mi amiga y si algo valoraba de ella, pese a su mal humor y sus modos muchas veces destemplados, era su honestidad. Que usted me diga lo que me está diciendo hace añicos la imagen que yo conservo de ella. Ahora, si lo que usted quiere por ese manuscrito es dinero...

—Ni se le ocurra seguir por ahí, señor Álvarez —dijo el Colorado casi con desprecio—. Yo no soy un chantajista. Simplemente hago mi trabajo e intento averiguar la verdad. Si usted dice que no sabía nada de la manera turbia en que se consiguió esa novela, está en su derecho. Como yo en el mío de tratar de saber qué ocurrió en realidad.

—Discúlpeme, tiene razón, no quería ofenderlo —Álvarez del Hierro se llevó una mano a la frente, como constatando unas repentinas décimas de fiebre—. Pero le repito que yo no sabía ni una palabra, ni una palabra, ¿entiende?, de la manera deplorable en que se consiguió esa novela. Yo no soy un Shólojov...

—¿Quién? Perdone pero no le sigo...

—Mijail Shólojov —dijo casi con fastidio Álvarez del Hierro— fue un escritor ruso que ganó el Premio Nobel en 1965 o 1966, no recuerdo con exactitud. Al parecer, su novela más famosa, *El Don apacible,* no era suya. Se la robó a otro, a un tal Kriukov. Tenía veintitrés años y el favor de Stalin. Luego escribió otras novelas, pero no tenían ni por asomo la calidad de la primera. Siempre se sospechó que no era suya... —y luego de un momento de silencio, agregó—: No. Yo jamás lo hubiera aceptado. Una cosa es un encargo y otra un robo. ¿Está seguro de que fue así?

—¿Quiere usted hablar con el verdadero autor?

Álvarez del Hierro palideció.

—Por eso creo que de verdad no lo sabía, Morita —dijo el Colorado buscándole la mano—. Lo he estado pensando y creo que Álvarez del Hierro era ajeno a los trapicheos de Laura Olivo.

—Eso no quita que sea un plagiador, lo que es una indecencia, una inmoralidad. Y además a Shólojov jamás le demostraron esa patraña.

—Pero no es lo mismo contratar a alguien que robarle su creación...

Fátima lo miró. En sus ojos parecía bullir un enjambre de avispas.

—¿A ti te parece bien el plagio? ¿Engañar a tus lectores poniéndole tu firma a algo que no es tuyo?

—En sentido estricto no es plagio, Fátima. Es una compra. O al menos así lo pensó Álvarez.

—No puedo creer lo que estoy oyendo —sacudió la cabeza—. No puedo creer que te parezca bien... ¿Qué clase de persona eres, Larrazabal?

Y de pronto se cubrió el rostro con ambas manos. Sus hombros fueron sacudidos por espasmos repentinos y Larrazabal se quedó quieto, esperando que la Morita se apaciguara.

* * *

No, DEFINITIVAMENTE NO LE HABÍA gustado el cariz que había adquirido la última conversación con Fátima. Al principio le fastidió un poco que se tomara tan a pecho aquel asunto de la novela por encargo —el plagio, le llamaba ella— de Álvarez del Hierro, como si en tal cosa le fuera la vida. Una reacción exagerada, una niñería. Aunque más le sorprendió que se echara repentinamente a llorar en el café, como si además él tuviese alguna oscura complicidad en todo aquel espinoso asunto, o fuera quizá un valedor, obsecuente y amoral, de semejante sevicia. Pero luego entendió que latía allí al fondo algo más profundo y quizá trascendental para ella, que era vivir con la noción de que su padre se dedicaba a no muy claros negocios y contrabandos —de baja intensidad, pero contrabandos al fin y al cabo— cuando siempre le había inculcado una integridad sin mácula, una decencia y probidad cuya mejor salvaguarda era su ejemplo en casa. Asunto que ella, por lo demás, llevaba con esmerada pulcritud, como otros el prurito de la limpieza, había podido comprobar Larrazabal. Lectora mal acostumbrada a atribuir valores personales a quienes tan solo debían su prestigio a la invención de ficciones, para Fátima lo de Álvarez del Hierro era pues una decepción de orden metafísico. Pero al parecer, la verdadera decepción, reflexionaba Larrazabal, era que él no le diese la importancia debida ni mostrase la misma indignada reacción sobre tal particular. «¿Qué clase de persona eres?», le había soltado de pronto, como un dardo sopado en veneno. Y él se quedó pensando, después de acompañarla hasta la esquina de su casa, en qué clase de persona era.

Tenía edad suficiente como para dudar de cualquier aseveración rotunda, pero en todo caso no se consideraba un hombre sin valores. Es más, se sentía tímidamente inclinado a pensar lo contrario aunque este nunca había sido un tema de conversación que hubiese salido al amparo de un café o unas copas con nadie. Ni siquiera había sido la chispa de combustión necesaria para poner en marcha sus elucubraciones solitarias. ¿Conversarlo con quién, Colorado? Venía de un país donde la corrupción, el chantaje, el robo, el atropello y el plagio eran socialmente tan recompensados como escarmentados eran la decencia, la honradez o simplemente el buen hacer. Y por si fuera poco, había ejercido una profesión que diariamente se veía expuesta a humillaciones, chantajes y corrupciones de todo calibre. «Esa miasma es lo que respiramos, Colorado. Y se nos mete en los pulmones», le explicó un día su comandante Carrión, dando unos golpecitos en el tambor de su pecho. Lo recordaba claramente, como si esas palabras hubiesen sido dignas del epitafio que se grabaría en su lápida, porque se las dijo horas antes de que lo encontraran en su casa, en calzoncillos y con el cuello cortado limpiamente y encharcado en un lodazal de sangre, junto a su perro, también con el cuello seccionado.

Constantemente lo había hablado con su compadre Tejada, hermanados ambos por un empecinamiento, que tenía algo de loco y furioso, en cumplir con sus funciones como debía ser y por el que ambos habían tenido que pagar un precio difícilmente asumible para cualquiera. Sin conocerse aún, sin haberse tratado siquiera, sin haber oído el uno del otro, en diferentes momentos de su vida y de la noche a la mañana los dos perdieron sus respectivos trabajos y los dos, también en distintos momentos, debieron hacer una maleta apresurada y abandonar el país. Para Tejada, su honradez le había salido carísima: era como si una bala con su nombre grabado en el casquillo hubiera salido disparada de un cañón casi diez años atrás, después de mandar a la cárcel al diputado fujimorista que estaba vinculado con el narcotráfico, y ahora por fin había dado de lleno en el blanco, pulverizando su vida. Rara vez hablaba de su madre o de sus hermanos, del sobrino pequeño que quería tanto. A todos tuvo que dejar en Lima, varados en una espera que se hizo demasiado larga.

Él en cambio había tenido más suerte: simplemente abandonó su vida sin ataduras pero también sin lastres. No era gran cosa en realidad lo que dejó atrás, y podría apostar una buena botella de pisco que en toda Lima no había nadie que lo echara de menos. Su madre descansaba en el cementerio Presbítero Maestro hacía ya unos años y apenas le quedaban familiares con los que mantuvo todo ese tiempo una relación precaria y apenas sostenida por cortesías elementales y más bien endebles. Ni mujer ni hijos dejaba atrás. En cierto modo, aquella vergonzosa expulsión del cuerpo de la Benemérita que sufrió a instancias del intocable ministro cuyo hijo se había visto envuelto en un crimen le salvó de una vida cada vez más grisácea, como un tedioso invierno limeño. Bien mirado pues, lo suyo había sido una liberación.

Pero no podía dejar de preguntarse qué clase de hombre era. No quería hacerlo por un asunto que para él en esos momentos era baladí: si Álvarez del Hierro fue capaz de comprar una novela para ponerle su nombre no era algo que le impidiera dormir, al fin y al cabo se trataba de una simple transacción. Otra cosa era saber si el famoso escritor había participado de aquella celada tendida por Olivo, al menos a tenor de lo que había dicho Miguel Alcaraz. De todos modos, la pregunta le escocía en su fuero íntimo porque lo obligaba a pensar en el motivo de sus pesquisas. Si encontraba que la culpable de la muerte de Laura Olivo no era Lucía Luján, él recibiría a cambio el pequeño y bonito piso donde vivía. ¿No era eso partir ya desvirtuando la búsqueda de lo que realmente había sucedido con Laura Olivo? ¿Y si al final de aquella pesquisa por donde se iba adentrando —larga y siniestra como un callejón peligroso— no había nadie más que Lucía Luján, como suponía cada vez con más pesadumbre... ¿te ibas a sacar de la manga a otro culpable, Colorado?

Decidió que no debía pensar más en ello, y simplemente seguir excavando, afanoso y ciego como un topo, hasta encontrar la salida de aquel túnel, hasta encontrar la verdad, fuera esta la que fuera, demoledora, turbia o luminosa. Ya no disponía de mucho tiempo. Había quedado con la Morita el viernes siguiente para acompañarla a escuchar a aquel escritor, al tal Edwards. Ese viernes hubiese dado lo que sea por ir al cine y olvidarse por un par de horas del asunto de Laura Olivo, algo que ya empezaba a contar como el primer fracaso de su larga vida de investigador, pero de alguna extraña manera se quería hacer perdonar por no haberle ofrecido a Fátima una respuesta inmediata, rotunda, ofendida o simplemente tranquilizadora cuando ella dijo: ¿qué clase de hombre eres, Larrazabal?

Al día siguiente, perseguido por aquella absurda culpa, había ido a comprarle a la Morita un pequeño cactus que había visto en una tienda de Malasaña. A ella le gustaban mucho aquellas plantas ariscas, propicias de un pedregal, y que eran como la versión herbácea de una cabra montesa, plantas inverosímiles pero tozudas más que imperturbables. Quizá porque Fátima era capaz de encontrar belleza hasta en aquellas modestas y solitarias flores de secarral, pensó con melancolía, sin querer atreverse a avanzar por esa reflexión. Llegó a la floristería cuando ya estaban a punto de cerrar. Eligió un cactus pequeño y lleno de pinchos, una plantita matona y enfurruñada. Seguro le gustaría y serviría para que hicieran las paces de aquella pelea absurda. Con su cactus en la mano, Larrazabal se dio cuenta de que estaba a pocas calles del bar de Alcaraz —¿de verdad fue casual, Colorado?— y, sin pensarlo mucho, se encaminó hacia allí.

En el *Keruac* le recibió un olor pegajoso y húmedo donde persistía el punto acre del tabaco viejo y los destilados de mala calidad. La chica del *piercing* estaba lavando unas copas con desgana. Sonaba a volumen alto una música desgarrada y casi tóxica, armónicas y guitarras, voces sumergidas en bourbon: los blues que siempre ponían allí. Alcaraz estaba en un despachito claustrofóbico, detrás de una minúscula cordillera de facturas y papeles y una calculadora algo anticuada, de contable. Llevaba unas gafas bifocales que lo envejecían y entraban en colisión con su imagen de rockero irredento. Cuando lo vio entrar, se quitó las gafas y lo miró sin acritud pero también sin amabilidad. Su piel tenía la palidez apergaminada que dan una sucesión de noches en vela. Parecía un fantasma. Un fantasma sucio.

—¿Usted por aquí nuevamente? Ya le he contado todo lo que tenía que contarle.

Y siguió tecleando en su calculadora, afanoso y burocrático.

—Creo que no. No me dijo que la novela que le robó Laura Olivo fue a parar a manos de Álvarez del Hierro.

—Ajá. ¿Y eso qué aportaba? —con un movimiento hizo a un lado la calculadora—. Mire, Larrazabal, ese asunto ya está enterrado. Por su puta culpa he vuelto a fumar y es suficiente: no quiero despertar los demonios del pasado. Ya no quiero saber ni una palabra más sobre aquello. A menos que me quiera incriminar, claro.

—Nada de eso —sonrió Larrazabal sin lograr formular una respuesta convincente—. Solo quería saber por qué no me lo dijo.

—Ya le repito que no sé de qué manera le podría ayudar saberlo. No le di importancia, nada más. Ya no escribo. Ya todo está olvidado. Recibí un dinero por aquella novela y lo acepté pese a mi indignación inicial, lo que prueba hasta dónde llega nuestra pretendida virtud, nuestra arrebatada pureza. Al menos la mía. Soy otro y me alegro. Ahora márchese, por favor. Usted me ha traído todo esto al presente.

Larrazabal se dio cuenta de que bajo las frases de Alcaraz se empozaba un agua pútrida que llenaba de toxicidad sus palabras. Como si estuviera a punto de echarse a llorar de impotencia o a maldecir y jurar a voz en cuello. Un hombre así era peligroso. Después de todo, pensó, el infeliz no era sino una víctima. Había sido un dipsómano, un pendenciero, un seductor de mocosas, unególatra emborrachado de autocomplacencia y cubatas. Y ahora era simplemente un tipo disfrazado de contestatario que sacaba cuentas de lo que rendía su bar en una calculadora comprada en un chino.

—Muy bien —dijo—, no se enfade conmigo. Solo intento hacer mi trabajo.

—Márchese, Larrazabal. Y no vuelva por aquí —dijo Alcaraz con frialdad y sin levantar la vista de la calculadora— y dígale a su amigo Álvarez del Hierro que el *Keruac* tampoco está abierto para él.

—¿Álvarez del Hierro, dice?

Alcaraz se arrancó las gafas de un manotazo. Sin ellas, que apaciguaban un poco su rostro, volvía a tener la expresión salvaje de un hombre arrinconado.

—¿Quién coño cree que no para de llamarme desde hace tres días para suplicarme una cita, una entrevista e incluso para que le acepte dinero? Y eso es por culpa suya, joder. Ese tipo nunca supo de mí. De manera que dígale a ese relamido de mierda que si viene por aquí le parto el cuello. Y a usted también, si me sigue tocando los cojones.

Larrazabal negó con la cabeza, realmente apesadumbrado.

—No lo molesto más, disculpe usted.

Salió del *Keruac* y se alejó calle abajo, pensando que Álvarez del Hierro tenía que estar verdaderamente atormentado para hacer una cosa así. Pero eso no probaba ni su inocencia ni tampoco su culpabilidad. Podía simplemente ser que él con sus preguntas hubiera removido aquel penoso limo que el escritor quería mantener quieto, como el propio Alcaraz. Al fin y al cabo, hay cosas que era mejor no remover. Pero por desgracia su trabajo lo obligaba a hacerlo.

Todo el rato, desde que salió del bar de Alcaraz, tenía una sensación de que algo le faltaba. Se detuvo en seco y se miró las manos: ¡el cactus!, se había olvidado el cactus en el despachito del escritor. Vaciló un momento, calibrando si valía la pena volver o dejarlo. Si era lo primero, se arriesgaba a tener una bronca de las gordas con Alcaraz. Pero por otro lado se iría a ver a la Morita sin nada que llevarle, como había pensado. Y eso tampoco le gustaba mucho.

Con cierto fastidio desanduvo el camino, alcanzó la calle de La Palma, cuyos locales empezaban a recibir a los primeros parroquianos, y caminó el trecho hasta la calle del bar. Desde la esquina vio el cartel de parpadeante neón del *Keruac*. En la puerta, avejentado, con la cabellera desordenada y las gafas en la mano, Alcaraz gesticulaba con énfasis. No estaba solo.

Con el repentino torrente de la sangre bramando en los oídos, Larrazabal cruzó conteniendo la respiración la calle estrecha y se aplastó contra un portal donde ocultó el rostro encendiendo un cigarrillo. El hombre con el que discutía o conversaba Alcaraz era un joven de tez muy oscura y brazos musculosos. Latino quizá. Tenía en la mano el casco de la moto en la que estaba montado. Antes de que este cruzara a medio metro de él haciendo atronar su Bultaco roja, Larrazabal sintió que el corazón se le desbocaba.

* * *

EL ROSTRO DE ALCARAZ reflejó una sorpresa genuina y limpia. Se había quedado inmóvil cuando, después de ver partir la moto, fue alcanzado por una voz velada, algo ronca y ya conocida.

—Usted y yo vamos a conversar —le dijo Larrazabal cogiéndolo por el brazo con suavidad, aunque sin detener su paso, como invitándolo a caminar.

Alcaraz miró aquella mano grande y oscura en su bíceps como si hubiese descubierto una quemadura inesperada en su camisa.

—¿Quién coño se cree que es? ¡Suélteme!

Intentó zafarse, pero Larrazabal apretó de pronto con cierta inesperada violencia, un movimiento no obstante bien dosificado, de siniestra burocracia policial, que obligó al otro a caminar unos pasos para no tropezar. No era exactamente un empellón pero se le parecía mucho. No le quedó pues más remedio que seguir hacia donde Larrazabal lo conducía como se conduce a un pelele.

Entraron al bar y se dirigieron directo, ante la mirada bovina de la camarera, hasta el despachito donde se habían visto unos escasos veinte minutos antes. Alcaraz resoplaba indignado y lívido, mascullando tacos pero oscuramente convencido de que no le quedaba más remedio que dejarse atropellar así. La mano de aquel negro era una tenaza brutal que apenas había exhibido un poco de su fuerza.

El Colorado lo soltó como un fardo en su silla y él se acomodó enfrente.

—Mi cactus —dijo cogiendo con extrema delicadeza la planta que estaba donde la había dejado, en una esquina de aquella mesa atiborrada de facturas, recibos y proformas. Lo contempló un momento, extasiado.

—¿Por esa puta planta me trata así?

A punto de sufrir una apoplejía, Alcaraz se incorporó y buscó atolondradamente el teléfono. Estaba temblando. Larrazabal lo miró con frialdad siniestra.

—Si quiere llamar a la policía, hágalo, pero será mucho peor para usted. ¿Ese es el tipo que contrató para matar a Laura Olivo?

La mano de Alcaraz se quedó inmóvil en el teléfono.

—De qué habla... yo no...

—Usted contrató a ese sicario para que la matara. Por esto le caerán lo menos veinte años.

—Pero qué dice...

Desde el primer momento Larrazabal supo que no podía ser así: aquel pobre diablo, lleno de una furia antigua y de la que no quedaba más que un exhibicionismo ramplón, no habría sido capaz de contratar a un sicario para que, tantos años después de la fea

214

jugada que cometiera con él la agente literaria, este se encargara de matarla. «Salvo en las novelas de detectives, nadie mata por venganza pasados unos años», le advertía siempre el comandante Carrión. «El crimen pasional es lo que es: inmediato y ciego. Y por lo mismo, torpe». «Ni siquiera el rencor dura lo suficiente». No, Alcaraz no podía haber mandado matar a Laura Olivo. Pero el Colorado quería saber si aquel tipo era el sicario que acuchilló a su compadre Tejada y por qué estaba con el dueño del *Keruac*. Decidió pues que la única manera de saberlo era esa: azuzar el miedo de este, que ahora temblaba como una hoja.

—Será mejor que confiese, amigo Alcaraz —dijo encendiendo un cigarrillo, sosegado, casi didáctico—. Verá que se va a sentir más tranquilo. Estás cosas siempre son feas y no dejan dormir bien.

Alcaraz se derrumbó en su silla y se pasó una mano temblorosa por la frente. Sus ojos estaban húmedos y parecían implorar cuando habló, ya sin vestigio alguno de chulería.

—Oiga, Larrazabal, yo no he mandado matar a Laura Olivo. Ni a nadie. Aquí hay un error monumental, ¿sabe? Ese tipo es un matón, sí, pero no es un asesino. Bueno, yo no lo he contratado para matar... me lo recomendaron para otra cosa.

—¿Otra cosa? ¿Quiere calmarse y contarme todo, por favor?

Alcaraz sacó un paquete de cigarrillos de un cajón de su escritorio, encendió uno con manos torpes y le dio dos, tres y hasta cuatro caladas urgentes, llenando de humo aquel cubículo de contable de segunda.

—Mire, le voy a decir la verdad, ¿vale? Ese tipo es un colombiano que un amigo del barrio me recomendó...

—¿Cuestión de deudas?

Alcaraz sonrió con cinismo.

—¡Ojalá fuera eso!

—¿Y entonces?

—El tipejo con el que se ha ido a vivir mi hija la maltrata. No sé qué diablos vio Marina en ese subnormal, pero el caso es que hace más de un año que vive con él. —La mano que llevó el cigarrillo a los labios temblaba todavía un poco—. Y mire que se lo advertí. «Te estás equivocando, ese hombre te va a hacer sufrir».

»Pero bueno, qué caso me iba a hacer a mí. Y la madre es una tarada que vive en una nube rosa, casada con un publicista rico y gilipollas que alguna vez le quiso meter mano a mi hija. Ella apenas había cumplido dieciséis años y fue la primera vez que recurrió a mí. Porque no tenía a nadie más y estaba desesperada. Me pidió quedarse a vivir conmigo. Para acabar el bachillerato y poder instalarse luego sola. ¿Cómo me iba a negar? Pero esa repentina responsabilidad me hizo enfocar las cosas bajo un prisma distinto.

»Yo por entonces me estaba matando lentamente, dedicado a la noche, la coca y los cubatas y de pronto me vi con una adolescente en casa, casi una extraña, abrumado por una responsabilidad inédita. Sí, aquello me hizo cambiar. Marina se quedó a vivir conmigo hasta que cumplió los dieciocho. Creo que para su madre, que tiene dos hijos pequeños con el publicista, fue un alivio desentenderse de esa hija que había tenido conmigo siendo ella demasiado joven y yo demasiado gilipollas, y por la que siempre ha sentido una complicada mezcla de amor y rechazo.

»Nuestra relación, mi relación con Marina, quiero decir, no fue difícil sino distante, de una formalidad y envaramiento que escasamente podía ser la que mantiene un padre y una hija. Desde que se vino conmigo a mi piso de Usera rara vez conversábamos, y cuando lo hacíamos notaba en ella un rencor empozado y antiguo, como si me culpara de su vida desdichada. Así estuvimos los casi dos años largos que duró su estancia en mi casa. A los pocos días de cumplir los dieciocho, como si solo hubiera estado esperando ese momento para cancelar una relación indeseable o una hipoteca que nos ahoga, Marina se fue a Barcelona con un novio del que yo nunca supe nada y regresó a los cinco o seis meses. Sola, seguramente herida. Se instaló en su habitación con la hosquedad de un animal en su guarida, sin decirme mucho, respondiendo con monosílabos a mis preguntas. Así estuvo varias semanas. Encontraba trabajitos esporádicos, de camarera, en un súper, de dependienta en una tienda de deportes... se buscaba la vida. Como todos. Un buen día se enrolló con esa mala bestia que conoció en una discoteca de música latina en Aluche donde ella ponía copas y él era portero. Se enrollaron y terminaron instalándose en Vallecas. En fin, que hace casi un año, a fines del otoño pasado, apareció nuevamente por mi casa. Era bastante tarde. Vino con un ojo morado y los brazos llenos de hematomas. Entonces me lo contó todo. La primera vez que lo hizo, la primera vez que aquel desgraciado le reventó el tímpano de un bofetón, Marina no supo qué pensar. El miserable le pidió perdón, le suplicó con lágrimas en los ojos, como siempre ocurre en estos casos, y la muy tonta del culo se dejó convencer. Así estuvieron unas semanas. Luego, repentinamente, vino otro estallido de rabia y un manotazo que la hizo sangrar. Nuevamente disculpas, llantos, propósitos de enmienda, explicaciones, la mierda de siempre. Y vuelta a empezar. Pero a partir de un momento el tipo le pegaba casi todos los días. Porque sí. Porque estaba borracho, porque ella no estaba en casa cuando él llegaba del trabajito de guardia nocturno que había conseguido. O porque sí estaba. O porque sospechaba que se veía con otro. Pronto prescindió de excusas. Ponía en aquellas palizas una especie de entusiasmo deportivo, una constancia en la que había mucho más que odio o desprecio, según me confesó esa noche mi hija entre lágrimas, aterrada, algo tan frío y violento como una venganza. Quiso dejarlo. Pero él entonces la amenazó con partirle el cuello si se atrevía. Estaba desesperada y yo no sabía cómo librarla de ese cabrón, ¿entiende?

Alcaraz se echó de pronto a llorar. Lloraba con una especie de gemido o aullido ronco, desesperado, que le salía de las entrañas. Larrazabal entendió que lloraba por su hija, pero sobre todo por él, por su vida, por saber que era un hombre que se asomaba a la vejez, pensó Larrazabal, pero a una vejez de cierto patetismo, la de un tipo que había llegado hasta ese momento despilfarrando su vida como otros lo hacen con su dinero. Sin haber sabido muy bien administrar su talento para escribir, sin saber ser padre, ni empresario ni joven ni adulto.

—¿Lo contrató para matarlo?

Alcaraz levantó el rostro. Tenía la nariz enrojecida.

—No. Solo quería que le diera una buena paliza, que lo alejara de mi hija.

—Ese tipo, ¿dónde contactó con él?

—Ya le digo que me lo recomendó un amigo, el Dani, un colega que conozco de otros tiempos, de cuando trapicheaba con hachís. Es vecino mío. El Dani es un buen amigo. Me presentó al Cool...

—¿Cool?

—Ese es el apodo con que se le conoce al colombiano ese. Apenas he hablado con él. Hoy vino porque le tenía que pagar la mitad de lo que acordamos.

—Vale, ¿pero dónde lo encontró? ¿De dónde sale?

—¡No lo sé! —Se exasperó, aturdido por las preguntas, Alcaraz—. Me lo presentó el Dani, coño. Lo trajo aquí. Estuvimos bebiendo cervezas una noche y mi colega le contó lo que pasaba. El Cool dijo que él se ocupaba. Preguntó algunas cosas, la rutina del tipo, la dirección, su trabajo. Y dijo también una cifra. Pero nunca hablamos de asesinar a nadie. Una buena paliza, eso era todo lo que quería, que le dieran un buen escarmiento a ese hijo de puta, que se fuera de la vida de mi hija. Pensé que un tío con el careto del Cool lo asustaría. ¿Qué más podía hacer? Ese hijo de puta iba a matar a Marina...

Larrazabal sacó la servilleta *El sol de oro* donde Xian había dibujado aquella letrita china, aquel ideograma. Lo puso frente a Alcaraz.

—Dígame una cosa: ¿tiene este tatuaje en el cuello? Piénselo bien, Alcaraz, no me diga nada por decir porque se jode conmigo.

Alcaraz se limpió la nariz con la manga de su cazadora y cogió con ambas manos la servilleta de papel. Se caló las gafas y la miró con atención.

—Sí. Lo lleva aquí. —Levantó un poco el rostro y colocó un índice como una navaja en el cuello.

Larrazabal recogió la servilleta y suspiró, liberando una gran tensión. Era todo lo que quería saber. Ahora era cuestión de contárselo a Reig para que a su vez hablara con el tal Dani y dieran con el sicario.

—Ni se le ocurra volver a entrar en tratos con ese individuo, Alcaraz.

—¿Es un asesino?

—Es un sicario. Y usted va a ayudarme a encontrarlo.

—¡Un sicario! Yo no sé...

Larrazabal se llevó un dedo a los labios.

—Está usted de mierda hasta el cuello. Va a ser mejor que colabore con un poquito de entusiasmo.

* * *

SE ACOMODÓ EL NUDO de la corbata en el espejo del ascensor y limpió unas invisibles motas de polvo de la chaqueta gris. Llevaba su gabardina azul en la mano. La mujer que subió cuando las puertas estaban a punto de cerrarse lo miró de reojo, le sonrió con un asomo de coquetería y se atusó la media melena color caoba. Luego volvió a mirar al frente y salió con él en la misma planta, que era toda de la agencia literaria de Isabel Puertas. ¿Busca a Isabel?, le preguntó la mujer cuando Larrazabal indagó por el despacho. Es allí, siguiendo el pasillo hasta el final, luego tuerza a la derecha. «Yo estoy al otro lado», sonrió, y se despidió con un contoneo de caderas. Larrazabal pensó que aquella corbata azul de pintitas rojas que le había regalado la Morita por su cumpleaños le sentaba bien. Pero solo fue un envanecimiento fugaz, una ligereza momentánea para su preocupación de los últimos días. Isabel Puertas por fin había accedido a hablar con él, después de darle largas. Y él, por otro lado, llevaba dos días sin saber nada de las pesquisas de Reig y su equipo respecto al asesinato de su compadre. Pensaba que sería cuestión de horas y no, no estaba siendo así.

La otra tarde, nada más dejar el *Keruac* y a un Miguel Alcaraz en un estado deplorable, llamó a Reig. No contestaba. Volvió a llamarlo otra vez cuando se encontró con Fátima, esa misma noche, en *El secuestrador de besos,* después de entregarle el cactus, que ella tomó con cuidado, como si fuera una joya extraña, y lo recompensó con un beso. Reig finalmente contestó y Larrazabal se despidió algo apresuradamente de la Morita luego de explicarle en pocas palabras lo que había encontrado y partió a encontrarse con el subinspector de la policía.

La ciudad era ya un saturado parpadeo de luces y guirnaldas, villancicos y atascos. Un gentío apresurado subía por la Gran Vía y se desparramaba por Arenal, o por Montera y Preciados hasta alcanzar, como una manifestación, la Puerta del Sol. Había sido una mala idea citarse en el centro, pero Reig no quiso esperar al día siguiente. Ni él tampoco. Cuando lo llamó, el policía estaba de visita en casa de sus padres en La Latina, de manera que se citaron en un café de Ópera, a donde Larrazabal llegó caminando, procurando no demostrar el estado de agitación en el que se encontraba.

El subinspector ya estaba allí. Se saludaron, pidieron un par de cafés, se instalaron en una mesa del fondo y el Colorado le contó su conversación con Alcaraz y todo lo que sabía.

—¿Estás seguro? —Reig echó un azucarillo y removió despacio su café sin mirarlo aún.

En la voz del policía Larrazabal creyó advertir, no sabía bien por qué, una corriente de vacilación y desconfianza que le molestó. Había formulado su pregunta con el tono casi didáctico con el que se duda de un crío. Pero lo entendía, claro que sí. ¿Qué probabilidades había de que el tipo que acababa de entrevistarse con Alcaraz fuera el mismo que identificó Xian saliendo del despacho de su compadre Tejada el día del crimen?

—No, no estoy del todo seguro, Juanfra —admitió conteniendo su malestar e intentando ser razonable—. No alcancé a ver del todo el tatuaje, pero Alcaraz lo reconoció en el dibujo de Xian. Y el tipo responde a la descripción que nos hizo el chaval: la complexión física, el color de piel, el casco y sobre todo la moto. La Bultaco de esas características no es precisamente una moto que abunde. Y luego están todos los datos que me ha dado Alcaraz que, por añadidura, vive en Usera. El tipo se hace llamar Cool, pero todos le dicen el Colombiano. ¿Y sabes qué significa ese ideograma?

—«Cruel», ya lo sabemos.

El policía se cruzó de brazos. Algo en su mirada empezaba a incomodar a Larrazabal.

—No solo —dijo este—. También significa «cool», en la jerga actual de los muchachos. O al menos es la versión china de *cool*. Se pronuncia kú.

El policía arqueó las cejas, receloso.

—Vaya.

221

—Pues sí, ya lo he averiguado —se encogió de hombros, Larra-zabal—. Pero el caso es: ¿qué probabilidades existen de que un tipo que se dedica a dar palizas pueda ser un sicario? Bastantes, creo yo. Ahora es cuestión de hablar con el amigo de Alcaraz, el tal Dani. Tengo el teléfono y además...

Reig hizo una mueca que podía significar cualquier cosa, un gesto de quien la pifia o se decepciona o no está seguro de lo que le dicen.

—Es mucha coincidencia, Colorado, ¿no te parece? —y antes de que Larrazabal pudiera contraatacar alzó una mano—. Mejor no nos hagamos ilusiones, pero igual podría ser. Vamos a interro-gar a Alcaraz y hacerle un seguimiento. Si es ese tipo caerá en un abrir y cerrar de ojos, claro que sí. Te mantendré informado.

Al despedirse, Reig le dio una mano ausente.

Pero habían pasado dos días sin que tuviera ninguna noticia y él intentó concentrarse en su propio caso. Hasta el momento nin-guna pista estaba clara. Ninguna que no condujera a Lucía Luján. Las fotocopias de las páginas encontradas en el despacho de Olivo no le habían llevado a nada relevante, al menos en relación con el asesinato de la agente, pero sí que le decían algo acerca de los mu-chos enemigos que esta se había conseguido a lo largo de los años. Nada sin embargo parecía lo suficientemente poderoso como para impulsar a ninguno de ellos —un par de escritores chantajeados, otro engañado, uno más ya fenecido— a matarla. Faltaba saber quién podía ser el autor de aquellas dos páginas mecanografiadas en papel con membrete de un hotel, pero mucho se temía Larraza-bal que averiguarlo tampoco le conduciría a nada. Quizá era hora de buscar por otro lado, le dijo a la Morita.

Por eso estaba allí, en la luminosa, enmoquetada y amplia agencia de Isabel Puertas. Puertas era la agente rival de Laura Olivo y habían mantenido una larga y ríspida relación de años... Al menos según la información que había encontrado en internet, consultando hemerotecas e incluso navegando por la *Deep web,* como alguna vez le enseñara Koldo: «la verdadera internet, Colorado, qué Google ni que hostias, allí está todo», le había dicho y desde entonces Larrazabal solía bajar a ese submundo de la internet más sumergida para hacer sus investigaciones. Y allí había encontrado aquella información sobre Isabel Puertas y Laura Olivo que ahora tenía anotada debidamente en su libreta.

Salvo el despacho de esta, todo el espacio era abierto, con escritorios de un extremo a otro, lo que le daba un aire casual y fresco al ambiente. Desde aquella planta con paredes de cristal se debían de tener unas magníficas vistas de Madrid cuando hiciera buen tiempo. Ese día sin embargo, con la niebla y la llovizna, ni siquiera los ventanales conseguían aclarar la penumbra mortecina de aquel espacio. No se pudo distraer mucho más, el Colorado: una mujer bajita, de negros cabellos y de sonrisa franca, salió a su encuentro.

—Señor Larrazabal, ¿verdad? Mucho gusto. Soy Isa, Isa Puertas.

Tenía manos cuidadas y de dedos finos, y unos ojos pequeños y muy juntos, que le daban un curioso aspecto de miope. Y la voz agradable, profunda y llena de tibia serenidad. Larrazabal calculó que rondaría la cincuentena, aunque con las mujeres hoy en día era imposible saberlo.

—Gracias por recibirme, señora.

—Isa, por favor. —Sonrió—. Ya le dije a Borja que no disponía de mucho tiempo. Estoy preparando el lanzamiento de una novela muy especial y eso no me deja apenas libertad para ninguna otra cosa, como comprenderá.

Borja del Castillo se había encargado en esta ocasión de allanarle el camino a Larrazabal. Al parecer, la mujer del abogado tenía una cierta amistad con la agente y esta no se pudo negar a aquella visita.

Isabel Puertas extendió una mano casi ceremoniosa, de perfecta anfitriona. ¿Le podía ofrecer un café, agua, un refresco?, preguntó con esmerada solicitud, como si pensase que él de verdad venía con sed o apetencia de café. Larrazabal negó educadamente, nada, muchas gracias. Entonces Puertas mostró un par de silloncitos modulares de piel que el Colorado no había visto hasta el momento. Estaban como resguardados por unos helechos y creaban cierta ilusión de intimidad.

—Sentémonos aquí, si le parece bien. Mi despacho está impresentable.

El Colorado dirigió la vista hacia donde había mirado fugazmente Isabel Puertas: un despachito de paredes de cristal, con unos estores claros, uno de los cuales permanecía bajado del todo.

—No se preocupe —dijo Larrazabal acomodándose en el sillón, muy cerca de ella—. Procuraré no abusar de su cortesía.

Los ojillos de miope no pudieron evitar entregarse a ese escrutinio lleno de curiosidad al que últimamente era sometido Larrazabal. Al fin, la mujer carraspeó:

—Usted dirá.

Isabel Puertas cruzó ambas manos sobre su regazo como una alumna aplicada.

—¿Usted conocía a Laura Olivo desde hace mucho, verdad?

—Déjeme ver... —La agente levantó la vista y se fue tocando la punta de los dedos con el pulgar—. Treinta y un años exactamente. Éramos unas crías. ¡Todavía contábamos en pesetas!

—El tiempo se pasa volando... ¿Trabajaron juntas?

El Colorado sacó su libreta y la agente cambió automáticamente de posición, cruzando ambas manos sobre el regazo.

—Vamos a ver... yo había llegado hacía poco a Barcelona y conseguí unas prácticas en la agencia de Nuria Monclús donde ya trabajaba Laura, que estaba a punto de irse y andaba de novia con Paco... Después no la volví a ver hasta que fundó su propia agencia, unos cuantos años más tarde, en el noventa y algo, creo. Sí, así fue. Me propuso trabajar con ella pero yo estaba en ese entonces muy bien con Nuria. Era la agente más reputada de esos años y llegamos a tener casi cien representados. Laura empezaba y no era cuestión de embarcarse en aventuras —hizo el mohín imperceptible de quien se ve obligado a rectificar y agregó—: O quizá sí, y simplemente ella fue más audaz que una servidora, después de todo, Nuria estaba a punto de jubilarse.

En la voz de Isabel Puértas latía el tono amable de quien habla de una compi universitaria, leal y simpática, a quien se le ha perdido la pista mucho tiempo.

—Naturalmente. Pero después colaboraron, ¿verdad?

—Sí, veo que está enterado. —Sonrió—. Para ese entonces me había ido ya con Sole Brotons, que había abierto agencia poco antes, y en ese momento nos pareció buena idea establecer una suerte de alianza con Laura para representaciones en el extranjero. Laura había sido una especie de *scout*... creo que fue la primera española en hacer algo así cuando la figura no existía aquí.

—¿*Scout*?

—Sí, un *scout* es alguien que debe tener un gran olfato para saber antes que nadie cuándo un manuscrito es realmente valioso y también debe captar las tendencias del mercado.

El rostro de Larrazabal se distendió en una gran sonrisa.

—¿Como los *ojeadores* en el fútbol?

—Digamos que sí —concedió Puertas devolviendo la sonrisa—. Apenas empezaba pero tenía más recorrido, más contactos. Y eso era lo que nos faltaba en aquellos momentos: queríamos tener representaciones de editoriales y agentes en otros lados, en Francia, en Alemania, en el Reino Unido, en los países del Este... Los tiempos estaban cambiando y necesitábamos algo más que ofrecer autores a las editoriales españolas y a algunas extranjeras. Yo convencí a Sole y Laura aceptó encantada. Nosotras contábamos entre nuestros representados con dos norteamericanos que vendían mucho en esos entonces, y con un escritor inglés de humor, que venía precedido de excelentes referencias en el extranjero. Laura por su parte tenía como representado a Manfred Katz, un novelista austríaco autor de un *best seller, La dama del tren,* y a algunos otros escritores españoles interesantes como Álvarez del Hierro o el portugués Alumini, y en fin, que era un buen acuerdo para todos.

Larrazabal revisó sus notas y preguntó sin mirarla:

—Pero esa relación no duró mucho. ¿Fue entonces cuando se pelearon, verdad? Creo que en la feria del libro de Frankfurt.

Advirtió casi físicamente que Isabel Puertas se ponía rígida, como si la hubieran pinchado con un alfiler.

—Bueno —su voz avanzó cauta, igual que un pie sobre una capa fina de hielo—, digamos que ella se portó muy poco elegantemente. Aunque no habíamos firmado nada todavía, decidimos que fuéramos Laura y yo a la feria de Frankfurt. Queríamos cerrar un trato con Anne Finkelstein, la agente norteamericana; con un ruso que tenía una agencia que representaba a varios países del Este de Europa y que creo que terminó vendiéndola, y con un par de hermanas francesas, Claudine y Hélène Martin, que se encargaban de Turquía y otros países. ¡Ah! y con una agencia sueca, Lettera 6, creo que era. Pero sobre todo queríamos hablar con Enzo Marinelli, de la prestigiosa Manuzio para representarlo en España y Portugal. Como ve, había mucho trabajo. Mucho trabajo que nos repartimos.

En ese momento se acercó una chica muy delgada que traía un primoroso juego de café. ¿De verdad no quería nada?, insistió, toda cortesía, Isabel Puertas. Y ante la amable insistencia, Larrazabal, que tomaba notas apresurado, aceptó. Ella misma sirvió ambas tazas. Gracias querida, dijo, y la chica se fue tan discretamente como había llegado.

—¿En qué estábamos? —preguntó mirando su reloj antes de llevarse la taza a los labios—. Ah, sí. Nada más llegar a Frankfurt yo me encargué de hablar con Anne Finkelstein y el ruso, y Laura con las francesas y con la agencia sueca. Por la tarde yo tenía que verme con un escritor danés que acababa de fichar Sole para nosotras. Y al día siguiente cenaríamos con Marinelli juntas. Así lo dispusimos. Yo reservé en uno de los mejores restaurantes de Frankfurt para esa noche. Queríamos dar buena impresión, claro, lo había conversado ya con Sole y Laura antes de partir y quedamos que en esas cuestiones no escatimaríamos gastos. Me despedí de Laura a eso de las siete y me fui a mi habitación. Laura dijo que tenía cita con unas amigas para cenar. Cuando más tarde llamé a Marinelli porque me había olvidado de preguntarle no recuerdo qué tontería sobre su dirección y de paso reconfirmar nuestra cita, me dijo algo sorprendido que acababa de cenar con mi socia, la *signora* Laura Olivo. Él partía temprano por la mañana para Roma, pero que todo estaba listo. Para hacerle el cuento corto, señor Larrazabal, todos los tratos que cerró Laura fueron en nombre y representación de su propia agencia. Que lo había pensado mejor, me dijo cuando nos encontramos en el vestíbulo del hotel a la mañana siguiente durante el desayuno, después de que no me devolviera las mil llamadas que le hice a su habitación y los muchos recados que le dejé en la recepción. Ella iba a seguir trabajando por su cuenta, explicó, como si acabara de llegar a esa conclusión. Y siguió untando su tostada. No me lo podía creer, claro está. Me quedé de piedra. Ni siquiera volvimos en el mismo vuelo.

—Creo que usted perdió los papeles.

Isabel Puertas enrojeció visiblemente.

—La mandé a la... puñeta y le dije de todo. Allí mismo, en la cafetería del hotel, delante de autores, editores y colegas. No se inmutó. Yo era muy joven, muy ingenua y aquello me desbordó. No podía creer lo que me había hecho Laura. El suyo fue un golpe artero, una jugada sucia, y yo regresé con las manos vacías porque Claudine y Hélène Martin me dieron evasivas para cerrar el trato y al final me confesaron que nuestra agencia no tenía muy buena fama. Lo mismo los de Lettera 6. Ya puede adivinar quién les dijo aquello. No paré de llorar en todo el trayecto de regreso a Barcelona.

—Debió de ser duro.

En los ojos de Isabel Puertas parecía cernirse el inicio de una tormenta.

—Es el aprendizaje. Yo lo pagué muy joven y aprendí la lección —dijo esforzándose en sonreír—. Pero no crea que le guardé rencor mucho tiempo. No soy de esas personas. La vida siguió su curso y yo me olvidé de todo aquello. Cuando Sole se jubiló, yo le compré su parte de la agencia y, la verdad, no me puedo quejar. Llevo los asuntos de un centenar de autores, soy coagente con ocho colegas en el extranjero y tengo la representación de una docena de editoriales. Entre ellas a Manuzio, que se cansó de las intemperancias y desplantes de Laura, y rompió su trato. Ya ve cómo son las cosas.

—Sé que la señora Olivo decía que usted le quitó aquella editorial...

Por primera vez en lo que iba de la reunión el rostro de Isabel se descompuso en una mueca de abierto desagrado.

—Eso es simplemente el colmo, qué quiere que le diga. Nadie que mantuviera algún tipo de relación con Laura Olivo salía indemne de ella. Su mala leche y su deslealtad terminaban por espantar a todo el mundo. No creo sinceramente que mucha gente la quisiera. Bueno, esa chica, esa tal Lucía Luján. Y ya ve cómo terminó...

—No sabemos aún si ha sido ella la...

—¿No está siendo juzgada? Parece que no hay dudas sobre el particular, señor Larrazabal. Lo he atendido para contarle un poco cómo era Laura y cómo fue mi fugaz relación con ella —soltó una risa breve, como si se le hubiera ocurrido un disparate—. Pero le aseguro que yo no la maté. Es más, no conozco a nadie del medio que se hubiera tomado esa molestia.

Isabel Puertas miró su relojito por segunda vez y se puso en pie. Parecía ligeramente alterada.

—¿Más bien por qué no investigan a sus acreedores? Creo que estaba bastante apurada en los últimos tiempos.

Larrazabal negó con la cabeza, resignado.

—La policía ya lo ha hecho, pero no hay nada. Son bancos y financieras. Suelen ser despiadados pero hasta donde yo sé no suelen utilizar el servicio de sicarios. Al menos de momento. En fin, qué le vamos a hacer.

Luego de agradecerle su tiempo y despedirse, Larrazabal se encaminó hacia el ascensor y lo esperó revisando sus notas. Cuando este se abrió, casi se da de bruces con una mujer que tardó en reconocer porque las veces anteriores que la había visto llevaba camiseta, vaqueros y tenis. Ahora vestía un dos piezas gris, muy formal, y estaba levemente maquillada, lo que le daba un aire más reposado y adulto. Y llevaba puesta su elegante gabardina negra. Con una pila de papeles entre las manos y el bolso colgado de un brazo, hacía difíciles equilibrios.

—¡Caramba!, qué sorpresa, señorita Martínez, usted por aquí.

Paloma Martínez enarcó las cejas.

—Más bien yo soy la sorprendida, Larrazabal. Trabajo con Isabel desde hace casi un mes.

Se encaminó hacia las puertas de cristal que daban entrada a la agencia.

—No sabe cómo me alegro. ¿Me permite?

Y sin darle tiempo a protestar, cogió el montón de papeles que a duras penas llevaba Martínez.

—Gracias. Usted siempre tan caballero. ¿Ya ha podido hablar con Isa? —la joven se encaminó hacia su mesa. ¿O me está siguiendo a mí? —dijo con un tono guasón y cantarín, muy distinto al que había usado con él las dos veces en que se vieron.

—Sí, ya hablé con ella, que ha sido muy amable. Pero no logro sacar nada en claro —Larrazabal dejó los papeles donde le indicó Paloma Martínez.

La joven dejó el bolso sobre la mesa y lo miró con desolación. Tenía unos ojos azules y tibios, llenos de amabilidad.

—Pues me temo que ya sabe usted quién mató a Laura y no lo quiere admitir —al ver el rostro compungido de Larrazabal, esbozó una sonrisa—. Es usted un buen detective. Pero creo que en este asunto no hay mucho más que hacer. Venga, felicíteme.

—¿Por qué debo felicitarla? —devolvió la sonrisa el Colorado.

—Porque soy la nueva socia de Isabel. Y estamos preparando la salida de una maravillosa novela. Será un bombazo.

—¡Caracoles! Pues la felicito, de corazón, señorita Martínez.

—Nada de señorita Martínez, por favor. Paloma.

Y le ofreció la mejilla como si fueran dos viejos camaradas que hace años que no se ven.

—Pues felicitaciones, Paloma —dijo el Colorado dándole un beso en la mejilla, algo confundido.

Al salir, la llovizna que había fustigado toda la mañana con intermitencia, sin animarse a descargar, de golpe arreció como si lo hubiera estado esperando a él, y tuvo que ponerse la gabardina antes de buscar un taxi imposible. Había quedado con Fátima en ir a la Casa de América, pero aún era temprano. Contuvo el repentino impulso de llamar a Reig y decidió volver a casa. Ojalá no se encontrara con la señora Luján, pensó agitando la mano cuando asomó por la esquina el morro blanco de un taxi con la lucecita verde encendida.

7
Un bombazo literario

ECÍAN QUE EN AQUEL PALACIO frente a la Cibeles habitaba un fantasma, le susurró Fátima al oído cuando se detuvieron en el vestíbulo de suelo de mármol. Larrazabal pisó con voluptuosidad la alfombra mullida y granate de la escalera suntuosa que al llegar a su primer descanso se bifurcaba en dos, examinó con admiración las esculturas que la franqueaban, los cuadros inmensos que adornaban las paredes, ¡y los del techo! Por un momento se felicitó de no haber cedido a la tentación de quitarse la corbata antes de salir de casa, aunque la gente que entró con ellos al palacio iba vestida sin mucha formalidad. Nunca había estado allí y le pareció realmente deslumbrante aquella marea de gobelinos, alfombras y lienzos alegóricos, aquella minucia de detalles en cada esquina.

—¿Un fantasma? ¿Aquí? —dijo tocando una columna con fingida incredulidad.

—Sí. —Fátima sonrió y se colgó de su brazo.

—Pues qué bien debe de vivir el fantasma.

Marta y Amelia, las dos amigas del club de lectura que habían venido con ellos, celebraron con risas el comentario del Colorado. Las dos eran bastante mayores que Fátima. Una de ellas, Marta, era alta, flaca y de piel lechosa como un espárrago. Vestía vaqueros y calzaba unos de esos tenis que son como balancines, seguramente cómodos pero algo estrafalarios, de saltimbanqui. Era madrileña y salpicaba su conversación con laísmos inverosímiles. La otra, Amelia, era una señora rosada, pizpireta y bajita que se había perfumado como para una boda y miraba todo con un entusiasmo novedoso y lleno de candor juvenil. Ambas trataban a Fátima con un cariño de tías y a él le dieron dos besos y le dijeron guapo, majo y cosas así. Si hasta se parecía a ese actor, ¿cómo se llamaba? Simpáticas, evaluó Larrazabal algo intimidado por aquellas muestras excesivas de un afecto que en realidad iba destinado a la Morita, que siempre caía bien a todo el que la tratara unos minutos.

Subieron a la segunda planta mezclados con toda la gente que venía a escuchar al escritor chileno, y un bedel los fue pastoreando por un pasillo franqueado de salones de puertas altísimas y penumbra palaciega hasta llegar a uno, rococó y dorado, donde ya se habían dispuesto casi un centenar de sillas y unas cámaras de televisión. Era la primera vez que el Colorado iba a escuchar a un escritor e intentó contagiarse del entusiasmo de Fátima y de sus amigas. Las tres llevaban libros del tal Edwards y no paraban de colmarlo de elogios, comparándolo con otros escritores cuyos nombres apenas alcanzaba a atrapar, explicándole las virtudes de este o de aquel. Quizá era como el mejor Vargas Llosa, afirmó Marta, y la otra que no, era mucho mejor, quizá solo comparable al gran Chiriboga, de quien se decía que tenía una novela fabulosa e inédita. ¿No estaba muerto? Que sí, mujer, pero tenía un inédito que al parecer había estado perdido mucho tiempo, ya los críticos hablaban de él, qué ilusión poder algún día leerlo, ¿se imaginaba? Y siguieron así un buen rato, cuchicheando, mirando a todos lados, comentando las pinturas de motivos alegóricos, la eclosión de repujados y los cortinajes espesos que cubrían unos inmensos ventanales que daban al jardín.

Escucharon a sus espaldas un murmullo que se incrementaba como un suave oleaje y se dieron la vuelta. De sobrio traje azul y corbata, con unos folios en la mano, vieron hacer su entrada al escritor chileno, que asentía con una sonrisa amable a lo que le decía una mujer muy elegante, de acento colombiano —«la coordinadora de literatura», le susurró Fátima—, y otro señor también de traje, que iba a hacer la presentación.

Larrazabal llevaba aprendida apresuradamente la lección que le dio Fátima durante el trayecto que hicieron desde casa, un paseo sorteando a la muchedumbre que invadía la Plaza Mayor, florecida de puestos navideños, la Puerta del Sol y luego Alcalá, donde ya el gentío era menor. Incluso había empezado a leer *Persona non grata,* que hablaba de la Cuba castrista de los primeros años, eso de lo que tenía un recuerdo extraviado y remoto en la voz de su padre, que —la última vez que lo visitó, cuando él tenía once o doce años— se llenaba de emoción al hablarle de aquello. Según el testimonio del chileno *aquello* no había sido tan aquello... El caso es que Larrazabal leyó algunas páginas del libro y escuchó con atención todo lo que le contó la Morita en una tarde y de una sentada sobre la literatura hispanoamericana de los años sesenta y setenta. Lectora verdaderamente precoz, a ella le gustaban mucho las novelas de sus paisanos marroquíes, la de Driss Chraibi, Mohammed Chukri o Ben Jelloun, por ejemplo, pero pronto descubrió que tenía mucho en común con aquella otra, la que se hizo en la América española, quizá por haber crecido en España. No lo sabía a ciencia cierta pero había sido así. ¿Cuándo lo descubrió? En el instituto lo descubrió. Entonces le habló de Vargas Llosa, de Cortázar, de García Márquez, de Chiriboga y de Edwards, y Larrazabal escuchó paciente, dócil y aplicado, como un alumno demasiado grande para la clase que le ha tocado en suerte, más atento a la frescura de sus labios, a la profundidad densa de sus ojos color miel, al arco de su nariz levemente semítica, distrayéndose como casi siempre le ocurría con Fátima. Cuando ella se daba cuenta, interrumpía sus frases y sus cejas espesas se unían en el entrecejo en un gesto de severa interrogación. Pero no podía evitar sonreír, halagada o conmovida por esa especie de atónita adoración de que era objeto. Y entonces retomaba lo que estaba diciendo y Larrazabal se esforzaba, estudiante algo obtuso pero aplicado, en avanzar por aquel sembrío de nombres y títulos de novelas y fechas.

Pero era una labor inútil. Porque en el fondo y desde el primer momento en que la señora Luján le encargara el caso de su sobrina, su cabeza no dejaba de funcionar día y noche elaborando suposiciones, recordando datos y estableciendo conexiones en aquella maraña hasta el momento enajenada e inextricable que era su libreta, de manera que nada que no tuviera que ver con Lucía Luján ocupaba al cien por cien su atención. Y otro tanto sucedía ahora con el asesinato de su compadre Tejada. El subinspector Reig aún no lo había llamado para avisarle de si por fin habían atrapado a aquel sicario del tatuaje en el cuello. Pero sí que le arrancó la promesa de no inmiscuirse en la investigación ni telefonearlo hasta que él mismo lo hiciera. De manera pues que por mucho esfuerzo que hiciera en concentrarse en cualquier otro tema, era un esfuerzo baladí, como llenar de agua un cubo lleno de agujeros. Ni el cine ni la radio lo distraían, y con el primero tenía que poner verdadero brío para seguir la trama, no fuera a ser que la Morita lo pillara en aquel renuncio, a la salida de la sala. Y tenía que despertar como si lo hubieran hipnotizado, volver de esa comarca de sombra en la que se adentraba, sin saber bien qué le había dicho Fátima, qué estaba viendo o escuchando.

Como en ese momento, en que él sonreía con el rostro convertido en una máscara de atención mientras Jorge Edwards encaraba el último tramo de su charla sobre su reciente novela, la historia de una mujer chilena que durante la guerra mundial se jugó la vida por salvar a unos niños judíos. O algo así, Larrazabal escucha-

236

ba fragmentos que luego unía arbitrariamente, con la desesperación de quien trata de juntar los restos de un jarrón hecho añicos.

La sala prorrumpió de pronto en un gran aplauso y casi de inmediato se alzaron aquí y allá unas manos imperativas, impacientes: una azafata con un micrófono iba de un lado a otro porque eran muchos los que querían formular alguna pregunta, y otros hacer reflexiones digresivas que el autor escuchaba con atención y reconducía habilidosamente al tema de su charla. En un momento dado hizo algunos comentarios livianos y divertidos, absolvió algunas dudas más y finalmente tuvo unas palabras de recuerdo para Laura Olivo, «la agente literaria muerta recientemente en terribles circunstancias», asunto que vestía de luto a todo el mundo de las letras. Atronó un nuevo aplauso que Edwards aprovechó para recoger sus papeles y dar por terminada su intervención. Fátima y sus amigas se levantaron con cierta prisa nerviosa. Se empezaba a formar una cola de gente que quería que el escritor chileno les firmara su libro.

—Vamos —Fátima le tomó de la mano porque Larrazabal seguía sentado, sin saber qué debía hacer.

Avanzó cogido a ella, grandote y lento como un niño sobreprotegido, empujando sillas y buscando acomodarse en aquella fila larga donde Marta y Amelia ya se habían colocado diligentes entre cuchicheos y miradas furtivas. Larrazabal podía oler ahora el aroma del champú en los cabellos negros y rizados de la Morita y le puso una mano en la cintura. Sintió cómo ella se tensaba, pero no se volvió. Esperaron todavía un momento porque algunas de las personas que iban con su libro intercambiaban algunas frases con el escritor o le decían atropelladamente cuánto lo admiraban o simplemente se quedaban porque sí, disfrutando de ese par de minutos que el chileno les dedicaba casi en exclusiva. Marta y Amelia entregaron sus libros, dijeron sus nombres y Edwards hizo un comentario que él no alcanzó a escuchar pero que a ambas las hizo reír y enrojecer. Se alejaron finalmente de allí, contentas como colegialas. Y entonces fue el turno de Fátima, cuya belleza no pasó desapercibida a los ojos del escritor. Entonces, mientras Edwards firmaba una dedicatoria prolija para la Morita, Larrazabal se metió una mano al bolsillo y sacó lo que había llevado sin decirle una palabra a ella, temeroso de que lo reprendiera, que se hubiera opuesto con esa radicalidad alarmada de quien no quiere molestar en lo más mínimo a los demás, y que le hubiera dicho por tanto que ni hablar, que ni se le ocurriera. Pero, ¿por qué no?, se encogió de hombros Larrazabal cuando puso sobre la mesa la fotocopia de aquellas dos hojas mecanografiadas en un papel que llevaba el membrete de un hotel neoyorquino, las que Costas creía que eran de algún autor sudamericano. Edwards las miró un momento como si hubiera aparecido repentinamente y ante sus narices un artilugio inexplicable. Luego alzó sus ojos claros hacia Larrazabal.

* * *

CON LA CABEZA APOYADA en el cristal empapado de lluvia poco a poco se dejaba adormecer por aquel paisaje umbrío, salpicado de campos bien cuidados, como si un jardinero ambicioso hubiese querido tejer un tapiz infinito de verdes y amarillos. Algunos árboles aparecían y desaparecían aquí y allá, intempestivamente, en un bostezo, mientras el tren avanzaba con una silenciosa exhalación. De vez en cuando se bamboleaba al cruzarse con otro tren que era como un brochazo expresionista en su ventana, una aparición fugaz, que se evaporaba en el silencio.

Poco a poco iba desapareciendo el campo y era más frecuente ver bloques vecinales, edificios de ladrillo visto, grandes carteles de inmobiliarias o centros comerciales, polígonos industriales, el paisaje urbano, pintarrajeado y sucio, habitual en todas partes. Larrazabal miró el reloj digital del vagón: no faltaba mucho para llegar a la estación de Sants. Había salido de Atocha a las ocho y media y llegaría a su destino apenas pasadas las once de mañana. La Morita le había preparado un bocadillo que él comió con apetito, mientras repasaba sus notas.

Cuando por fin llegó a la estación barcelonesa, se cercioró por enésima vez de que llevaba las fotocopias en el bolsillo y las direcciones de a dónde tenía que dirigirse. Mezclado entre el tumulto que se agolpaba en la estación, avanzó hasta la explanada llena de taxis negro amarillos. Cogió uno y pidió que lo llevaran al Hotel Vilanova en la calle del Bruc. Tardaron escasos diez minutos de un tráfico ralo y poco ajetreado. Y al contrario de lo que le había dicho Del Castillo, ni el taxista ni la guapa recepcionista le hablaron en ningún momento en catalán. El primero escuchaba a todo volumen música de Estopa y la segunda le regaló una sonrisa radiante que pareció alumbrar la oscuridad del día lluvioso. Eso sí: banderas catalanas sí que había por todos lados, ni el 28 de julio, día de la independencia del Perú, había tantas en Lima. Quizá le habría gustado acompañarlo, le dijo por teléfono a Fátima, nada más entrar en la habitación. La ciudad parecía bonita. Y sí, la habitación estaba bien. Cómoda. Y no, no se iría de farra con ninguna catalana. No. Ni con nadie, Morita, que se quedara tranquila, él iba a hacer sus averiguaciones y se marchaba en cuanto terminara. Un día, a lo mucho dos. Tampoco había nada más que hacer. No, con ninguna catalana. Y colgó.

Se descalzó, movió los dedos con voluptuosidad y se sirvió una cerveza del minibar, vagamente culpable de concederse ese mínimo capricho. La señora Luján aceptó sin chistar correr con los gastos del viaje cuando él le explicó por qué quería ir a Barcelona. Le pagó el hotel y el tren, pero Larrazabal decidió no aceptar ni un

239

euro para otros gastos. Mejor así porque nuevamente se trataba de un tiro al aire. Miró por la ventana el cielo nublado, gris como una desgracia. Como el de un invierno limeño. La misma humedad que se te metía en la piel. Solo faltaba el piar melancólico de las cuculíes.

¿Era un gasto inútil haberse desplazado a Barcelona? Quizá, pero pensaba que no le quedaba otro remedio, le dijo a Fátima mientras preparaba un maletín con una muda de ropa. Pernoctaría en aquel hotelito económico que había encontrado en una web de viajes. Y si no alcanzaba ninguna conclusión después de aquella visita, quizá había llegado la hora de renunciar al caso. Y al piso que le había prometido la señora Luján, claro.

El propio Del Castillo manifestó sus dudas sobre aquel viaje y su eventual utilidad, cuando él le anunció sus planes. En realidad, el abogado insistió en expresar su desconfianza sobre toda aquella investigación que hasta el momento dejaba fuera de sospecha prácticamente a todo el mundo excepto a Lucía Luján. Además, a la policía cada vez le gustaba menos que Larrazabal estuviera metiendo las narices en un caso que había acaparado tanto la atención de los medios y que ellos consideraban cerrado. Ninguna de las deudas que dejó Laura Olivo involucraban a particulares sino a entidades financieras y bancos. No había pues posibilidad de pensar en extorsiones ni cosas así. Lo de Clara Monclús tampoco había llevado a nada y el marido de Olivo, Paco Costas, no solo no ganaba nada con la muerte de su mujer sino que, por el contrario, parecía salir perdiendo. Y en cuanto a lo de los escritores —Del Castillo extendió ambas manos como para medir la amplitud de aquella puerilidad—, pues qué quería que le dijera, hombre: ninguno tenía suficientes motivos, y si los tenían, como Rebolledo, Alcaraz o Del Hierro, esgrimieron pruebas exculpatorias más que suficientes y debidamente comprobadas por la policía. «No hay huellas de ninguno de ellos, Larrazabal, ni correos electrónicos o mensajes comprometedores», le dijo el abogado meneando su cabeza de procónsul. Solo las huellas de la gente que trabajaba en la agencia, todos sin móvil y todos con coartada. Excepto Lucía Luján, cuyas huellas estaban por todas partes e incluso tejido epitelial suyo bajo las uñas de Laura Olivo, los resultados del ADN resultaron contundentes, aunque la señorita Luján se empeñaba en decir que seguro eran producto de la pelea que sostuvieron momentos antes, al salir del restaurante, pero que ella no la había matado. Para Del Castillo el viaje a Barcelona era pues un viaje inútil. En cambio la señora Luján, luego de darle un sobre con dinero, lo miró con unos ojos perturbadores y solo le dijo: «Vaya. Vaya usted a Barcelona y encuentre al asesino». Pero él ya no estaba seguro de nada.

Fátima también empezaba a dudar de que la asesina no fuera otra que esa loca de Lucía Luján, la amante, la mujer vehemente y pasional que en un arrebato de celos u ofuscación le había propinado un golpe contundente a Olivo, dejándola desangrarse en su despacho mientras huía. Se lo dijo la noche anterior, cuando cenaban un poco de queso y fruta en el piso del Colorado, después de preparar el equipaje: el portero la había visto salir del edificio, ¿verdad? La había identificado sin asomo alguno de dudas. Estaba sacando la basura y la vio bajar las escaleras como alma que lleva el diablo. Hizo una descripción exacta y pormenorizada de Lucía Luján y de cómo iba vestida. Había huellas suyas y piel en las uñas de Olivo. ¿Qué más se necesitaba para entender que ella era la asesina, por mucho que se empeñase en negarlo? ¿Por qué huyó de allí? De acuerdo, se defendió Larrazabal, paciente, tozudo, esperanzado, pero entonces ¿por qué había papeles desperdigados por aquí y por allá? ¿Por qué estaba abierta la caja fuerte? Fátima hizo un gesto parecido al que horas antes había hecho Del Castillo, de impotencia ante lo evidente. Olivo estaría en ese momento guardando o sacando algo de allí. En esa caja fuerte no había nada de valor, según la ayudante esa, la tal Paloma Martínez, solo viejos manuscritos. Manuscritos que tenían un pasado turbio, objetó él engullendo una rebanada de queso y limpiándose las manos. Algo había allí, Morita, dijo luego encendiendo un cigarrillo. Y por eso iba a Barcelona. A encontrar la pista del último manuscrito, el del membrete del hotel. «Y gracias a ti, que me llevaste a esa charla», agregó dándole un beso, intentando vencer el disgusto y la reticencia de la Morita, mira que irse a Barcelona así, de pronto, con el poquito tiempo que tenían para verse... «a mala hora te llevé a escuchar a Edwards», dijo, pero sus frases ya no tenían la sal del reproche que tanto le escocía a Larrazabal.

Así había sido, en efecto. Siguiendo un arrebato o una inspiración, cuando Jorge Edwards se demoraba en ponerle la dedicatoria a Fátima y le preguntaba por su nombre y por su origen, y le hablaba del Marruecos que él había conocido, Larrazabal había sacado aquella fotocopia de la novela que nadie había podido identificar y que, según Paco Costas, podía ser de un escritor latinoamericano por algunos giros y modismos en las frases. El chileno miró aquellas hojas mecanografiadas y se las llevó a los ojos mientras Larrazabal le preguntaba si sabía de quién podían ser. ¿O acaso eran suyas? Edwards se sacó las gafas, las limpió cuidadosamente con un pañuelo y volvió a ponérselas. No, no eran suyas, por supuesto, afirmó antes de mirar con interés al Colorado y luego a Fátima, como culpándola de haberle tendido una emboscada.

—¿De qué son? ¿Una novela?

—Eso es precisamente lo que le pregunto, maestro —dijo Larrazabal frente a la mirada atónita de la Morita—. Quizá usted sepa.

—No, no tengo idea —dijo Edwards súbitamente desentendido—. Un par de hojitas son insuficientes para saber quién es el autor, como comprenderá usted.

Larrazabal recogió las fotocopias, murmuró una disculpa y se dispuso a marcharse. Edwards firmaba ahora otro ejemplar que le entregó un joven de gafas. Y cuando tenía el bolígrafo listo para esbozar su dedicatoria se detuvo en seco, como alcanzado por una repentina ocurrencia.

—Espere, espere —lo llamó.

Larrazabal se volvió.

—¿Sí?

—A ver, déjeme ver otra vez —y tomó los folios con renovado interés. Luego soltó una risita traviesa, como si recordara algo, un hecho jocoso y antiguo que le hubiera venido desde el fondo de la memoria—. No estoy seguro, pero puede que sea así. A él le encantaba escribir en hojas de hoteles. Nos las pedía a los amigos, cada vez que viajábamos. Decía que ya que no podía viajar él, enclaustrado como un monje en el pueblecito catalán donde pasó sus últimos años, al menos viajaba con nosotros —Edwards hizo un gesto como si sus propias palabras lo hubieran convencido—. Sí, esto pertenece a Marcelo Chiriboga.

* * *

POR ESO AHORA LARRAZABAL estaba allí, esperando un taxi en la puerta de su hotelito barcelonés. Para entrevistarse con Albert Cremades, aquel escritor que había tenido la última gran bronca con Laura Olivo, poco antes de que esta muriera, y que al parecer fue gran amigo suyo durante décadas. ¿Qué pasó entre ellos, realmente? Eso era lo que quería saber Larrazabal y así se lo dijo a la señora Luján. Pero sobre todo, viajaba a Barcelona para buscar a la viuda de Marcelo Chiriboga y que le confirmara si aquellos folios pertenecían a su marido. Y de ser así, ¿tendría algo que ver Chiriboga con aquel asunto, Colorado? Para Larrazabal aquello era más que un enigma a cuya resolución se aplicaba ya con urgencia, un verdadero palo de ciego. Sin embargo sabía que era necesario descartar todas las pistas puestas sobre la mesa hasta el momento. «Nunca cierres una puerta sin abrir otra aunque sea a patadas», le solía decir el comandante Carrión. Así abrieron la suya aquellos encapuchados antes de reducirlo a golpes y luego cortarle el cuello; los sicarios del ministro fujimorista que buscaban callarlo para que no denunciara las irregularidades cometidas en la investigación que le evitaba la cárcel a su hijo, culpable de asesinato. Pero eso no invalidaba la máxima de su comandante. Si Larrazabal había perseverado hasta allí era porque su instinto le decía que lo hiciera. Todo resultaba bastante oscuro con respecto a las páginas que la policía había encontrado en el despacho de Laura Olivo el día que la asesinaron. Quizá se estaba acercando a algo, pero no sabía exactamente a qué.

Cuando Jorge Edwards, luego de mirar aquellas hojas mecanografiadas en el papel de un hotel neoyorquino se enteró de que él estaba investigando la muerte de Laura Olivo les pidió que lo esperaran un momento, terminó de atender la fila de gente que quería su firma, se puso la chaqueta que había dejado en el respaldo de la silla y les dijo que qué tal si compartían un vino en el bar de la Casa. Fátima y sus amigas aceptaron encantadas y junto con Larrazabal y el escritor chileno estuvieron unos minutos después frente a unas cervezas y una copa de vino blanco que Edwards paladeó con fruición de conocedor.

¿Así que era de origen vasco?, le preguntó interesado, porque él también tenía familia vasca por vía materna. Y el peruano le contó lo de su padre, que era un marino natural de Lekeitio, que había llegado al Perú hacía muchos años y allí conoció a su madre. En el Callao, de donde era él. Policía en Lima, sí. ¿Madrid? Bueno, circunstancias personales, cosas que pasaban. Luego se encogió de

244

hombros, como si su vida fuera una mina que ya no daba nada más de sí y aquella frase vacua, «cosas que pasaban», hubiese sido el último vagón con mineral aprovechable.

—Nada digno de mención, señor Edwards.

Después el novelista le preguntó por el caso del asesinato de Olivo, que él había seguido con interés por los medios. Pero pensaba que eso ya estaba zanjado, que era un crimen pasional. Dudó, ¿o no era así?

El Colorado se limpió los labios con una servilleta y miró brevemente a Fátima.

—Bueno, eso es lo que estoy tratando de dilucidar. De manera no oficial, por supuesto. Su tía, que es el único familiar de esta mujer, Lucía Luján, se ha empeñado en que averigüe la verdad.

—¿Y qué tiene que ver Chiriboga en todo esto?

Edwards bebió un sorbito de su vino e inclinó la cabeza para verlo tras sus gafas.

—En realidad no lo sé.

Y le contó lo de los folios de novelas que se habían encontrado en la escena del crimen, todos de escritores de la agencia. Todos con problemas con Olivo, ¿sabía?

—Pero hasta donde yo sé —afirmó Edwards—, Chiriboga nunca fue representado por Laura. Ella no lo quiso en su agencia porque decía que su literatura era solo para exquisitos, que eso no vendía ya, que el tiempo de las novelas complejas había pasado —sonrió con malicia—. A mí Laura me rondaba con celo y cada vez que nos veíamos me dejaba caer que estaría mejor con ella que con mi agente de ese entonces, que me podría conseguir anticipos más sustanciosos y traducciones mejor pagadas. Laura era así. Si quería una cosa no paraba hasta conseguirla.

—Pero a usted no lo consiguió —dijo Fátima levantando la barbilla, como arrebatada por una oleada de orgullo.

—No, no. —Edwards sonrió benévolo—. Yo estaba bien donde estaba. ¿Para qué iba a cambiar? Pero así como era de obstinada para lo que quería, igualmente lo era para lo que no quería. Rara vez alguien la convenció de lo contrario. Y mucho menos de aceptar a un autor que no le interesara. ¡Ahora estaría encantada de haber representado a Marcelo Chiriboga! Claro, con todo el alboroto que se ha generado respecto a su novela inédita e inencontrable. Por todos lados se organizan conferencias y congresos sobre su obra, se multiplican las tesis e incluso corre la especie, según he sabido, de que se va a rodar un documental sobre su vida. Dicen que hay editoriales interesadas en medio mundo, y eso que aún no ha salido... Pero lo mismo le pasó a Carlos Barral con García Márquez. Carlos decía que el colombiano era muy «exótico». Y ya ve usted en lo que se convirtió el exótico del Gabo. Los agentes se equivocan mucho, amigos míos. Y los editores ni les digo.

—En la literatura no hay reglas, no —dijo Marta, balanceándose en sus tenis estrafalarios.

—Sí, sí que las hay. Y son muy claras —el novelista los miró despacio a los tres e hizo una pausa llena de efecto antes de agregar con una sonrisa—: Solo que nadie las conoce.

Los otros soltaron la carcajada.

—¿Cómo era Chiriboga? —preguntó de pronto Fátima bebiendo el último sorbo de su cerveza.

Edwards pidió otra ronda y paladeó su nueva copa de vino, entregado ya a los recuerdos.

—Un gran tipo —chasqueó la lengua satisfecho—. Algo temperamental y *sentido,* como decimos los chilenos, es decir, se ofendía por cualquier cosa. Atormentado. Sobre todo en los últimos tiempos, cuando coincidió la muerte de su madre, de quien no pudo despedirse, con que se le cerraran muchas puertas editoriales. Pero era un tipo noble como pocos he conocido. Y generoso. Y era, qué duda cabe, un gran escritor. Quizá era el más completo de nosotros y, junto con Julito Cortázar, el más lúdico, el más audaz técnicamente. Parecía escribir con absoluta sencillez pero tenía una disciplina que hacía palidecer de envidia a Mario.

—¿A Vargas Llosa?

—El mismo.

El camarero puso una bandejita con canapés. «Cortesía de la casa para nuestro Premio Cervantes», dijo arrebolado, mirando a Edwards, que agradeció con un gesto.

—Yo les voy a decir: nos veíamos mucho en Barcelona, en esos años dorados —continuó, después de probar un canapé de queso—. Todos teníamos proyectos de novelas, de ensayos, de cuentos. Hablábamos hasta enronquecer de política y de literatura y nos veíamos casi siempre con los escritores catalanes. Aquello era una verdadera efervescencia intelectual, con gente muy valiosa. Pero Chiriboga era —Edwards pareció buscar las palabras precisas—, no sé cómo decirlo, el más luminoso, el más escritor, un verdadero animal literario, o al menos todos pensábamos así. Aunque ya en esos años había empezado su declive, solo que nosotros no lo sospechábamos, ¡ni nos dimos cuenta! Se había casado con una actriz francesa, creo que era de origen armenio... Adèle de Lusignan. Sí, así se llamaba. Tenía esta mujer una hija pequeña, producto de otro matrimonio. Una niñita que Chiriboga crio como si fuera suya y la llevaba a todos lados, como un verdadero papá.

Los ojos del novelista eran dos antorchas que iluminaban su pasado. Aquella Adèle de Lusignan era una mujer muy guapa, muy carismática y lánguida como las actrices de los años cincuenta. Conversadora sagaz, fumadora de cigarrillos egipcios, de hermosos y gatunos ojos grises... Pero tenía un genio... ¡Dios mío! Cuando él regresó a Chile, se enteró por algunos amigos de las trifulcas que montaban Marcelo y su señora. Ellos se habían conocido en París, luego de los años que pasó Chiriboga en la extinta Alemania Democrática, donde escribió *La línea imaginaria,* una novela que fabula y mitifica la guerra con el Perú de 1941. Una gran obra que hoy parece que solo se encuentra en las librerías de lance. En esa novela, Ecuador es absorbido por el Perú. Bromeaba mucho de eso con Vargas Llosa. Creía Edwards que fue en 1968 o 1969 cuando la publicó.

—Era el escritor ecuatoriano del *Boom* —observó Fátima.

—Sí. Lo era —prosiguió el chileno—. Y tenía, ya digo, un inmenso, grandioso talento. Pero cuando se enredó con Adèle, las cosas empezaron a irle mal.

Aunque no creía que fuera ella la causante, sino más bien el detonante. Porque Marcelo era un hombre torturado, ilusionado por el castrismo y por la guerrilla. Al parecer había participado en la de su país, como miembro de Unión Revolucionaria de las Juventudes Ecuatorianas. Sí, así creía que se llamaba aquel movimiento, que surgió apenas un par de años después de que Castro llevara la revolución a Cuba, y que se asentó a orillas del río Toachi. Allí Chiriboga perdió a un hermano. O al menos eso se decía, porque él era muy reacio a hablar de todo aquello. Pero conservaba un idealismo juvenil que lo cegaba con respecto a Castro y a la dictadura comunista. Y se politizó excesivamente. Descuidó su literatura. Como Adèle también era fervorosa militante comunista, se pasaban el día organizando eventos, recogiendo firmas de diversos manifiestos y recolectando fondos para las guerrillas de aquí y de allá.

Cuando se mudaron a Barcelona, poco tiempo antes de que Edwards partiera a Chile, ya las cosas iban mal en la pareja. Peleas constantes, borracheras monumentales, reconciliaciones épicas y nuevamente grandes peleas. No, aquella relación parecía no dar más de sí. Y el mundo estaba cambiando. De manera especial para los idealistas como Chiriboga. Ya nadie creía en las revoluciones ni mucho menos en las guerrillas, que eran como fotos en blanco y negro, propias de una época dejada atrás definitivamente. La literatura por desgracia también cambiaba y las novelas hispanoamericanas empezaban a ser menos leídas, menos del gusto de las nuevas generaciones. Poco a poco su nombre se fue relegando al olvido, al más ominoso de los silencios. Decía que estaba trabajando en una nueva novela, de la que ya tenía el título: *La caja sin secreto*. Pero eso venía diciendo hacía años...

—Y después me enteré por unos amigos en París de que Adèle y Marcelo se habían divorciado, que ella se había juntado con un chelista ruso, creo, y que Marcelo sobrevivía en Barcelona leyendo para no recuerdo qué editorial. Que estaba totalmente alcoholizado. Pero no sé si todo esto es cierto, claro.

—¿Entonces fue cuando se mató en aquel accidente? —preguntó Fátima.

—No, eso fue después. Bastante después. Porque quien lo rescató de aquella vida y se lo llevó a un pueblito a una hora y pico de Barcelona para que se desintoxicara y se dedicara a escribir fue otra mujer, Pepita Lamadrid.

—Con ese apellido *la* advertirían de que no tenía mucho que hacer en Cataluña —dijo Marta, tras un balanceo enfático.

—Sí —dijo Edwards como para sí mismo, ajeno al último comentario—. Ella lo salvó. Pepita Lamadrid.

* * *

EL PISO DE ALBERT Cremades estaba situado en la última planta de un edificio elegante y modernista en el barrio de San Gervasi. Se llegaba a él en un ascensor forrado de terciopelo rojo y remates dorados, con barrotes de hierro que había que cerrar concienzudamente antes de emprender el laborioso ascenso, pautado por chirridos decimonónicos y a veces alarmantes.

Esa misma mañana el escritor catalán había llamado al móvil de Larrazabal para explicarle con voz fúnebre que iba a tener que anular la cita programada, y al Colorado casi se le cae el alma a los pies al oír aquello. Días antes habían quedado para entrevistarse en una cafetería de las Ramblas y Cremades ahora se deshacía en excusas, pero a él también le habían cambiado los planes, se quejó. Tenía una entrevista con un medio norteamericano y le era imposible posponerlo porque la periodista se marchaba al día siguiente. ¡Una verdadera lata! Y que le creyera que lo sentía mucho, lo oyó plañir Larrazabal. ¿No disponía ni de un ratito en todo el día? ¿En cualquier otro momento?, insistió él como un vendedor de seguros. Entonces oyó la vacilación y el resoplido al otro lado de la línea y casi, casi pudo ver la sonrisa que acompañó a las palabras de Cremades cuando le dijo que si no le importaba unirse a la fiesta que daba por la noche.

—¿Una fiesta? —se extrañó el Colorado.

—Sí, hombre. Verá, esta noche ofrezco una copa en casa para celebrar la inminente salida de mi nueva novela en Estados Unidos. Sé que le estoy haciendo una putada porque habíamos pactado nuestra cita para hoy por la tarde y que ha venido desde Madrid para ello. Pero si se acerca por la noche le puedo dedicar una media hora. Al fin y al cabo solo es una charla distendida, ¿verdad? Se toma un buen cava catalán o si prefiere un whisky, me pregunta lo que usted quiera y no lo entretengo más. ¿Qué le parece?

Ahora, mientras el ascensor subía rechinando, coqueto y pulcro como una antigua atracción de feria, el Colorado pensó vagamente en si debía decírselo a la Morita. ¡Una fiesta! No la había llamado en toda la tarde porque estuvo cerciorándose de la dirección y de cómo llegar a la residencia de ancianos donde estaba Pepita Lamadrid, algo con lo que él no contaba hasta la amable y valiosa conversación con Edwards y que terminó con una invitación del chileno a cenar, durante la cual les reveló más cosas de Chiriboga y de su segunda mujer, Pepita Lamadrid. Tenía nombre de cupletera, recordó Larrazabal que dijo Fátima.

Por fin se abrieron las puertas del ascensor que lo dejó en el piso de Cremades. Desde el fondo de la casa parecía venir hasta él, ondulante, una estela de saxos y pianos, algo que en todo caso parecía jazz. Una criada se acercó solícita para recoger su gabardina. Por aquí, por favor, dijo haciéndose a un lado antes de conducirlo hasta un salón donde un grupo de personas charlaba y reía. Algunos permanecían de pie y otros estaban sentados en dos sofás largos que ocupaban buena parte del salón, mientras un camarero espigado como un masái, rubio e íntegramente de negro, pasaba rondas de champán. «Cava, cariño, cava. No se te ocurra decir en Cataluña que es champán porque te pueden echar a los perros», recordó a la Morita y sus mil indicaciones.

Larrazabal avanzó unos pasos sin ser aún descubierto por los otros, enfrascados en su conversación. El salón era amplio como un hangar y tenía una moqueta mullida y beis, mesitas de cristal dispuestas aquí y allá, esculturas estilizadas y adornos vanguardistas e inexplicables. Y dos ventanales inmensos detrás de los cuales parpadeaban las luces de la ciudad. Una estantería se extendía a lo largo de toda la pared, repleta de libros. En aquel salón cabría su piso, pensó Larrazabal. Un poco justo pero cabría. Al fondo, apoyado en la jamba de una chimenea, un hombre de traje y sin corbata lo observaba con atención. El Colorado lo reconoció por la mirada levemente estrábica, el rostro lampiño de adolescente y el cabello alborotado que había visto en las imágenes que encontró de él en internet.

—¡Amigo Larrazabal! —dijo Cremades, como si en ese momento cayera en la cuenta de su presencia—. Llega usted bastante puntual. Venga, acérquese aquí, por favor.

Entonces las conversaciones cesaron poco a poco hasta convertirse en un murmullo. Sería una veintena escasa de personas, calculó Larrazabal mientras iba al encuentro de Cremades. Un par de mujeres esbeltas y rubias arquearon las cejas elegantes al verlo pasar, como si se hubiera producido un molesto y ligero cambio en el guion que llevaban pautado esa noche. Igual debió pensar el grupo de hombres de cabello engominado, traje oscuro y pañuelo en el bolsillo, que lo miraron, como banqueros interrumpidos en alguna oscura transacción. Había también algunos otros invitados de vestimenta más informal, treintañeros joviales, cincuentones en vaqueros y tenis, chicas guapas y de aire indolente, como modelos sonámbulas. Todos, absolutamente todos siguieron al Colorado que cruzó aquel amplio salón con la espantosa sensación de ir desnudo por la calle. «En pelota picada», que hubiese dicho su compadre. Cremades no se movió un milímetro de la chimenea de piedra donde descansaba su codo y esperó hasta que el Colorado estuviera a su lado para ofrecerle la mano y una sonrisa aprobatoria.

—¿Un poco de cava o prefiere otra cosa?

—El cava está bien —afirmó él aunque hubiera preferido en ese momento un whisky a palo seco. El camarero espigado y rubio acercó una copa de flauta en una bandeja, sin mirarlo. O mejor dicho, como si mirara a través de él.

—Gracias.

Luego Cremades se volvió a todos y su voz sonó festiva como la de un pregonero que da comienzo a las fiestas de un pueblo.

—*Escolteu tots! Aquest és el detectiu Larrazabal, que s'encarrega d'investigar el cas de l'assassinat de Laura Olivo* —y continuó, ya en castellano—. ¡Este es el hombre que va a descubrir quién la mató!

Al instante se incrementó en el salón la nube de murmullos, hubo carraspeos, alguna pregunta al aire, una risa sofocada. Pero Cremades, siempre histriónico, como si estuviese representando un personaje largamente ensayado, tomó a Larrazabal con ruda familiaridad de los hombros exclamando: *Aquest és l'home!* y lo miró risueño o adormilado. Tenía los ojos ligeramente borrosos de quien ha bebido un poco de más. El Colorado le devolvió la mirada con fijeza y un punto de reproche o desdén. No iba a permitir que le tomaran así el pelo, qué carajo. Algo debió de intuir el escritor porque se confundió, cambió su expresión y volvió a dirigirse a sus invitados con voz más calmada.

—Ahora, os ruego me disculpéis porque este caballero y yo tenemos que charlar sobre el asunto. Vosotros continuad disfrutando de la velada y os suplico no liquidéis del todo el buen Parxet al que os invito. ¡Sobre todo tú, Carles!

Luego se volvió a Larrazabal y le señaló un pasillo, por aquí por favor, y se internaron por la casa multiplicada de habitaciones hasta desembocar en un salón pequeño a donde llegaba, amortiguado, el runrún de las voces y la música casi en sordina.

—Le ruego me disculpe por recibirlo así —dijo Cremades acomodándose los cabellos alborotados—. Estoy un poco nervioso y creo que me he pasado un pelín con las copas.

Se sentó en un sillón orejero e invitó a Larrazabal a que hiciera lo propio, frente a él.

—¿Nervioso, dice? —se extrañó el peruano.

Cremades se llevó un pañuelo a la nariz y resopló ligeramente. Bueno, la verdad era que la muerte de Laura lo había afectado mucho y estaba algo, cómo decirlo, desestabilizado. Más aún ahora que salía la traducción de su nueva novela en Estados Unidos. Había tenido que buscar a toda prisa quién reemplazara a Olivo para gestionar la promoción y esas cosas.

—Pensé que le había afectado a nivel personal...

El escritor dirigió una mirada de desconcierto a Larrazabal, como si no entendiera o como si le hubiese hablado de pronto en alemán.

—Sí, sí, también me ha afectado en lo personal, ¡claro! —enrojeció de golpe—. Pero debe de comprender que su muerte llega en el peor momento para mí.

Por el rostro de Larrazabal navegó la sombra de una sonrisa. Dejó la copa de cava intacta en una mesita cercana.

—Toda muerte llega en el peor momento. Al menos eso es lo que creo yo, señor Cremades.

Al oír esta última frase, Cremades se incorporó fastidiado, llevándose una mano al cuello como quien aplasta un mosquito o alivia una contractura. Era evidente que se encontraba incómodo con la manera como había empezado la charla con el detective venido desde Madrid.

—Mire, señor Larrazabal, si quiere que le sea sincero, hace mucho que mi amistad con Laura se había, como decirlo, estancado. Nos limitábamos a una estricta relación comercial. Una relación que además en los últimos tiempos se había enrarecido aún más. Pero ello no significa que yo la matara. ¿O ha venido a acusarme?

Larrazabal meneó la cabeza, claro que no pensaba eso —sabía que Cremades estaba en Barcelona cuando ocurrió el crimen—, simplemente quería que lo ayudara a encontrar respuestas. Era cierto que todo parecía conducir a la amante de la señora Olivo, como seguro ya sabría, pero aun así había algunos datos que no le cuadraban, entre ellos, y aunque pareciera raro, la propia obstinación de Lucía Luján en no reconocer su autoría.

—¿No se supone que es eso lo que hacen los culpables? —Cremades volvió a resoplar y a llevarse el pañuelo a la nariz.

—Venga, señor Cremades. Usted es literato. ¿No le parece extraño que alguien a quien las pruebas parecen incriminar tan rotundamente no se dé por vencido y persista en negar una y otra vez su participación en el delito? ¿Cuánto tiempo se puede mantener esa actitud sin derrumbarse? ¿No cree usted que la policía no la ha interrogado mil veces? Yo mismo lo he hecho. Y ¿sabe qué le digo? Que en el empecinamiento de Lucía Luján hay algo que contradice su supuesta culpabilidad.

Cremades pareció haber recibido un golpe. Volvió a sentarse, vencido.

—¿Pero entonces quién? —extendió los brazos, desconcertado—. Dicen que aquello estaba lleno de huellas suyas. Y que incluso se había encontrado restos de su piel en las uñas de Laura.

Larrazabal no pudo evitar fruncir el ceño y Cremades se vio obligado a aclarar, con cierto azoro:

—Esto último me lo dijo Paloma, Paloma Martínez.

—¿Paloma Martínez? ¿La que trabajaba con la señora Olivo? Ya no está en la agencia, como seguro sabrá usted. Ahora el negocio está en manos de Clara Monclús, al menos hasta que se resuelvan los litigios con el señor Costas. Eso va a ser un lío de padre y señor mío.

Cremades sorbió de su copa y asintió.

—Sí, sé que Paloma está con Isabel Puertas —bebió otro sorbo, más apurado—. De hecho, ellas son ahora quienes me representan. Bueno, no hemos firmado nada aún, pero solo es cuestión de eso, de firmas. Y la verdad, me alegro mucho de que esta circunstancia tan desafortunada haya liberado a Paloma de su compromiso con la agencia de Laura y se haya asociado con Isa Puertas. Creo que harán un buen equipo —miró con atención a Larrazabal, como vacilando de seguir por allí—. Si le digo la verdad, Laura Olivo estaba entrando en un lento y alarmante declive porque era incapaz de escuchar, de delegar, como siempre me dijo Paloma, que era en realidad quien se encargaba de todo. Principalmente que los autores no huyeran de la agencia, cansados de los arrebatos de Laura y de sus... jugarretas. Me parece que Álvarez del Hierro también se marcha.

—¿Usted tuvo algún problema de esa índole con ella?

Cremades pareció espantar con una mano la pregunta. Él era zorro viejo y conocía a Laura desde hacía mucho tiempo, señor Larrazabal. Olivo se encargó de gestionarle incluso cuestiones más bien de índole personal en un momento de su vida en que él se encontraba hecho un lío, por decirlo así. Y le estaba muy agradecido por eso, pero la verdad, las cosas entre ellos iban cada vez peor. De hecho, se había negado a buscarle editor a una novela suya alegando que no era suficientemente buena. ¡A él! El escritor pareció revivir una antigua indignación que le levantó un leve sarpullido en el rostro, como si no se creyera aún aquel mal juicio de su exagente. Y agregó:

—Figúrese, ¡como para no dudar de sus capacidades! Se trata de una novela que ahora verá la luz no solo en España sino en el Reino Unido, en Francia, en Alemania y en Estados Unidos. Un desembarco por todo lo alto.

—¿Y cómo así puede ser, si Laura Olivo se negaba a buscarle editor?

Cremades entrelazó los dedos en una rodilla y sonrió con dulzura.

—Ya se lo he dicho. Porque ahora estoy con Isa Puertas y Paloma Martínez. Por eso. ¿Sabía usted que Isa y Laura trabajaron juntas?

—Sí, eso lo sé. La señora Olivo, al parecer, le hizo una fea jugarreta durante la feria del libro de Frankfurt...

—Dos, señor Larrazabal. Dos —el escritor mostró dos dedos enfáticos, como la V de una venganza—. La primera cuando aquel asunto que usted menciona. La segunda cuando, por razones largas de explicar, dejó a su socia, Sole Brotons, y decidió aceptar trabajar para Laura. No duró ni dos meses y volvió con Sole con el rabo entre las piernas.

—Ah, caramba. Eso no lo sabía...

Larrazabal sacó su libreta y consultó un momento sus notas, volviendo páginas de aquí para allá, como si buscase algo específico. Luego levantó el rostro, nimbado de dudas.

—Entonces esta novela suya la gestionan en su nueva agencia —dijo el Colorado despacio, casi para sí mismo.

—Eso es precisamente lo que le estoy diciendo, señor Larrazabal...

—Disculpe, a veces soy un poco lento de comprensión.

—No quería insinuar eso, disculpe. Pero en cualquier caso, no creo que haya en ello motivo para matar a Laura. No vea cosas donde no las hay, por favor. Sería un poco un absurdo, una astracanada, ¿no le parece?

Para Cremades, que se levantó nuevamente, intranquilo o incómodo, todo había resultado casi inevitable: el estaba a punto de terminar su relación con Laura desde hacía tiempo porque su gestión parecía estancada y el que esta se negara a buscar editor para el nuevo manuscrito que acababa de ponerle sobre la mesa solo fue la guinda de ese feo pastel. Laura le soltó de golpe que era una novela menor, que estaba por debajo del nivel habitual de sus obras anteriores y que mejor la dejara en un cajón, que eso a veces ocurría. Discutieron, se gritaron, Cremades le dijo que si esa era su opinión respecto a su nueva novela mejor se buscaba a otros autores para representar, él se iba con sus bártulos a donde lo quisieran bien, no había más que decir. Olivo amenazó a Cremades con incumplimiento de contrato pero todo era solo una bravuconada porque igualmente él se iba a ir en cuanto rescindiera su compromiso con quien había sido su agente de toda la vida. ¿Como un divorcio?, preguntó Larrazabal. Cremades rio, *més o menys*. Era cuestión de meses. Ni siquiera se echó atrás cuando lo llamó Paloma para intentar convencerle por todos los medios de que se quedara.

Estaba claro. Ambos, la agente y el escritor, eran seres rocosos, temperamentales, cabezotas. Larrazabal entendió fácilmente lo inevitable de aquel punto de quiebra en su relación. En algún momento de la entrevista, Olivo se había cerrado en banda, negándose ya a atender cualquier razón y llevando el asunto a la esfera de lo personal. Por su parte, el catalán decidió que se marchaba de la agencia y en su furia obcecada había hecho rodar pendiente abajo un enorme pedrusco de orgullo que cortaba la frágil vía por la que hasta entonces habían transitado precariamente ambos. Así las cosas, por mucho que se empeñara Paloma Martínez en tratar de convencerle de lo contrario, ya todo resultaba imposible.

—La pobre me juró que haría cambiar de parecer a Laura, que lo arreglaría todo. Estuvimos dos horas al teléfono —recordó con una sonrisa lánguida Cremades—. Incluso me dijo que cogía un tren esa misma semana y venía a verme.

Pero no fue necesario. Aquella charla tuvo lugar un par de días antes de que mataran a la agente, y encontraron su cuerpo el lunes siguiente. Ocurrió lo que ocurrió y la agencia había quedado descabezada totalmente porque en lugar de ponerse al mando Paloma, que hubiera sido lo natural, la incompetente de Clara Monclús la había echado. A Cremades no le sorprendía, Paloma nunca contó en esa agencia, pero era la que realmente le sacaba las castañas del fuego. Y ahora Monclús y el atorrante de Paco Costas peleaban a brazo partido por los restos del naufragio mientras los autores se iban todos de allí, dijo el escritor.

—Es un sálvese el que pueda, entonces.

—Digamos que sí —admitió Cremades—. Y yo tuve la inmensa corazonada de pasarme a donde Isa y Paloma, pues no solo me conseguirán ventajosos contratos para la reedición de un par de mis novelas anteriores sino que la promoción de esta nueva va a ser por todo lo alto, ya le digo. Un verdadero acontecimiento, señor

Larrazabal. Un bombazo —luego ladeó la cabeza, como para enfocarlo mejor—. Pero supongo que eso no le interesa y querrá escuchar algo más... sustancioso, digamos, para su investigación. ¿Estoy en lo cierto?

* * *

La residencia Sant Bartomeu se emplazaba casi en las afueras de Barcelona, en un barrio arbolado, peripuesto y burgués, donde apenas se oía el piar de los pájaros, y el lejano rumor del tráfico de una avenida cercana era devuelto por el viento como un zumbido sedante, inofensivo. Al Colorado le trajo a la memoria algunos barrios residenciales de Lima, con grandes casas escondidas detrás de altos muros por donde se adivinaba la jugosa frondosidad de sus árboles y jardines.

Tuvo que dar algunas vueltas desde que bajó del autobús que lo trajo desde la plaza Colón y en un par de ocasiones se vio obligado a preguntar por la dirección. Una pareja de ancianos le dio finalmente afanosas indicaciones en un catalán lleno de resuellos que Larrazabal siguió con cautela hasta que por fin, creyéndose otra vez perdido, vio el cartel de la residencia Sant Bartomeu. Se dirigió hacia allí con aliviado optimismo y franqueó el jardín de la entrada que lo dejó en una recepción vagamente equiparable a la de una clínica.

—¿La señora Balaguer, por favor?

Una joven rubia y de expresión angelical lo atendió. Después de preguntarle su nombre y si tenía cita, le indicó el despacho de la directora. Ahora mismo le decía que estaba allí.

La tarde anterior, antes de partir rumbo a casa de Cremades, Larrazabal se había cerciorado de reconfirmar la cita que tenía en la residencia Sant Bartomeu. No quería que le ocurriera como con

Cremades, cuyo encuentro estuvo a punto de irse al garete de no ser por su insistencia. Felizmente, como le comentó a la Morita en una posterior llamada, por fin creía tener algo. Y esta vez confiaba en no estar siguiendo nuevamente una pista falsa.

Ya bastante quebradero de cabeza le había costado buscar pacientemente en internet hasta dar con la residencia donde pasaba sus últimos años Pepita Lamadrid. Supo de ella gracias a Jorge Edwards, que le ofreció las señas de un matrimonio chileno, amigo de Chiriboga y suyo, afincado desde mucho tiempo atrás en la capital catalana. Que probara suerte con ellos, dijo el escritor, y escribió su teléfono en un papelito. Larrazabal llamó a aquel número y los amigos dijeron compungidos que le habían perdido la pista a Pepita, ¡qué sería de ella, al cabo de tantos años! Pero aun así y con todas las prevenciones del caso lo derivaron a otra pareja que a su vez le dio indicaciones y teléfonos datados hacía quince, quizá veinte años. No sabían más, lo sentían. Y cuando ya daba todo por perdido, el Todopoderoso pareció apiadarse de él porque con quien habló finalmente, la señora Bassols —una mujer bastante mayor, a juzgar por el templequeo de su voz—, recordaba muy bien a Pepita Lamadrid, que estaba en una residencia, pobreta. Y le arrendaba el piso donde vivía ella y su hermano Quimet... ¿Que cuál residencia? Ah, eso no recordaba, ¡había pasado tanto tiempo! Pero si le daba un minuto iba a buscar la tarjeta que creía tener por ahí. Larrazabal se deshizo en agradecimientos y colgó. Eso fue el lunes siguiente de hablar con Edwards y concertar su cita con Albert Cremades.

Pero resultaba que de aquella residencia Pepita Lamadrid había sido trasladada a otra y ya era más difícil seguirle la pista. Cuando por fin lo consiguió, Larrazabal se encontró con otro problema: ¿qué excusa podía poner para visitarla? Y nuevamente fue el providencial Borja del Castillo, quien le consiguió la manera de llegar hasta Pepita Lamadrid, expidiéndole un documento en el que constaba que él, Apolinario Larrazabal, investigador laboral *(sic)* de su bufete, deseaba entrevistarse con la señora María Josefa Lamadrid Pagés por un asunto de derechos de autor relacionados con su difunto marido. El propio Del Castillo hizo la primera llamada. «Eso de su acento, Larrazabal, generará innecesarias suspicacias, déjeme a mí», le dijo en susurros, tapando el tubo del teléfono con la otra mano. Y selló y firmó el documento que le abriría las puertas de la residencia y vencería las mencionadas suspicacias de la directora, que en ese momento lo esperaba en su despacho, tal como le dijera la rubita de la recepción.

Esta era una mujer de facciones angulosas y severas, las facciones de alguien en lidia permanente con los oscuros arrebatos de su carácter. Tenía una abundante e intensa cabellera azabache, y sobre su bata celeste llevaba unas gafas colgadas de una cadenilla. Estaba revisando unos papeles cuando le echó un vistazo a Larrazabal y lo llamó con una mano apremiante, que pasara, hombre, que no se quedara ahí, ordenó.

Siguió enfrascada en sus papeles mientras el Colorado, cohibido, tomó asiento frente a ella. Finalmente la mujer resopló con enfado y lo miró, como quien evalúa un castigo.

—Ha tardado usted dos días, amigo mío, y ahora la plaza está ocupada. Hay que ser un poco más formal en estos menesteres...

—¿Perdón? No entiendo de qué me habla, señora...

—Le estoy hablando en castellano, ¿verdad? Y le digo, señor Lamata, que el puesto de jardinero ya está tomado. Por muy recomendado que venga, más puntualidad para la próxima vez...

Larrazabal mostró su enorme dentadura en un gesto que pretendía ser amable, casi cándido.

—Caramba, señora directora, creo que hay una pequeña confusión. Soy Apolinario Larrazabal y vengo del despacho del letrado Borja del Castillo, en Madrid. Creo que ya habló con usted...

La expresión de aquella mujer atravesó una paleta de sentimientos confusos para detenerse finalmente —y después de echarle un vistazo de arriba abajo al Colorado— en la consternación y el sonrojo. Pero la suya era la consternación de quien se siente furiosa con su equívoco, como si se tratase de una debilidad de carácter.

—Lo siento —dijo, y su boca se convirtió en un rictus—. Estoy desbordada de trabajo y la tonta de la muchacha de la recepción no me da bien los recados. Sí, efectivamente, hablé con su... superior. ¿Viene a ver a Josefa Lamadrid, verdad?

—Así es —y extendió el papel con el sello del bufete y la ampulosa firma del abogado—. Es simplemente por si la señora recuerda algunos detalles sobre una obra de su difunto. Era escritor, ¿sabe? —Y añadió, completamente de su cosecha—: Puede que tenga derechos sobre unas sustanciosas regalías acumuladas hace ya bastantes años.

El rostro de la directora se afiló aún más en lo que Larrazabal entendió era su sonrisa.

—Pepita Lamadrid —dijo ahora como si invocase el nombre de una vieja amiga—. ¿Unas regalías? ¿De qué cantidad estaríamos hablando? No es indiscreción, señor Olazábal, simplemente interés por su bienestar. Hace mucho que nos adeuda una cantidad que la residencia Sant Bartomeu se ve imposibilitada de afrontar. Y aun así la tenemos aquí cuidada como una madre.

—¿La cantidad? No lo sé con exactitud, pero es una cifra bastante alta, sí.

La directora pareció darse por satisfecha. Se reclinó en su silla como para enfocar mejor a su interlocutor.

—Bien. ¿Y qué información debe darles Pepita?

—Lo siento. Eso es asunto de estricta confidencialidad entre el bufete y la señora. Pero le aseguro que si las cosas salen bien, doña Josefa tendrá más que asegurado su bienestar aquí en la residencia.

La directora puso ambas manos sobre su escritorio y entrelazó los dedos, impaciente. Por un largo minuto se quedó mirando a Larrazabal con el gesto de quien hace elaborados cálculos.

—*Molt bé,* entiendo. Espero que Pepita pueda darle la información que requiere y todo salga bien. Ya es hora de que tenga una alegría esa pobre mujer —la directora se levantó y Larrazabal hizo lo mismo—. No tiene a nadie más que a la señorita Christine, que viene a verla de vez en cuando y se hace cargo de su manutención, pero no de todo, claro. Y desde ya le digo: Pepita no se entera de mucho. A veces tiene excepcionales periodos de lucidez, pero por lo general está en el limbo.

Larrazabal asintió pensativo, sorprendido por la existencia de la tal Christine. ¿Quién podía ser? Por lo que sabía, Pepita Lamadrid no tenía a nadie en el mundo. Al enviudar se mudó del pueblo donde el matrimonio alquilaba casa y regresó a vivir en el pisito familiar de un barrio obrero de la ciudad. Y cuando ya estaba muy achacosa, lo alquiló a la señora Bassols y al parecer con eso pagaba la residencia. Con eso y con algún dinero más del cual ni el Colorado ni la propia señora Bassols —que fue quien lo puso al tanto de las modestas economías de su casera— tenían idea de dónde sacaba, pero que debía de ser muy exiguo. «Le perdí la pista hace mucho porque yo ya estoy bastante achacosa también y hace tiempo que no salgo a la calle. Si la encuentra, dele saludos de Quimet y Dolors Bassols».

Dócil, el Colorado se dejó llevar por la directora hasta donde una joven morena y bastante guapa que vestía el uniforme azul claro del centro y que a su vez lo condujo por un largo pasillo oloroso a desinfectante hasta desembocar en una galería cubierta e inesperada. Esta tenía un hermoso techo acristalado que dejaba paso a una brumosa luz, como de balneario antiguo, y bajo la cual una decena de viejos dormitaban en mecedoras y sillas de ruedas, la mayoría sepultados bajo mantas y abrigos, animales prehistóricos a punto de entrar en hibernación. El sitio era como un jardín cubierto, lleno de macetones y enredaderas, aunque bastante pequeño.

—Hoy ha estado caprichosilla la pobreta —dijo la enfermera—. Seguro le animará la visita de algún familiar.

El Colorado la miró de reojo pero la mujer no se inmutó. O era ciega o era una *bienqueda,* como diría la Morita. Pero en su sonrisa amistosa no había vestigio alguno de burla. Se acercó a una de las mecedoras donde, debajo de una manta inglesa y un gorro de punto con pompón, como un bebé incongruente, se encontraba una anciana de rostro chupado, lleno de lunares, que miraba hacia la nada con la estupefacción de quien ha sido alcanzado por alguna epifanía.

—Pepita, Pepita —dijo en un susurro la enfermera, poniéndole ambas manos en los hombros, igual que una nieta cariñosa—. ¡Mira a este señor tan guapo que ha venido a verte!

Y como para afirmar sus propias palabras, ella misma lo miró. El Colorado pensó en Fátima. Josefa Lamadrid parpadeó varias veces y volvió despacio su cabecita de pájaro hacia ellos, regresando seguramente de un largo viaje astral, por lo que ahora le costaba identificarlos. Mal asunto, pensó sombríamente el Colorado. Y como si le hubiera leído el pensamiento, la enfermera le ofreció una sonrisa tranquilizadora.

—Usted háblele con confianza y naturalidad. Se le va un poco la cabeza pero tiene el oído estupendo. Y si le cae bien, que seguro será el caso, se pondrá parlanchina y todo. Yo estoy por aquí, por si necesita algo, señor Olazábal.

Le hizo un mohín amistoso y se fue donde otros ancianos que, al advertir la presencia de la joven, la reclamaban con leves quejidos y movimientos lentísimos.

264

Larrazabal sonrió, cogió una silla y se sentó frente a la anciana que buscó inesperadamente sus manos, con la ansiedad de una médium. Sin embargo, su mirada seguía siendo brumosa, apenas animada por un brillo remoto e inesperado. Parecía costarle enfocarlo y quizá por eso sus manos huesudas, frías y llenas de pecas reptaban por las suyas, como si al menos así pudiera reconocerlo. O quisiera contagiarse de su calor. Por fin, con un hilo de voz, preguntó:

—¿Usted es amigo de mi Marcelo, verdad?

En el momento en que Larrazabal iba a contestar, la misma enfermera se acercó, haciendo rodar un carrito lleno de botellas, medicamentos, teteras y tetrabriks. Se emplazó ante ellos y preguntó con su mejor sonrisa:

—La hora de la merienda. ¿Le apetece una taza de té o de café, señor Olazábal?

8
La misteriosa mujer del manuscrito

OBSERVÓ LA MANO DE UÑAS pulcras y bien recortadas dejar la taza sobre el platillo de porcelana, hipnotizado por lo mucho de elegancia que había en ese gesto más bien habitual, corriente. Luego levantó la vista hasta enfrentar los ojos de un azul casi transparente, la nariz romana, el cabello pelirrojo y corto a lo *garçon*. Su mirada recorrió también, aunque de forma más discreta, los tenis blancos, el vestido algo corto y primaveral para la estación y que al trasluz, mientras caminó delante de Larrazabal, había dejado adivinar una silueta perturbadora.

Ahora la señorita Christine, luego de servir el té, ladeó la cabeza y alzó una ceja con deliberada insistencia, como para dejar claro que era consciente de la inspección a la que había sido sometida por Larrazabal desde que le abriera la puerta de su casa.

—¿Y bien, señor Larrazabal? ¿Cómo lo puedo ayudar?

—Eso me pregunto yo, señorita...

—Christine, llámeme Christine.

Entonces el Colorado empezó a contarle con más calma quién era, la manera y la razón por la que había llegado hasta donde Pepita Lamadrid y también cómo había dado con la propia Christine, porque la misma enfermera que le ofreció una taza de té mientras Larrazabal intentaba conversar con la viuda de Chiriboga, al verlo tan perdido, le consiguió el teléfono. «La señorita Christine es la única que se ocupa de ella. Llámela, señor Olazábal, y quizá le pueda aclarar más cosas».

Y es que la charla con la señora Lamadrid había dejado innumerables cabos sueltos y una pista, había pensando Larrazabal al salir de la residencia. Quizá, como le había dicho la enfermera, quien podía saber y sobre todo confirmar lo que había dicho la anciana era Christine de Lusignan, suponía que hija de Adèle de Lusignan, primera mujer de Marcelo Chiriboga, según las notas que consultó Larrazabal ya en el taxi que lo llevaba de vuelta a Barcelona y al piso elegante en el barrio de Sarrià. Después de aceptar la cita concertada algo intempestivamente y por teléfono, la propia Christine lo atendió al telefonillo de la puerta. Junto a esta había un cartelito de bordes dorados que decía *Christine Hoffmann*. Quizá su apellido de casada, se dijo Larrazabal. Esperó un par de minutos antes de que el portal se abriera. Cruzó un patio interior y empedrado donde aparcaban un par de coches de alta gama y finalmente entró a la casa, vagamente rústica, como una mansión campestre en medio de la ciudad.

También le había ofrecido té Christine de Lusignan, y Larrazabal aceptó una taza, sentándose frente a ella, que había elegido una mecedora de abuela en lugar de una silla como la que dispuso para él, en aquella cocina inmensa que al parecer también hacía las veces de salón, un salón algo más informal e íntimo. A los pies de la mujer se había venido a tumbar un perro desganado y orejón, como el del anuncio de una marca de calzado, que no dejaba de observar al detective con benevolente indiferencia, sedado por la mano femenina que de vez en cuando bajaba a rascar su cabeza.

—Como le digo —continuó Larrazabal—, estuve hablando con su... bueno, con la señora Pepita porque me gustaría saber si su marido, el señor Chiriboga, tuvo tratos con la señora Laura Olivo, que, como usted seguramente sabrá, fue hallada muerta en su agencia hace casi un par de meses atrás. La... amiga de esta, Lucía Luján, está imputada como la autora y el bufete para el que trabajo y que la representa cree que no. Que no es así. Quiero decir, que no es ella la culpable.

Christine de Lusignan subió un pie hasta el asiento, enarcó una ceja casi cómicamente y se esponjó el corto cabello con los dedos.

—¿Y qué tiene que ver en esto Pepita? ¿O Marcelo? Él está muerto y ella, como ya ha comprobado, en una residencia para ancianos... no pensará que ella...

—Por supuesto que no, qué ocurrencia. Como le digo, simplemente quería saber si el señor Chiriboga fue representado por Laura Olivo.

En realidad, Larrazabal únicamente deseaba confirmar si era cierto todo lo que había escuchado en la residencia, porque Pepita Lamadrid pensaba que Larrazabal era un viejo amigo de Marcelo que había ido a visitarla. Hablaba con una voz frágil, algo rota, como si hubiera sido muchas veces entubada.

Aunque por momentos su conversación, sofocada y vacilante, se mostraba lúcida y rica de detalles pasados, en otros se remontaba por territorios laberínticos y desconocidos para él. Aun así, pudo sacar en claro algunas cosas. Nuria Monclús —aquella mítica agente por donde habían pasado muchas otras que después seguirían sus pasos, como la propia Laura Olivo, o Isabel Puertas— rescindió su contrato de representación con el ecuatoriano muchos años atrás, y a la muerte de su marido, Pepita insistió para que Laura Olivo se hiciera cargo de su obra. Pero esta nunca quiso hacerse con él. «Ya pasó su oportunidad, querida, ahora es tiempo de que lo estudien en las universidades», le soltó con truculenta dulzura por teléfono, antes de colgar. Luego de contarle esto al Colorado, Pepita Lamadrid se replegó en un silencio ofendido primero, y casi vegetal después. Y ya no fue posible sacarle mucho más.

Por eso ahora Larrazabal necesitaba que Christine rellenara algunas lagunas de toda esa información. Quizá lo más valioso de la visita fue que, en un momento dado, Larrazabal puso frente a los ojos de la anciana las fotocopias de los dos folios con el membrete de un hotel neoquorquino. Al verlos, el rostro de la mujer se contrajo como si sufriese un repentino dolor. «Marcelo», susurró, «Marcelo», y se llevó las hojas al pecho con extrema delicadeza. Para el Colorado, que no le había dicho nada más acerca de la procedencia de aquellos papeles, el gesto fue suficiente.

—¿Puedo ver esas fotocopias? —Christine alargó una mano.

—Por supuesto. —Larrazabal extendió una de las hojas.

—¿No eran dos?

—Por favor, déjeme al menos una de ellas —pidió Pepita Lamadrid cuando Larrazabal se marchaba.

—Entenderá que no tuve corazón para negarme. Pero le aseguro que llevaba el mismo membrete y estaba redactada con la misma máquina.

Christine leyó minuciosamente la hoja mientras el Colorado recordaba: aquel llanto repentino al reconocer los papeles de su marido le daban toda credibilidad a lo que le había dicho hasta ese momento la señora Lamadrid, a saber, que Marcelo Chiriboga había escrito aquellas páginas, pertenecientes a una última novela póstuma que ningún editor quiso publicar y que Laura Olivo rechazó sin apenas dignarse a echarle un vistazo —al igual que antes había hecho con una primera versión Nuria Monclús— alegando que Chiriboga estaba acabado, que pertenecía a otra época. Aquella novela, de la que el escritor ecuatoriano al parecer había hablado a muchos amigos, se convertía así, inesperada y arteramente, en alimento para el oscuro cajón del olvido donde dormían tantos y tantos manuscritos que el tiempo desmenuzaría hasta convertir en polvo. Pese a ello, Pepita se había encargado de transcribirla a máquina con paciencia durante aquel último verano que vivieron en Peratallada, en el corazón de Gerona, a donde se habían ido a vivir buscando la paz que necesitaba Marcelo para crear, tal y como le recomendó Modest Cuixart, su buen amigo pintor, que era de la cercana Palafrugell. Y allí fue donde Marcelo lentamente se recuperó de la crisis terrible de confianza que lo asaltó, cuando casi se vuelve loco con aquel manuscrito rechazado. Porque desde que Nuria Monclús le cerrara la puerta, Chiriboga volvió a sus andanzas por Barcelona, a regresar casi al alba, tropezando, entre balbuceos y maldiciones, para pasarse días tumbado en la cama o mirando por la ventana que daba a un patio donde jugaban unos niños, fumando sin tregua y bebiendo coñac, macerándose lentamente en una amargura densa y aterradora. Entonces fue que Pepita sacó todos sus ahorros del banco y lo convenció de buscar un lugar alejado de la ciudad para que pudiera volver a reescribir su novela. Lo más económico que encontraron fue aquel caserón de Peratallada, un pueblo precioso, de aire limpio y frío, con un castillo antiquísimo y unas callejuelas medievales de cuento de hadas. Pero aún así, durante los primeros meses, Marcelo siguió derrumbado, escapándose de casa para beber en algún bar cercano como si quisiera matarse, incapaz de escribir una línea, enfurecido con el mundo.

—Sí, en efecto. Así fue. Yo supe de aquel calvario por Pepita. Marcelo no quería ver a nadie. Rechazó a todos sus amigos y se encerró en aquel caserón antiguo y destartalado que arrendaban en ese pueblo.

—¿Pero usted es... quiero decir, usted era...?

Larrazabal no sabía cómo encarar la pregunta. Christine de Lusignan todavía le concedió unos corteses segundos para que terminara la pregunta y al cabo de ellos suspiró, armándose de paciencia.

—Verá, señor Larrazabal, yo soy hija de la primera mujer de Marcelo. Pero no soy hija de este. Mi madre era, cómo decirlo sin parecer que me mueve el rencor, una mujer complicada, egoísta y autodestructiva. Cuando yo tenía cinco años abandonó a mi padre que, dicho sea de paso, ya estaba harto de —y aquí la mujer levantó dos dedos sobre su cabeza— «los delirios de grandeza de esta zorra armenia y alcohólica». Las comillas son mías, pero la frase es de mi padre. Este era el asesor financiero de un banco, un francés de buena familia, sosegadamente conservador y exquisitamente formal que se enamoró de mi madre y luego de asediarla con flores después de cada función —sí, lo ha adivinado, mi madre era actriz— consiguió casarse con ella y sufrió luego el calvario de su compañía durante algunos años. Ella, según he sabido después, quedó deslumbrada por el piso en la place de Vosges, la finca familiar en L'Oise, el alto nivel de vida que mi padre le ofrecía, por los lujos y la champaña a todas horas... pero, como dicen en Francia, *l'eau va toujours à la rivière,* o como se dice aquí: la cabra tira al monte. Poco después de nacer yo, hastiada de la horrible reclusión que significa la vida de una madre burguesa, empezó a salir todas las noches, a llegar de madrugada, a frecuentar a sus amigotes de siempre. Y, ocasionalmente, a ponerle los cuernos a su marido. Así durante un buen tiempo. Hasta que un día, cuando yo era aún muy pequeña, decidió marcharse. Conmigo. Mi padre al parecer se encogió de hombros. Eso sí, conservó el apellido de mi padre. Supongo que tenía más *charme* que Varosyan. Yo, por mi parte, uso oficialmente el de mi exmarido.

»Para no cansarlo con detalles que no vienen al caso, Adèle encontró en Marcelo al compañero de locuras e ilusiones artísticas y políticas que jamás halló en mi padre. Lo conoció en París, en una reunión de gente que apoyaba el régimen de Castro y la guerrilla latinoamericana. Marcelo venía de pasar una larga temporada en la Alemania Democrática. ¿Recuerda usted aquello de la Alemania Fe-

272

deral y la Alemania Democrática? ¡Santo Dios! ¡Es todo tan reciente y al mismo tiempo tan lejano! —los ojos de Christine se iluminaron—. Yo era una niña que había dejado de ver a su padre y vagaba con su madre de aquí para allá, como una zíngara, sin saber bien qué ocurría, y que no era otra cosa que mi padre, harto de Adèle, le había cerrado el grifo de la manutención sin darse cuenta —o quizá simplemente sin importarle— de que aquello también me afectaba a mí.

»Marcelo era apasionado como buen latino, simpático y fantasioso igual que un niño grande, comprometido con todas las causas que él juzgaba justas y hacía suyas, incapaz, me di cuenta mucho después, de usar su privilegiado intelecto y su amplísima cultura para discernir entre sus pasiones sociales y la prosaica realidad, lo cual le llevaba a defender tiranías como la castrista y al mismo tiempo y sin despeinarse decir que era demócrata, un amante de la libertad. Como muchos intelectuales de esa época y me temo que de esta.

»A quien sí amaba con devoción era a mi madre. Y a mí me trató como a una verdadera hija. Su romance, en medio de reuniones semiclandestinas y protestas contra el régimen francés de aquel entonces, ardió con la rapidez de un cóctel Molotov, si me permite la licencia. Vivimos aquí y allá, con el dinero que mi madre lograba arrancar de mi padre y principalmente con las traducciones y artículos de Marcelo, que unos años atrás había publicado *La línea imaginaria,* una novela que, según supe, resultó todo un éxito. Fue bien vendida y bastante traducida, lo que significaba algo de dinero fresco. Poco, pero constante. Suficiente para la clase de vida que llevábamos. No nos iba del todo mal. Cuando nos instalamos en Barcelona —porque era mucho más barata que París pero con una efervescente vida cultural—, Marcelo se ocupó de que me consiguieran plaza en el Liceo Francés y aunque era difícil, no descansó hasta conseguirlo. Me mimaba más que Adèle, que en cuestiones maternales oscilaba entre la perplejidad y el hastío. Marcelo no,

Marcelo realmente se preocupaba por mí, me llevaba con frecuencia al zoo y al Tibidabo, me arropaba por las noches y me preparaba el desayuno para ir a la escuela. Y yo vivía enamorada de ese nuevo padre que me había tocado en suerte.

Christine se llevó los nudillos a la boca y de pronto giró la cabeza hacia la cristalera de aquel salón bien regado de luz natural y rústico donde se encontraban. En el reflejo del cristal Larrazabal creyó sorprender el brillo de una lágrima. Con el cabello rojo y muy corto, aquel cuello largo y cutis sonrosado podía pasar por un jovencillo, un efebo griego. Pero no por la mujer que rozaba la cincuentena y que ahora, al evocar a su padrastro, era ganada por la nostalgia. Larrazabal sorbió apenas su té, esperando que ella continuase. Por fin Christine volvió su rostro con una sonrisa de convaleciente, se pasó el dorso de la mano por la mejilla y continuó:

—Marcelo era todo: mi padre y mi madre, mi compañero de juegos, el que me contaba cuentos y tranquilizaba mis pesadillas, el que me hacía leer en francés y también en español. Era mi adoración. Y creo que yo la suya. Pero todo se acaba, ¿verdad? Yo no era ajena a que la relación entre Marcelo y Adèle —ya por entonces la llamaba así, «Adèle», y no mamá— iba cada vez peor. Peleas, insultos, reconciliaciones apasionadas y vuelta a empezar. Y un buen día Adèle empacó nuestras cosas y nos marchamos de regreso a París. Nunca se lo perdoné. Me sentí aniquilada, víctima de la peor de las traiciones. Odié con todas mis fuerzas a mi madre. Mi padre, el que me había abandonado a mi suerte años atrás como quien se desembaraza de un mal negocio, por fin se ocupó de mí cuando Adèle se volvió a enamorar, esta vez de un chelista bielorruso quince años menor que ella, y decidió darme lo que supongo consideraba una muestra de amor y preocupación paternal: me pagó un internado en Suiza. Y yo, que al principio quería morirme por tantos abandonos y ausencias, supe remontar y vivir con ello, como quien convive con una enfermedad crónica. Marcelo, a quien mi padre y mi madre detestaban por distintas razones, se dio maña para encontrarme y desde entonces siempre me escribía. Por mi cumpleaños, por Navidad, por cualquier cosa. Una vez se apareció en Ginebra, en la École Internationale, para darme una sorpresa. Llevaba un enorme peluche que inútilmente intentaba esconder tras la espalda. Creo que fue el día más feliz de mi vida.

Ahora Christine ya no parecía darse cuenta de que las lágrimas resbalaban, pacíficas y abundantes, por sus mejillas. El perro orejón levantó la cabeza y lamió la mano de su ama, luego volvió a su posición indolente habitual, aunque sin quitarle ojo al Colorado, quien alcanzó su pañuelo.

—Gracias —dijo ella con un hilo de voz—. Creo que se lo voy a manchar.

—Se lava.

Christine se secó apenas el rabillo de los ojos y continuó: sí, aquel fue el mejor día de su vida. Y como siempre habían mantenido correspondencia, su relación con Marcelo se fortaleció. Apenas cumplió los dieciocho años ella lo fue a visitar a Peratallada, donde pasaba el verano. Quiso darle una sorpresa y quien se la llevó fue ella. Concretamente dos. La primera, que Marcelo había envejecido mucho, aunque no era tan mayor, pero se le notaba la factura de los muchos excesos cometidos, de las muchas frustraciones y penurias. En eso la vida era una acreedora implacable, señor Larrazabal. Porque ella poco a poco fue dándose cuenta de la fragilidad económica con la que había vivido de pequeña y del mucho esfuerzo que tuvo que significar para Marcelo hacerse cargo de su primera educación. La segunda sorpresa fue saber que no estaba solo. Se había casado con una mujer madura, unos años mayor que él pero guapa aún, sincera, gran lectora, la viuda de un conocido suyo, que había vivido enamorada de Marcelo desde siempre. Pepita Lamadrid. Y que esta mujer lo cuidaba con un esmero solícito y abnegado que a Christine le produjo una confusa marea de alivio y envidia. No podía negarlo: se sintió fugazmente traicionada, desplazada al extrarradio de los afectos de Marcelo. Pero entre este y Pepita se encargaron de que aquella fangosa sensación desapareciera como se disuelve una nube inesperada en un cielo habitualmente diáfano.

Ese primer verano que Christine pasó con ellos la mimaron, la cuidaron, la protegieron, la hicieron sentir como una hija. Era como si Marcelo se hubiese desdoblado en una mujer. Y esta mujer, Pepita, preparaba galletitas en el horno, le acomodaba la chaqueta cuando ella salía a la calle, le compró unas chanclas y un bañador para que fuera a la piscina del pueblo, le dejó las llaves de su viejo dos caballos con mil recomendaciones y se quedaba despierta haciendo solitarios o leyendo junto a Marcelo, que le daba los últimos toques a la reescritura de su novela, cuando ella regresaba de sus juergas en Palafrugell. Porque Peratallada era precioso y eso, pero un muermo para una jovencita. De manera que, superado el resquemor inicial, ese verano fue irreprochable y venturoso. Como si tuviera padres por fin. Y desde que regresó a Ginebra para iniciar la universidad, no hacía más que pensar en el próxima temporada en casa de los Chiriboga. Pero ese otro verano no ocurrió nunca. Porque Marcelo se había matado en un accidente de coche regresando de Barcelona, al mes de que ella se instalara en la residencia del campus Henry Dunant, al inicio de un otoño que ya jamás olvidaría.

* * *

De regreso en el AVE de las ocho de la mañana, el paisaje veloz en la ventanilla del tren le traía, como un viento lejano, cierta sensación de nostalgia y confusión que lo mantenía apagado, incapaz de concentrarse en sus notas, donde, estaba seguro, algo se le escapaba. ¿Pero el qué? No lo sabía aún y eso lo mortificaba. «En esas notas está todo, Colorado», le hubiera dicho su comandante Carrión, «busca, hombre, busca, lee con atención».

De vez en cuando, como si alguien echase violentos cubos de agua, el cristal se llenaba de gotas de lluvia que iban desapareciendo poco a poco. Quizá eso que él identificaba como nostalgia no era tal y más bien se trataba, pensó abriendo nuevamente su libreta, del residuo que le había dejado la conversación con Pepita Lamadrid y Christine de Lusignan la tarde anterior. Y luego la charla con la Morita, quejándose de que él hubiese dilatado su estancia en Barcelona un día más. Se quejó con un desconsuelo inusual, de mujer frágil y añorante, que le sorprendió. Acababa de llegar de ver a la ¿hijastra? de Chiriboga y le alegró que justo en el momento en que entraba en la habitación del hotel para cambiarse y asearse un poco timbrara su teléfono. Aunque también era cierto que, por una única vez en su vida, Larrazabal se sintió ligeramente impaciente por cortar la conversación con Fátima y bajar a un bar a tomarse una cerveza y pensar con claridad en todo lo que le había dicho Christine de Lusignan.

Además no había comido prácticamente nada en todo el día. Tras la ventana de su habitación seguía cayendo la lluvia con empeñosa persistencia, racheada, molesta, llena de sombras. Poniéndose nuevamente la gabardina bajó al mustio y solitario restaurante contiguo al hotel y pidió cerveza, una ración de albóndigas y pan con tomate. Acodado en la barra, Larrazabal se entregó a toda clase de especulaciones acerca de lo que había sabido. ¡Si pudiese comprobar la nueva pista que le había revelado Christine de Lusignan! Sentía que cada vez estaba más cerca de algo, pero no sabía bien cómo seguir, por dónde avanzar.

Después de cenar y pedir otra cerveza subió a su habitación y continuó con sus notas antes de dejarse vencer por un sueño pesado e indigesto del que lo liberó el despertador a las siete de la mañana. Llegó a Sants un poco justo y se acomodó en su asiento solitario, al final de vagón, en un tren que alcanzaba en esos momentos los doscientos kilómetros por hora y se acercaba a paisajes de verdor intenso y brotes boscosos, repentinos en medio de tanto campo. Repasó nuevamente su libreta de notas.

Christine de Lusignan se enteró de la muerte de Chiriboga por carta de Pepita, a la semana de que este hubiese sido enterrado. No quería poner excusas, le decía en ella la viuda, pero no había tenido fuerzas para escribirle hasta ese momento, ganada a partes iguales por la confusión de importunarla en el inicio de sus clases universitarias, y también desorientada por lo repentino de aquella muerte. Marcelo había terminado ese verano —el primer y último verano que Christine había pasado con la pareja— aquella reescritura de una novela en la que venía trabajando desde hacía mucho tiempo. Estaba entusiasmado porque creía que era realmente grande, que era *la* novela. Como si se hubiera estado preparando para acometerla todo ese largo, confuso y oscuro tiempo que había vivido antes. «Pepita no lo decía, pero ese "antes" implicaba "antes de mí", y no quería terminar la frase por pudor, pues era consciente de que a quien le escribía era a la hija de la primera mujer de Marcelo. Dos días previos a su muerte, Chiriboga había hablado con cierta persona de una editorial importante que estaría interesada en revisar el manuscrito. Así era la remota época preinternet». Esa persona le pidió que enviara el manuscrito por correo certificado pero Marcelo se empeñó en ir él en persona. Que tuviera una buena botella de cava enfriando en la nevera fue lo último que le dijo a Pepita cuando se disponía a partir a Barcelona en el viejo dos caballos que usaban para manejarse por los alrededores. Partió temprano por la mañana y se suponía que iba a llegar al caer la tarde. No fue así, claro. A eso de las ocho de la noche, cuando ella ya no podía más de los nervios y había llamado sin éxito a todos sus conocidos en la ciudad, una pareja de guardias civiles se presentó en la casa. Marcelo se había matado casi a la salida misma de Barcelona. Una retención en la carretera, un camión que venía a demasiada velocidad y que no pudo frenar a tiempo. Le pasó por encima. El coche se incendió y no hubo posibilidad alguna de rescatarlo. Ni se enteraría.

Sin darse cuenta, las sombras habían caído ya en aquella cocina donde estaban conversando casi una hora. Christine se levantó a encender la luz y cogió una botella de whisky de una alacena. Sin decir palabra la puso en la mesa junto con dos vasos toscos. Sirvió ambos, bebió el suyo de un trago y volvió a llenarlo.

Ella recordaba la sensación casi física de haber sido ensordecida por el estampido de un trueno cuando leyó aquella carta. Estaba en la habitación que compartía con otra chica. Se desmayó, se abrió la ceja con una mesa, ¿veía?, y mostró una diminuta cicatriz en su ceja rubicunda. No perdió ni un minuto en coger un avión de Ginebra a Barcelona y de allí alquilar un coche para acercarse a donde Pepita, que la recibió como a una hija. Se ofrecieron mutuo consuelo, lloraron juntas y cuando Christine tuvo que partir, reclamada por sus clases universitarias, Pepita ya se había hecho el propósito de llevar el original que guardaba de la novela a donde fuera necesario para que se la publicaran. El problema es que Marcelo, supersticioso como era, nunca le dijo qué editor era aquel con quien se había citado, «para no tentar a la suerte», y nadie de los conocidos que visitó después le supo decir nada acerca de aquel misterioso editor. Ella no se arredró por aquella contingencia que solo era eso, un trivial obstáculo que no detendría su empeño por ver publicada la obra ahora póstuma de quien fuera su marido. De todo eso se fue enterando Christine por las cartas que periódicamente le escribía la viuda, como si la hubiese elegido a ella como notario judicial de tal empeño. «O quizá simplemente porque no tenía a nadie más a quien contarle la paulatina frustración que suponía año tras año no hallar ni editor ni agente». Porque una vez que agotó todas las posibilidades de dar con el editor desconocido cuyo nombre se había llevado su marido a la tumba, Pepita hizo una nueva ronda por casas editoriales y agencias buscando quien se interesara por la novela póstuma de Marcelo Chiriboga, el genial escritor ecuatoriano. «Pero lo cierto era que su tiempo, su fugaz y luminoso tiempo, había pasado». Ya nadie hacía referencia a sus novelas y sus contemporáneos e incluso los escritores más jóvenes reclamaban la atención de editores, agentes y prensa cultural para sus obras que, con desigual suerte, iban copando el interés de los nuevos lectores. Marcelo Chiriboga, considerado por sus pares como el mejor de ellos, autor de *La línea imaginaria,* una novela imprescindible al decir de Carlos Fuentes, nunca había traspasado el primer círculo de ese delicado infierno que es el mundo literario: el círculo de los escritores. Tímido como Julio Ramón Ribeyro, escasamente sociable como Cortázar, hipocondríaco como José Donoso, irritable como Roa Bastos, Chiriboga nunca tuvo suficiente tirón como para dejar de ser, como dijo de él Vargas Llosa, el secreto mejor guardado de la literatura hispanoamericana.

EL TREN CRUZABA COMO una flecha inexorable el somontano aragonés cuando Larrazabal se levantó a por un café. Seguía lloviendo y eso le hizo recordar la voz de Christine de Lusignan, contagiada de penumbra y con el murmullo de la lluvia allí fuera, contándole los desvelos de Pepita Lamadrid y sus propios esfuerzos cuando al acabar el primer semestre en la Universidad de Ginebra se escapó para ver a la viuda y acompañarla durante aquel triste verano en Peratallada. «Pero el tiempo pasa, señor Larrazabal, y nos hace ingratos». Poco a poco, ganada por sus obligaciones y el torrente de su propia vida que se abría paso reclamando su atención, las visitas se fueron espaciando, igual que las cartas. Una Navidad, sin embargo, al poco de romper con su primer novio en serio, Christine decidió visitar a Pepita. Al no encontrarla en el pueblo, fue alanceada por el aguijón de la culpabilidad. Le dijeron que se había vuelto para Barcelona. Por fortuna, una vecina tenía la dirección. Y allí fue Christine, a abrazarla y pedirle disculpas por su ingratitud de tantos años. Pepita estaba bastante envejecida pero la recibió con el calor antiguo de una madre. «Vivía en un pisito modesto donde ella pasó su infancia y que había heredado al morir sus padres». Rápidamente se pusieron al día y Christine se volcó sin dilación, con el imperioso egoísmo de la juventud, sobre el dolor de su reciente ruptura sentimental. «¿Se da cuenta, Larrazabal? Yo, que había sido toda ingratitud, ahora reclamaba su inmediato consuelo. Como si fuera su hija, como hace ahora la mía conmigo, cada vez que me llama para hacerme partícipe de sus desdichas y rara vez de su felicidad. Entonces decidí que si ella se portaba conmigo como una madre, yo debía corresponderla ya para siempre».

Y al parecer, se dijo el Colorado volviendo del vagón cafetería a su asiento, así había sido. Porque Christine de Lusignan no dejó desde ese momento de visitarla, de escuchar las periódicas incursiones y peripecias de Pepita buscando infructuosamente alguien que se animara a publicar la novela de Marcelo. «Se entregó a ello para encontrarle sentido a su vida, el sentido que había perdido al morir su marido». Christine no leía bien castellano, olvidado entre el francés del liceo y su escuela ginebrina y luego extraviado en el inglés y el alemán, indispensables en la universidad. Lo hablaba con algo de acento, eso sí, pero fluidamente. Sin embargo no, no lo leía bien. Por eso nunca supo con exactitud de qué iba esa novela de Marcelo en la que tanto empeño ponía Pepita. Solo que cada visita la encontraba más decaída, más acabada. Un día recibió la intempestiva llamada de la vecina a quien tuvo la prudencia de darle sus señas y se vio regresando a Barcelona en el primer vuelo que consiguió. Viajó a pesar de estar embarazada de siete meses de su hija. Pepita había sufrido una caída en el baño, y aunque la recuperación fue bastante exitosa, ya no podría subir los tres pisos hasta su casa. Después de mucha discusión convinieron en que lo mejor era alquilar el piso y pagar una residencia donde estaría bien atendida, al menos hasta que se recuperara. Pepita Lamadrid empacó sus pocas cosas y una mañana de abril se la llevaron en una furgoneta. No era una anciana, pero lo parecía, frágil, consumida, con el cabello alborotado y lleno de canas, ella que había sido tan cuidadosa de su imagen.

Larrazabal reprimió el deseo urgente de fumar un cigarrillo que le había sorprendido nada más terminar su café, en el coche cafetería. La misma urgencia que lo asaltó la noche anterior, cuando Christine de Lusignan volvió a servir unos dedos de whisky en ambos vasos y lo miró con atención antes de hablar:

—Pero había algo más. Algo que me dijo Pepita cuando la subían a la furgoneta de la residencia y a lo que no puse mucha atención en ese momento. Y que creo que ahora puede darle la pista de a quién buscar, señor Larrazabal.

Otro tren se cruzó con el suyo como una exhalación, haciendo bambolear ligeramente el vagón. Una azafata pasó repartiendo periódicos y justo en el momento en que el Colorado cogía el suyo, su móvil empezó a sonar.

* * *

FÁTIMA LO ESTABA ESPERANDO en su piso. ¿Qué hacía ella allí?, dijo Larrazabal al encontrársela en el salón, con una sonrisa feliz. Se había pedido el día libre, contestó, acercándose para darle un beso. Un beso un poco de película, porque cruzó ambos brazos en torno a su cuello antes de buscarle con cuidado los labios, empinándose un poquito. Larrazabal hundió los dedos en la saludable mata de pelo de la chica y los enredó allí un momento, pensativo. ¿Por dónde empezar a buscar? ¿Cómo dar con aquella mujer?

—Supongo que ya sabes a quién van a publicar en breve, ¿verdad?

—Por supuesto —dijo Larrazabal, aún pensativo—. Lo acabo de leer en el tren.

Fátima se separó de él y lo miró con extrañeza.

—¿Malas noticias?

El Colorado dejó la maleta en la cama y se sentó en el borde, palpándose los bolsillos de la chaqueta. Luego revisó la gabardina. Solo entonces cayó en la cuenta de que la noche anterior se había fumado casi todo el paquete conversando con Christine de Lusignan y apenas le quedó uno que disfrutó luego de su cena liviana, ya en el hotel.

—¿No tendrás un cigarrillo?

—Ya sabes que lo estoy dejando. —Fátima se llevó las manos a los bolsillos de los vaqueros en un gesto inútil.

—¡Vaya!

—Bueno —resopló ella, sentándose a su lado—. ¿Me vas a contar cómo te fue?

Y Larrazabal le contó su encuentro con Cremades, la fiesta algo esnob y el dato que le diera acerca de su nueva agencia, agencia donde ahora estaba Paloma Martínez. ¿La que era la mano derecha de Laura Olivo? Esa misma. Ahí había algo raro, dijo Larrazabal incorporándose de la cama para abrir el cajón de la mesilla de noche. Recordaba muy bien, y lo tenía anotado, que cuando fue a la agencia tanto Isabel Puertas como su flamante socia, Paloma Martínez, le habían hablado de un nuevo libro cuyo «desembarco» era inminente. Que iba a ser un bombazo. Y Cremades se había referido a su nueva novela como un bombazo. «Un verdadero acontecimiento», había dicho Isabel Puertas.

—Vale, hasta ahí te sigo —dijo Fátima cruzando las piernas—. ¿Pero qué tiene que ver con el crimen de Laura Olivo?

—No lo sé aún —el Colorado cerró el cajón de la mesilla de noche, abrió el armario y metió la mano en la chaqueta azul que tenía allí colgada—. Pero repasemos: Cremades era uno de los autores que más vendía con Laura Olivo. Y Paloma la imprescindible ayudante de esta, ¿verdad? Pues una vez muerta, ambos se van a otra agencia. El primero como el autor cuya última novela no quiso intentar vender Laura Olivo y la segunda como socia de la agencia que recibe al tal autor. Y ambos anuncian un bombazo editorial. Usan las mismas palabras, por lo tanto deben referirse a la misma novela y, supuestamente, ello implicaría un buen anticipo... ¿Decidió Laura intentar vender la novela a último momento, en condiciones probablemente menos ventajosas y cuando, a sus espaldas, Paloma e Isa Puertas ya habían pactado un estupendo anticipo para la novela de Cremades, esta se enteró? Laura montaría en cólera, amenazaría, pelearía quizá con Paloma acusándola de traición o con Isa, su gran enemiga, y acabaría muerta.

Fátima se levantó de la cama, se dirigió a la cocina sin decir palabra mientras Larrazabal volvía a rebuscar en su maleta. Luego reapareció con un cigarrillo en la mano.

—Lo guardaba para emergencias. Pero para ya de moverte, por favor.

El Colorado encendió el cigarrillo y fumó con regocijo, lanzando una larga bocanada azul sobre su cabeza.

—Bueno, podría ser como dices —se explicó Fátima con cautela—. Pero me parece un poco... rocambolesco. Aunque de estas cosas yo no sé, cariño. ¿Estás seguro?

Eso creía él. Después de todo, tenía sentido, ¿verdad? Sin embargo, había un dato más. O mejor dicho, una inesperada bifurcación en esa historia de intereses a donde lo había conducido Christine de Lusignan, ya al final de la conversación que tuvieron la noche anterior.

Al parecer, explicó la francesa, cuando se llevaban a Pepita Lamadrid a la residencia donde pasaría una temporada antes de derivar a donde ahora se encontraba, la anciana la puso sobre aviso de sus recientes avances para conseguir que publicaran la novela de su Marcelo. Había conseguido ¡por fin! ser atendida por alguien que no la despachaba con corteses circunloquios. Se trataba de una joven de la agencia de Laura Olivo quien, pese a las muchas negativas de esta última, se había comprometido a leer el manuscrito con toda la atención que merecía. ¡El manuscrito de Marcelo, Christine!, le dijo la anciana aferrándola de un brazo. Por fin tendría una oportunidad. Ella tendría que llamarla, hija, allí al lado del teléfono había dejando un papelito con el número... Naturalmente en ese momento y en tales circunstancias, para Christine aquello era lo menos importante. Otras preocupaciones de urgente resolución la asaltaban. Ella tendría que solventar los gastos de la residencia y asegurarse de que los Bassols cumplieran escrupulosamente con el pago del ínfimo alquiler que había conseguido por la casa —venderla era un lío porque las escrituras no estaban a nombre de Pepita sino de los padres fallecidos hacía mucho, en fin, un engorro—. ¿Cómo haría pues, a punto de dar a luz, viviendo en Ginebra, para ocuparse de aquella viuda a quien consideraba una madre? No, no podía darle importancia a aquel tema de la novela de Marcelo.

Por otro lado, a Christine no se lo ocultaba que en los últimos años este había sido objeto de numerosos estudios, congresos y conferencias, de tesis universitarias y hasta de un posible documental.

Chiriboga parecía regresar de ese desafortunado exilio que era la indiferencia y el olvido para reclamar la atención que merecía.

—Como ya nos había anticipado Jorge Edwards —observó Fátima.

—Así es. Como ya había dicho don Edwards.

Pero, siguiendo con lo que le contó Christine de Lusignan la noche pasada, ella sentía un gran orgullo por las muchas referencias que le llegaban de su querido Marcelo, sobre todo del mundo académico. Pero nada más. Y el esfuerzo en que le publicaran aquella novela se había convertido en una excusa o más bien en el motivo de su viuda para seguir con vida. No se equivocaba del todo la Lusignan, porque a partir de su ingreso en la residencia Pepita había sufrido varios microinfartos cerebrales —«accidentes cerebrovasculares difícilmente diagnosticables a tiempo», le dijo el especialista a donde la llevó— que la habían dejado muy mermada física y mentalmente. A los tres años de todo esto, cuando Christine estaba en trámites de divorcio y con una mejor situación económica gracias a ello, decidió hacerle una visita especial a Pepita. Iba con su niña pequeña. Pepita estuvo muy cariñosa con la cría y pareció despertar del gelatinoso letargo en el que sobrevivía, según le dijeron las cuidadoras. Debió ser así porque volvió a insistir con que la novela estaba en manos de Laura Olivo. «Habla con la joven que me atendió, hija, que no se pierda la oportunidad de que por fin vea la luz la novela de tu padre».

—¿Entonces Laura Olivo fue agente de Marcelo Chiriboga?

—No es tan fácil, Morita, escucha.

Siempre según Christine, es decir, siempre según Pepita Lamadrid, la novela quedó en manos de una joven muy amable que trabajaba en la agencia de Laura Olivo y que le prometió hablar con su jefa para que revisara el manuscrito. ¿Pero quién era esa joven?, preguntó al fin interesada Christine, y la viuda de Chiriboga levantó hacia ella unos ojos anegados en lágrimas. ¿No recogió el papelito que dejó junto al teléfono? Christine negó con la cabeza, avergonzada. Pues ella no recordaba su nombre, hija. Por más que quería, no lo recordaba. Simplemente tenía una descripción de la joven, más bien bajita y morena, de cabellos cortos y color ala de cuervo.

—¿Bajita y morena? —se admiró Fátima—. El noventa por ciento de las españolas responde a esa descripción.

—Eso mismo pensé yo, señor Larrazabal —murmuró Christine de Lusignan aceptando un cigarrillo. La noche ya había caído.

—Pero pese a todo, Christine no se rindió —dijo Larrazabal.

En efecto, no se rindió. Cuando Pepita Lamadrid le dijo, intencionadamente o no, «hija, que no se pierda la oportunidad de que por fin vea la luz la novela de *tu padre*», ella sintió un estremecimiento. Como si por fin entendiera que su deber como hija era continuar con el desvelo de Pepita y perseverar para que publicaran la novela de quien siempre consideró su padre. Por lo pronto, debería encontrar a aquella mujer joven, bajita, morena y de cabellos muy cortos que trabajaba con Laura Olivo y que había recibido el manuscrito en sus propias manos. La primera contrariedad fue saber que la agencia de Olivo se había mudado a Madrid. Ya no quedaba nadie de la oficina de Barcelona, todos dispersos y reciclados por la primera crisis del sector editorial y la mudanza de Olivo a la capital. Allí al parecer reunió un equipo nuevo, según pudo averiguar Christine; un equipo joven, algunos becarios y gente escasamente pagada pero con mucho entusiasmo.

—Pero entonces la mujer... —preguntó Fátima.

—Nada, se esfumó —dijo Christine de Lusignan haciendo un gesto de prestidigitador con la mano—, *voilà*.

Pero eso solo era el menor de los contratiempos. El verdadero problema era que no había más copias de la novela de Marcelo.

Una se había quemado en el accidente que le costó la vida, y la otra estaba desaparecida en manos de una mujer de la que no tenía ninguna pista acerca de su paradero. Cuando contactó con la agencia de Olivo en Madrid, y una vez que esta se dignara contestarle, se enteró de que nunca había llegado aquel manuscrito a sus manos. «Jamás he representado a Chiriboga, pese a la mucha lata que me ha dado su viuda durante años. Dios mío, qué cruz. ¿Por cierto, cómo está?». Christine colgó sin contestar.

—De manera —concluyó Larrazabal— que ese manuscrito o se perdió para siempre o...

—... Está o estuvo en la agencia de Olivo —dijo Fátima.

—Bueno, en realidad sí que estuvo, pero no sabemos si aún está. Porque en el suelo del despacho solo se encontraron dos páginas de esa novela que se supone estaba en la caja fuerte. Y ahora se va a publicar.

—¿Cómo que se va a publicar? —Fátima lo miró extrañada—. ¿No es la novela de Cremades la que va a salir? Si está en todos los periódicos. Pensé que te referías a ella cuando te pregunté.

—Sí, se publicará la novela de Cremades, pero también la de Chiriboga. Hace un par de horas o un poco más, cuando estaba en el tren viniendo para aquí, me llamó Christine de Lusignan.

—¿Ya ha leído la prensa de hoy? —le dijo la mujer sin saludarlo.

—No, ¿qué ocurre? —preguntó el Colorado, pensando incongruentemente en un atentado o algo así y mirando el periódico que aún no había leído, preocupado en revisar sus notas.

—Pues léala. Bueno, se lo digo yo, qué demonios. Anuncian la inminente publicación de la nueva novela de su amigo Albert Cremades. A toda página en el suplemento de *La Vanguardia*, portada en las páginas culturales de *El País* y de *El Mundo*.

—Bueno, ya más o menos lo sabía —dijo Larrazabal procurando no decepcionarla.

—Sí, claro. Pero en realidad no lo llamaba para eso. Le tengo otra noticia.

—Soy todo oídos.

Y la francesa se explicó. Desde que Larrazabal la llamara para concertar una cita la tarde anterior, a Christine le entró una apremiante urgencia por saber algo más de aquel manuscrito, cuyos afanes ella también había abandonado hacía años, más preocupada en cambiar a Pepita de residencia y en visitarla todo lo que sus obligaciones le permitían, algo que hacía con frecuencia, desde que se había mudado a Barcelona, después de un segundo divorcio y de que su hija se marchara a hacer un postgrado en Berkeley. En el mundo solo le quedaba, pues, Pepita. Y quizá por eso, o por remordimientos, luego de que Larrazabal se marchara, hizo una llamada. ¿A quién? A una amiga suya, una periodista cultural. ¿Carme? Era ella, Christine. Qué tal. Bien. Oye, ¿había alguna noticia sobre Marcelo Chiriboga últimamente? Al otro lado del teléfono la risa de su amiga sonó radiante, feliz, incrédula. O eso era telepatía, chica, o de lo contrario le resultaría imposible creerlo. ¿El qué?, preguntó Christine. Que sabía de buena fuente que iban a editar por fin aquella novela de Chiriboga de cuya existencia tanto tiempo se había rumoreado. No lo hacen ahora mismo porque se trata de la misma editorial que saca la última novela de Cremades y no quieren que se pisen ambas. ¿Tú sabías algo, Christine? Ella le juró que no. Bueno, continuó la periodista, no estaba del todo confirmado pero quizá más tarde o mañana sí. Que ya varias editoriales de todo el mundo habían pujado por las traducciones. Mucho dinero de por medio. Le avisaba, sí. ¿Estaba segura de que no sabía nada? Que no. ¡Pues vaya coincidencia monumental! Y además, ¿qué tanto interés por Chiriboga?

—Y a la mañana siguiente, es decir hoy mismo, la amiga se lo confirmó —dijo Larrazabal.

—¿Que sale a la luz la novela de Chiriboga? —Fátima abrió mucho los ojos—. Eso sí que va a ser un bombazo.

—Un bombazo. Del que su agencia va a sacar un buen pellizco. O eso creen, porque ya Christine se pondrá en marcha para hacer valer los derechos de la viuda. La cuestión es... ¿Cómo llegó ese manuscrito hasta allí?

—La mujer bajita y morena que trabajaba con Laura Olivo.

Larrazabal miró la colilla aplastada en el cenicero con ojos de lástima.

—Tengo que encontrar a esa mujer, Morita.

* * *

Esa misma tarde, después de almorzar con Fátima en un restaurante del barrio, y luego de que esta se marchara a casa, decidió que le daría un día más al inspector Reig antes de llamarlo y preguntarle. Y es que desde que Larrazabal le pusiera sobre aviso acerca del colombiano que había contratado Alcaraz y que podría ser el mismo hombre que mató a su compadre, no había sabido nada sobre el curso de aquella pantanosa investigación. Y pasó todo ese tiempo, como si se tratase de una lenta excavación horadando sus entrañas, pensando intermitentemente en su compadre y en aquella inesperada pista. No obstante su impaciencia, se abstuvo de llamar al policía, tal y como se lo había prometido. Cero interferencias: demasiado bien sabía él el valor que tenía un campo despejado de intrusos para trabajar en una investigación así. Pero el tiempo pasaba y Reig no daba aún señales de vida. Ya iba a cumplirse una semana desde que hablaron por última vez en aquel café cerca de la casa de sus padres, en Ópera, cuando Larrazabal encontró tan escéptico al policía. De manera pues, se dijo Larrazabal acabando un segundo café en el bar frente a su casa, que le daba veinticuatro horas. Al día siguiente de todas maneras lo llamaría para preguntarle. Y también llamaría a la señora Luján, a quien, antes de partir a Barcelona, al igual que hiciera Reig con él y por los mismos motivos, le rogó unos días sin llamadas, que él lo haría apenas regresara del viaje y tuviera algo que contarle. La mujer, cada vez más menguada y con unas ojeras alarmantes, aceptó sin protestar, más bien como si claudicara, y no había llamado hasta el momento. Sabía que era inevitable que hablara con ella y le dijera que había una débil pista que podría conducir a otra persona pero que aún no era nada seguro.

Bien provisto de tabaco, acomodado en su mesa de trabajo, Larrazabal anotó en la libreta sus últimas impresiones. Y volvió a revisarlas de arriba abajo porque desde que conversara con Cremades en Barcelona no había dejado de pensar que allí, fugaz, oblicua, enredada en otras muchas anotaciones, se escondía una que se le estaba pasando y que revoloteaba como una polilla en torno a sus pensamientos, ofuscándolo.

Por lo pronto, razonó Larrazabal, con quien debía hablar era con Paco Costas. Él quizá le ayudaría a encontrar la pista de aquella mujer, la que recibiera el manuscrito de Chiriboga en Barcelona, varios años atrás. Después de todo, Costas había trabajado codo con codo con Laura Olivo desde que esta pusiera en marcha su agencia y era, por decirlo así, el único superviviente de aquella época catalana. Si alguien sabía algo de la misteriosa mujer, ese era Costas. De manera que marcó su número y de inmediato saltó el buzón de voz y un mensaje automático anunciando que no estaba disponible. Quince minutos después, incapaz de concentrarse en otra cosa, volvió a llamar, con similar suerte. Diez minutos después el resultado era desesperantemente el mismo.

Larrazabal se acodó en la ventana, tratando de tranquilizarse, de pensar con claridad. De manera que se quitó de la cabeza a su compadre, a Reig y a Costas e intentó enfocarse en lo que más o menos sabía del manuscrito de Marcelo Chiriboga, aquel cuyos folios habían aparecido en la caja fuerte de una agente literaria que juraba jamás haberlo representando. El manuscrito de una novela que saldría a la luz en breve, según le había confirmado Christine de Lusignan esa misma mañana, y en el mismo sello que publicaría la nueva novela de Albert Cremades.

Quizá, ante la reiterada negativa de Olivo a recibirlo o siquiera leerlo, esta misteriosa joven que, según Pepita, recibió la novela de sus propias manos había resuelto llevarse el manuscrito consigo y buscar por su cuenta dónde colocarlo. Tal vez lo admitió por mera cortesía, apiadada de aquella obstinación de la viuda (no sería la primera vez que Pepita Lamadrid asomaba la cabeza por ahí) y su afanoso empecinamiento por que leyeran la última obra de su marido, su trabajo póstumo, el que de alguna manera se podría decir que le había costado la vida. Quizá luego esa misma joven lo arrinconó entre otros manuscritos desgraciados, sin acordarse más de él o sin atreverse a insistir con Laura Olivo, y solo se dio cuenta de su valor cuando años más tarde la figura de Chiriboga empezó a ser rescatada primero en el circuito académico, como les había dicho Jorge Edwards, para posteriormente crecer imparable, alimentada al socaire de especulaciones y rumores acerca de la existencia de una novela inédita suya.

Algún periodista cultural más avispado que otros pondría atención a lo que se decía sobre esa supuesta novela del evanescente Chiriboga, sacaría algún reportaje de perfiles míticos y a partir de allí todo se echó a rodar por la pendiente del rumor y el dato inexacto. Empezaron a cobrar fuerza las especulaciones sobre esa novela cuya historia se comparó, según le informó Fátima ya al final de la comida, con la *de El gallo de oro*. ¿*El gallo de oro?*, preguntó con desconfianza Larrazabal y sacó su libreta, seguro de que iba a recibir una bien documentada charla, como así fue. *El gallo de oro*, explicó la Morita antes de engullir con delectación una cucharada de yogur, era una novela corta o un cuento largo de Juan Rulfo, el escritor mexicano. Decían que se escribió entre 1956 y 1958. Cuando ya era un escritor mundialmente reconocido, Rulfo hablaba mucho de aquella novela inédita o en construcción, según decían, pero nunca mostraba una línea a nadie. De manera que algunos llegaron a dudar de su existencia. Se rumoreaba que el escritor, después del tremendo e inmediato éxito que supuso *Pedro Páramo* y *El llano en llamas*, ya no pudo escribir nada más, abrumado de presión. Pero no fue así, claro, solo que aquella novela se publicó veinte años después, cuando ya nadie creía en su existencia. Y aún hoy, agregó, aquella novela apenas aparecía consignada en el brevísimo pero prodigioso catálogo del escritor mexicano. Muchos ni la habían leído ni sabían de su existencia. Como si realmente no existiera, vaya.

Sí, pensó Larrazabal después, quizá la novela del ecuatoriano había rodado tanto tiempo sin acceder a ser publicada que se convirtió en un mito, y cuando esta chica, la morena bajita y de cabellos cortos, recordó haberla recibido de manos de la mismísima viuda de Chiriboga, entendió que tenía algo excepcionalmente valioso en su poder, algo valioso que, por razones inexplicables, se extravió. Tal vez porque por ese entonces Laura Olivo emprendió la mudanza a Madrid. Quizá jamás se enteró de que tenía ese manuscrito. Vale, ¿pero entonces por qué habían aparecido dos folios de una novela de Chiriboga mezclados con otros tantos de distintos manuscritos pertenecientes a otros autores? Todos estos, además, comprometidos en algo sórdido con Laura Olivo: plagios, robos, impagos... ¿Ni Olivo ni nadie en todo este tiempo se había dado cuenta de que la novela de Chiriboga dormía en la caja fuerte, arrumbada entre manuscritos menores?

A LA DÉCIMA LLAMADA ENTENDIÓ que Costas no respondería. No al menos esa tarde. Y el tiempo apremiaba. ¿Quién podría ser aquella joven bajita y morena que recibió el manuscrito de manos de Pepita Lamadrid? La idea le vino a la cabeza con asombrosa naturalidad, como si hubiera estado allí todo el tiempo, alojada igual que un tumor de cuya existencia nos enteramos demasiado tarde. Aunque quizá en este caso no lo era tanto. En un instante Larrazabal supo qué debía hacer. Se puso la gabardina y cuando se disponía a bajar a la calle para buscar un taxi recibió la llamada que había estado esperando largamente.

—¡Por fin, noticias tuyas, hombre!

—¿Nos podemos ver más tarde? —dijo Reig al otro lado de la línea.

—Estoy saliendo para resolver un asunto urgente. ¿No puedes adelantarme nada por teléfono?

—Claro, pero así nos tomamos una café —dijo Juanfra Reig—. Hace tiempo que no nos vemos. Yo estaré en casa de mis padres. Podemos quedar por ahí...

—Vale. Pero adelántame algo, al menos. ¿Era el tipo que mató a mi compadre?

—Sí. Y no.

—A ver, explícate —dijo Larrazabal soltando una risa algo alarmada—. ¿Es o no es el asesino?

—Es largo de explicar. Pero sí. Ya está, Colorado. Ya está. Te lo cuento en detalle, más tarde, ¿de acuerdo?

Colgó extrañado por tanto misterio y bajó a la calle en busca de un taxi, obnubilado por aquella repentina posibilidad de encontrar un sospechoso mucho más solido que alejaba de manera real la posibilidad de que la asesina de Olivo fuera Lucía Luján. Conseguir un taxi libre resultó una pesadilla, por la inminente Navidad. Al final se decidió por el metro y en cinco paradas se puso en su destino.

* * *

EL PORTERO DE LA FINCA lo miró con desconfianza y movió su anacrónico bigotito de un lado a otro. Estaba limpiando afanoso los bronces del portal, adornado ya de guirnaldas navideñas, y gruñó que qué quería. Quizá estaba en sobre aviso por Clara Monclús. O simplemente se encontraba ya harto de preguntas y de indagaciones. Al menos eso fue lo que le dijo al Colorado cuando este empezó a hablar.

—Mire usted, señor Larrazabal. ¿Larrazabal, verdad? Bien. Ya le he contado todo lo que sé a la policía y me he tenido que quitar a la prensa como si de moscones se tratara. Incluso algún sinvergüenza ha tenido la desfachatez de querer hablar del asunto con mi hija pequeña, a quien su madre y yo hemos querido proteger de todo esto terrible que ha pasado. Solo tiene diez años. De manera que...

—Entiendo perfectamente su hastío, amigo. Pero créame que solo serán dos o tres preguntas y lo dejaré en paz. Pero es de vital importancia porque puede significar un giro dramático en los acontecimientos y usted quizá sea de gran ayuda para darle la vuelta a la situación.

Larrazabal —no sabría jamás decir por qué— intuyó que aquel lenguaje a medio camino entre lo teatral y lo deportivo haría algún efecto en el portero. Este era un hombre magro de carnes y no muy alto, de movimientos marciales y mirada furiosa o como mínimo severa, la mirada y los gestos de alguien que vive orgulloso de trabajar para una finca de solera y añorar al Generalísimo. En él todo eran bufidos, frases cortantes, exclamaciones rotundas. Pero cuando Larrazabal le soltó aquello, en sus ojos brilló la luz de la intriga o cuando menos de una halagada suspicacia. ¿Y él cómo podría ayudar?, se envaró, tirando de los faldones de su chaqueta. Porque llevaba chaqueta, chaleco de punto y corbata. Y un mandilón impecable que se había puesto mientras bruñía el bronce del portal.

—Quizá usted pueda decirme...

Justo en ese momento, en el momento en que el Colorado empezaba a explicarse, entró al edificio una pareja de jubilados que se dirigió al portero por su nombre: Cosme. No hizo falta que dijeran mucho más. El portero pareció ser alcanzando por una pila voltaica cuando se puso en marcha y cogió unas bolsas de la compra que los ancianos habían dejado en la entrada. Luego, como dudando sobre qué hacer con un objeto molesto aparecido en el portal, miró al Colorado antes de resoplar: «espéreme en la portería, ande, pase».

Y Larrazabal, obediente, hizo lo que le indicaron. Se trataba de un cubículo pequeño y acristalado, como muchas porterías del Madrid antiguo, y que daba acceso, a través de una puerta medio disimulada, a la vivienda. Esta estaba entreabierta y Larrazabal atisbó: un salón comedor con un sofá algo viejo, unas escenas campestres en la pared de gotelé, una araña que habría sobrevivido seguramente al cerco de Madrid y una mesa grande de comedor donde una niña se aplicaba en un cuaderno.

—Pase, pase —ladró a sus espaldas don Cosme—. No se quede allí.

Y con esa ruda camaradería de cabo furriel, el portero abrió la puerta y prácticamente ordenó al Colorado que se sentara en el sofá y que se quitara la chaqueta. «Aquí hace un calor de los mil diablos porque la calefacción es central y ya imaginará que la caldera la tengo pegada. Y luego, claro, pasa lo que pasa, que uno se coge unos resfriados y unos apechuscos de órdago. ¿Quiere un cafelito?».

Larrazabal no sabía por dónde empezar, de manera que esperó a que el portero acabase con el trajín en la cocina y miró a su hija. La niña le ofreció una sonrisa y continuó con su labor, con esa aplicación esmerada que ponen los críos cuando trabajan en un cuaderno, casi volcados sobre ellos, premunidos de lápices de colores, gomas y rotuladores.

—¿Y bien? —dijo don Cosme sirviendo un par de tazas de café y sentándose frente a él, cruzado de brazos. Luego frunció el ceño y miró de reojo el reloj que apareció en su muñeca para que no cupiera duda de la importancia de su tiempo.

—Es muy sencillo, don Cosme. Usted lleva muchos años como portero de la finca, ¿verdad?

—Van para treinta, sí señor.

—¿Y usted no recuerda a una mujer joven, bajita, morena, con el cabello muy corto, que trabajaba en la agencia de doña Laura cuando llegó de Barcelona?

El portero movió su bigote y murmuró algo, mirándose los dedos.

—De eso hace ya diez años, lo menos. ¿Bajita y morena, dice?

—De cabello corto.

Don Cosme entrecerró los ojos y se quedó un momento en silencio.

—Pues, ahora que lo dice, doña Laura llegó con el camión de la mudanza y solo la acompañaban los cargadores, que yo recuerde. Pero creo que sí, esos primeros días venía al despacho de doña Laura una joven que responde un poco a esa descripción. ¿Una más bien pequeñina y que hablaba con acento catalán?

297

Larrazabal sintió que se le humedecían las palmas de las manos.

—Sí, exacto. Esa misma. ¿Sabe usted qué fue de ella...?

—Ya me acuerdo, ya. Muy maja, con ese acento raro, tan fuerte. Montse, creo. Trabajaba con la señora, sí, pero vivía en Barcelona porque venía muy poco. Pero luego ya no, luego dejó de venir. La pobre. Eso fue antes de que llegara Paloma al despacho de doña Laura.

—¿Se... se fue?, ¿qué pasó?

El portero lo miró como si no se creyera esa pregunta.

—Que murió. O al menos eso me dijeron. Que tenía un cáncer que se la llevó, pum, en nada.

—¿Cómo que murió? —el tono de Larrazabal se descompuso hasta adquirir un timbre más de protesta que de pregunta. Le dolían las mandíbulas al hablar.

—Bueno, hombre, —Se impacientó el portero, y casi derrama el café—. ¡Yo qué sé! El asunto se manejó con mucha discreción, yo me enteré por la señora Taboada, que vive en el mismo rellano donde vivía doña Laura. Pero no vi su cadáver ni fui a su entierro porque creo que fue en Barcelona. Era muy maja, eso sí.

Larrazabal sintió que se evaporaba todo frente a sus narices, pulverizado su razonamiento por la abrumadora realidad. Aun así, siguió preguntado, maquinal más que obstinado, esperando el milagro de que el portero rectificase, se diese una palmada en la frente y le dijese que se había equivocado, qué tonto era, que aquella mujer no había muerto, que aún podía encontrarla o que no era ella. Pero su siguiente pregunta dibujó un discreto cambio de rumbo.

—Yo sé que usted le dijo a la policía que vio bajar a las carreras a Lucía Luján.

—Así es, en efecto. Yo estaba nervioso, esperando a esta —e indicó con el mentón a la niña— porque venía de la fiesta de una amiguita y ya era tarde. Y salía al portal una y otra vez a mirar.

El portero carraspeó, tosió un poco y miró a su hija, que seguía esmeradamente en lo suyo. Luego continuó hablando, con la voz más baja. Él estaba separado hacía no mucho, ¿sabía? y la madre al día siguiente la recogía muy temprano para llevársela al pueblo, a donde los abuelos. No quería que la chica trasnochara. Y bajando aún más la voz agregó: ni tampoco queremos que se entere de lo que pasó, de lo que había entre doña Laura y la tal... la señorita esa. El Colorado, inconscientemente, también bajó la voz:

—¿Entonces en una de esas salidas fue que vio a ...?

El portero negó con el dedo antes que con la voz.

—No, qué va. Cuando la cría por fin llegó y entró a la casa a mí ya se me había hecho tarde para sacar la basura.

Y justo en el momento de ir a por el contenedor escuchó unas carreras precipitadas y vio cruzar como alma que lleva el diablo a la... señorita esa. Esto último lo dijo sin poder contener un rictus, como si ni siquiera lograse pronunciar el nombre de aquella mujer, aquella bollera, sin un apunte de asco en el estómago.

—Y si bajó tan rápido, ¿cómo está seguro de que era ella? —Antes de que el portero pudiese responder, Larrazabal continuó—. Se lo digo porque podría ser una mujer que respondiera un poco a su físico, más bien bajita, moren... a esta mujer.

Y sacó una foto que llevaba preparada. La de una mujer morena y de cabellos cortos, pero entre los cuarenta y cincuenta años. El portero apenas le echó un vistazo y luego meneó la cabeza con disgusto. Varias veces, como si acabase de entender que había sido víctima de una broma pesada o algo así.

—Mire usted —dijo al fin, alzando la voz repentinamente—. Yo estoy seguro, como Dios pintó a Perico, de que la mujer que bajó a las carreras no era ni bajita, ni morena ni hostias, ni la mujer de esa foto. Era Lucía Luján. Lu-ján. ¿O me va a venir a hablar ahora que no sé lo que ven mis ojos? ¡Venga, hombre, qué coño!

La hija alzó la cabeza y lo miró severamente, con ese enfado acusador de los niños cuando escuchan un taco a los mayores.

—Tiene razón, discúlpeme —dijo Larrazabal contrito, levantándose del sofá con dificultad—. Le ruego me disculpe.

Pero el portero ya no lo escuchaba y seguía embalado con su perorata.

—Como lo estoy viendo ahora a usted, le digo. Incluso le puedo decir cómo iba vestida. Con un vestido azul oscuro y zapatos de tacón del mismo tono. Y un abrigo beis claro encima. Faltaría más, ¿no te jode?, que ahora se dude de lo que yo vi, con mis propios ojos, a un palmo de distancia.

—No, papá —dijo de pronto la niña, sin levantar la cabeza de su cuaderno—. La señora que salió del portal no llevaba eso que dices. No iba vestida así.

Larrazabal y el portero se quedaron mirando a la cría, que ahora enarcó las cejas casi cómicamente, como preguntando que qué pasaba, qué había dicho.

* * *

EL CAFÉ DE LA OTRA VEZ, cerca de Ópera, estaba lleno y en el ambiente flotaba manso, un espeso olor a caldo y a roscón, a algarabía navideña. Atronaba un pegadizo villancico que aturdía un poco y por un instante Larrazabal se sintió confundido, fuera de lugar. Aún no había hablado con la Morita ni con la señora Luján, ni tampoco con Del Castillo porque antes quería cerrar cualquier cabo suelto. Y ahí al fondo, mirando su copa de espumosa cerveza, lo esperaba Reig. Tenía los cabellos húmedos como si hubiese salido de pegarse un duchazo, oloroso a colonia fresca, con una chaqueta ligera pese al frío exterior. Pero allí dentro se estaba bien, pensó Larrazabal, presa de un contento especial.

300

Reig se levantó a darle la mano, un poco ceremonioso, con la sonrisa nebulosa de quien está en ese momento en otra parte.

—¿Qué tal? —saludó al policía.

—Bien, bien. ¿Qué bebes?

En ese momento tenían a un camarero canoso y algo barrigudo esperando el pedido.

—¡Cava! —exclamó Larrazabal como si la idea fuese un verdadero acierto—. Tráigame dos copitas de cava, amigo.

El camarero asintió con la cabeza y se alejó de allí.

—¿Cava? —Reig lo miró con suspicacia—. ¿Qué festejamos?

El Colorado compuso una expresión misteriosa y levantó las cejas, todavía no quería decir nada, pero ahora sí que tenía más que una pista. Solo le faltaba encajar unas piezas y... pero no quería hablar más. No era el momento, se oyó decir con una voz inverosímil y eufórica, con una sonrisa como de prestidigitador o mago de feria, que contagió al inspector Reig. Sin embargo en este la sonrisa apenas duró un instante.

El camarero depositó ambas copas frente a ellos y Larrazabal levantó la suya. Entonces Reig puso una mano sobre la del Colorado y su mirada se endureció, como si no pudiese más con aquella situación.

—No creo que haya nada por lo que brindar, Colorado.

Por qué las alegrías duraban tan poco, filosofó fugazmente Larrazabal cuando después de oír la frase de Reig quedó como a oscuras, como si hubiese saltado el automático dejando en ese momento el local en tinieblas, sin luz, sin algarabía y sin villancicos.

—Explícate.

El inspector tenía una expresión remota, de entierro, y Larrazabal sintió de pronto un sobresalto, como si le hubiese mordido una serpiente. Casi sin que el otro le dijera nada entendió o creyó entender de qué manantial oscuro surgía aquel mutismo, aquella cita cada vez más sombría. «Eso es el olfato, Larrazabal», escuchó que le susurraba al oído su comandante Carrión, «que es nuestra bendición y nuestro calvario, también».

—Aquel tipo, el del tatuaje en el cuello... —empezó al fin el subinspector.

—Sí, sí, el colombiano, el tal Cool...

—Ese. Nos pusimos sobre la marcha en su búsqueda. Pero fuimos cautos porque una parte del equipo había empezado a investigar por otro lado y no queríamos estropear lo que se había conseguido hasta el momento.

—¿A investigar por otro lado? ¿Desde cuándo? ¿El qué?

Reig levantó la vista de su cerveza y la clavó en la de Larrazabal. Por vez primera, el Colorado se dio cuenta de que Juanfra Reig tenía una mirada metálica, una mirada que parecía impenetrable como el blindaje de un panzer.

—No se te podía decir nada.

—Pero cómo que no se me podía...

—No se te podía decir nada, coño. Si lo entiendes, bien, si te lo tengo que explicar, te fastidias, y si no lo comprendes es que no has comprendido ni una palabra de cómo funciona esto.

El subinspector chasqueó la lengua, como contrariado o sorprendido de su propia dureza porque le dio una palmada en el hombro a Larrazabal, venga, hombre, no iban a volver a hablar acerca de la discreción con la que se llevaban las diligencias, ¿verdad? Eso lo tenían muy clarito, y más que nadie él, que había sido policía. Reig había acabado de un trago la cerveza, se limpió el bigote de espuma que le quedó y cogió la copa de cava antes de vaciarla de un trago. El Colorado se cruzó de brazos y apartó la suya sin tocarla. Que siguiera, lo entendía, ahora quería escuchar lo que tuviera que decirle.

El policía se pasó la lengua por los labios y echó una mirada alrededor. Siguieron al colombiano con mucha discreción, empezó diciendo, y se llevó una mano paciente a los cabellos. En realidad no había sido difícil dar con él. Que fuera el tío que contrató ese escritor, ese tal Alcaraz, indudablemente ayudó. Fue una coincidencia inesperada que agilizó las investigaciones abiertas previamente. En resumen, el tipo estaba involucrado en el crimen, pero no había sido él. Simplemente conducía la moto que se llevó al asesino. El chaval chino, Xian, lo había visto, pero no se fijó en que un poco más allá alguien se montaba de paquete en la Bultaco. Alguien que había salido del portal del despacho de Tejada caminando tranquilamente. Quizá porque a esa hora había varios furgones en carga y descarga que le dificultaron la visión, no lo sabía a ciencia cierta, pero lo cierto es que Xian solo vio al conductor de la moto. O el otro no le llamaría la atención. Ya sabía él cómo eran los chavales con las motos y los cacharros. Reig hizo un gesto, como quitándole importancia a sus palabras, y prosiguió.

La brigada había dado con los dos en menos de lo que canta un gallo, pero querían llegar hasta el fondo del asunto, que empezaba a ser bastante más turbio de lo que en un principio se pensó. ¿Una venganza por algo ocurrido hacía más de diez años? Podría ser, pero por la información que pidieron a Lima, aquella organización que tenía como cabecilla al diputado ese que Tejada envió a la cárcel no era sino un grupito sin vínculos con los grandes cárteles. Para entendernos, eran unos mindundis. Nada con suficiente poder como para perseguir con tanto ahínco y durante tanto tiempo al abogado que mandó de cabeza a la cárcel a su jefe, el diputado fujimorista.

—¿Y entonces?

«Para qué preguntas, Colorado, por tus santos cojones, levántate y márchate de aquí, no escuches más, no quieras saber». Pero se quedó clavado en el asiento, incapaz de moverse, con los brazos enfurruñadamente cruzados sobre el pecho, como si Reig le estuviese leyendo la cartilla o diciendo algo ofensivo de lo que sin embargo era oscuramente culpable.

El inspector rascaba ahora la pegatina del botellín de cerveza con esmero, como si quisiera desprenderla limpiamente del vidrio. ¿Y entonces?, insistió Larrazabal, y Reig habló sin mirarlo, concentrado en su labor. ¿Entonces, decía? Que se trataba de un ajuste de cuentas, eso era. El subinspector levantó unos ojos desolados hacia él. Tejada estaba metido hasta el cuello con unos narcos que operaban en Madrid, Colorado. Una organización grande. Colombianos, pero también gente del Este, peligrosa en extremo. ¿Desde cuándo? Eso es lo que estaban terminando de dilucidar. Dos o tres años. Más o menos desde que comenzó a prosperar el despacho, quizá un poco antes de que Larrazabal empezara a trabajar con Tejada ¿No le sorprendió, Colorado?

En el rostro de Larrazabal parecieron desaparecer los labios. La sensación casi física de haber sido traicionado le impedía pensar con claridad, hablar, decir algo. ¿Su compadre Tejada metido con los narcos? ¿Cómo no sospechó nada?

—La verdad que no —admitió al fin—. Era innegable que había más clientela, eso lo vi yo, de manera que esa prosperidad repentina de la que hablas...

—Vale, Colorado —Reig echó el rostro para atrás, ganado por la suspicacia—. Pero eso no justificaba el nivelazo de vida que empezaron a llevar Mari Carmen y él. ¿No te acuerdas? El piso nuevo, la finca en las afueras de Madrid, los viajes constantes al Perú, esas vacaciones largas...

Reig llamó al camarero y pidió otra cerveza. Era evidente, continuó, que allí había algo más que una buena racha. Quien estaba al tanto de todo era Danelys. Tenían un lío.

—¿Mi compadre con su secretaria?

Un asomo de reprobadora sorna afiló la sonrisa que le dirigió el inspector. Se quedó un momento en silencio y luego carraspeó.

—Teníamos el registro de sus llamadas al móvil, incluso por la noche y los festivos. Parece que Mari Carmen estaba al tanto. Sí, sí, algo había entre los tres, eso no está del todo claro. Pero también encontramos otros números que nos abrieron la pista para entender que parecía cocerse algo muy turbio en torno a Tejada. De manera que empezamos a hacer un seguimiento de su entorno. Muy discreto. Entonces fue que gracias a ti identificamos al colombiano, al tal Cool, y este nos llevó al asesino. Que cantaran no resultó muy difícil, si te soy sincero. Obtuvimos una orden judicial y registramos la casa de Tejada. Tenía una caja fuerte disimulada tras un armario. Encontramos fajos y fajos de euros y dólares, una Beretta y un sobre con fotos de unos tipos que resultaron ser sus socios o sus enlaces. Entre ellos un albanés de nombre Adrian Kasapi, buscando por la Interpol... ¿no te suena de nada? Vale. En fin, que los del laboratorio hallaron en todo restos de cocaína. Mari Carmen tenía pasajes para viajar a Paraguay. La encontramos con las maletas a medio hacer. Fue todo muy violento. Obviamente no te podía decir nada porque tú...

—... También estaba siendo investigado, claro.

Reig mostró ambas manos con impotencia.

—Supongo que lo entenderás. Pero no, no encontramos nada que te involucrara ni lo más remotamente. Ni llamadas extrañas, ni movimientos bancarios, ni nombres desconocidos en tu teléfono. Te confieso que el día que me llamaste para decirme que habías encontrado al colombiano se me vino un poco el mundo abajo porque pensé que era una coartada, que quizás estabas tratando de salvarte de cualquier incriminación. Todos en la brigada creían que tú estabas implicado. Yo no, Colorado. Porque no fue así, claro. Mi equipo sondeó con astucia a los detenidos, a ver qué decían ellos. No te conocían de nada. Nadie sabía nada de ti, excepto que trabajabas en la gestoría. Al parecer el que fueras expolicía le daba un punto de solvencia a aquella tapadera que creó Tejada al cabo de involucrarse con esa gente, poco antes de contratarte.

—Entiendo —dijo Larrazabal con la voz seca—. Fui una excusa, una coartada.

Reig se quedó mirándolo fijamente sin concederle la mínima cortesía de la duda.

—Solo una cosa me parecía y aún me parece extraña.

El subinspector se quedó un momento cabizbajo y con las manos entrelazadas sobre la mesa, como meditando acerca del sentido profundo de la vida. Luego alzó nuevamente sus ojos y preguntó:

—¿Cómo no te diste cuenta de nada, Colorado? ¿Cómo no viste lo que estaba ocurriendo en tus narices?

Epílogo
¿Cómo no te diste cuenta, Colorado?

LARRAZABAL RECIBIÓ LA PALMADA de rudo afecto de Del Castillo, anímese, hombre, y de manera automática ofreció su sonrisa. Fátima, desde el otro lado de la mesa, lo miraba cómplice, preocupada por momentos, pero sin poder evitar que el orgullo asomara en la quietud habitual de sus ojos, una y otra vez.

Estaban en aquel restaurante de solemnes candelabros bruñidos y mesas de mantel blanco a donde los había invitado el abogado, más que satisfecho con el sorpresivo giro de los acontecimientos y la manera como su bufete había podido aportar nuevas pruebas al caso. «Y no solo eso», explicó el día anterior ante un ramillete de micrófonos y grabadoras, a la puerta de su despacho: «Una inapelable confesión que ponía en libertad a su representada, Lucía Luján, que quedaba así limpia de polvo y paja». Y luego se volvió a Larrazabal, que estaba detrás de él, con las manos cruzadas tras la espalda: que no se olvidara, ¿eh?, mañana él y su novia estaban invitados a comer. Y le dio las señas del restaurante, al principio de la calle Ferraz. ¡Vaya revuelo, Larrazabal!, exclamó una vez que los periodistas se hubieron marchado y ellos regresaron al sosiego del despacho. Nada más sentarse, Del Castillo volvió a mover la cabeza, incrédulo, verdaderamente descolocado. Luego, ya más tranquilo, devuelto a sus quehaceres, insistió: que no lo olvidara, mañana en el restaurante.

Su mujer tenía muchas ganas de conocerlo. Y se despidió con un apretón de manos.

Al día siguiente, cuando Fátima y el Colorado llegaron a aquel hermoso edificio modernista, de fachada laboriosa como una tarta nupcial, y fueron conducidos con celeridad hasta su mesa, ya estaba allí el abogado. Fátima, remontando el leve azoro que la acompañaba, recibió dos besos y la mirada apreciativa de Borja del Castillo. Se sentaron.

—Venga —levantó su copa de cava el abogado, cordialmente solemne. La ilustre cabeza de César romano brillaba bajo la luz de las lámparas. Un camarero llenó las copas de Fátima y de Larrazabal—. Vamos a hacer un brindis por el mejor detective que he conocido.

Fátima y él levantaron las copas. Del Castillo estaba locuaz como nunca, sonriente, mirando de reojo el reloj de acero que hizo aparecer en la diestra, porque su mujer tardaba mucho, caramba. De manera que para hacer tiempo quizá, para disipar esa bruma de oscuridad que parecía flotar sobre el detective peruano, volvió a la carga, que le explicara otra vez, por favor, cómo diantre llegó a aquella conclusión, cómo dio con el culpable.

En ese momento apareció, precedida por el *maître,* una mujer de cuidado maquillaje, abrigo y ceñido dos piezas que revelaba una figura bien mantenida a base de dietas y ejercicios. Y una sonrisa llena de amabilidad.

—¡María José, querida, al fin llegas...! —se levantó Del Castillo y Larrazabal hizo lo mismo—. Te presento al señor Larrazabal y a su novia, Fátima.

La mujer dejó su bolso sobre una silla y con un movimiento de hombros se deshizo del abrigo que el *maître* recogió en silencio. Su sonrisa, pensó Larrazabal, era amable, sí, aunque teñida de momentánea perplejidad. La sonrisa de alguien a cuya cortesía se ha llevado un poco más allá de lo habitual. Miró a Fátima sin poder evitar ese escrutinio fugaz que suele dirigir una mujer a otra, hizo un gesto de regia aprobación, le tendió una mano de duquesa y luego se la entregó a Larrazabal, casi para que se la besara, cosa que el Colorado estuvo a punto de hacer si no hubiera sido porque el vozarrón del abogado rompió aquel momento como de cristal.

—Querida, Larrazabal estaba por contarnos su investigación y cómo llegó a sus conclusiones —Del Castillo se acomodó el nudo de la corbata y levantó un índice—. ¡Camarero! Otra copa, por favor.

—Será un placer escucharlo —dijo la mujer del abogado juntando las manos, como en un ruego.

Larrazabal miró a la mujer y luego a Del Castillo. La Morita extendió una diestra suave, gentil, de prometida, y oprimió la del Colorado, sí, que les contara cómo fue, qué pasó. Y también decían sus ojos: que se olvidara ya de su compadre, que se olvidara, por favor. Pero él no podía olvidarse, cómo olvidar la conversación con Reig y la sensación de oscura, repentina, ominosa orfandad con la que se levantó de la mesa de aquel café la otra noche. Pero no quiso pensar más.

Arrancó un trocito del pan que aún tenía en el platillo e hizo una miguita con él. En realidad, se escuchó decir con una voz muy baja, todo el tiempo había estado allí la respuesta, el móvil, los implicados.

—O quizá no, porque nadie se lo esperaba —interrumpió Del Castillo mirando alternativamente a todos para que se hicieran cargo de la gravedad de sus palabras—. Debo confesarle que yo no daba un céntimo por la inocencia de Lucía Luján. Tal cual se lo digo.

El Colorado pensó fugazmente en ella. Aún no habían podido entrevistarse personalmente. Pero sí que habló con la tía. De no ser porque estuvo rápido de reflejos y la tomó de un brazo, la señora Luján se hubiera arrodillado frente a él como si fuera el mismísimo Cristo de Medinaceli, le diría después Fátima, que presenció la escena.

—Sí, allí estaba todo —continuó Larrazabal—. En mi libreta, en ese batiburrillo de notas. ¿Sabe? A mí me pareció siempre que Lucía Luján decía la verdad, que ella no había —aquí miró de reojo a la mujer del abogado— matado a su amante. Pero claro, todas las pruebas la implicaban de manera, digamos, abrumadora. Las huellas, la piel bajo las uñas de Laura Olivo, la pelea previa en el restaurante y sobre todo el testigo, don Cosme, el portero de la finca que desde un principio afirmaba haber visto a la señorita Luján bajar corriendo las escaleras más o menos a la hora en que la forense señaló el momento de la muerte. Parecía todo claro, es cierto. Pero lo que siempre me pregunté es qué significaba ese revoltijo de papeles que luego resultaron ser parte de unas novelas, distintas novelas. El resto no fue fácil, pero en realidad debió serlo. Era cuestión de encajar unas cuantas piezas.

—Y vaya manera de hacerlo —dijo Del Castillo dejando que el camarero volviese a llenar las copas.

El Colorado se quedó un momento callado, recordando.

LAS PUERTAS DEL ASCENSOR se abrieron con un suspiro mecánico y Larrazabal se encontró en el vestíbulo de la agencia de Isabel Puertas. Pese a los tres antiácidos que había tomado por la mañana, persistía el ligero dolor de cabeza, la sensación de náusea que él insistía en atribuir a los dos whiskys bebidos cuando abandonó el Café de la Ópera, dejando a Reig casi con la palabra en la boca, despidiéndose apresuradamente...

—¿Le puedo ayudar en algo?

Larrazabal miró a la joven de gafitas que se había acercado a él, seguramente al verlo desorientado y confuso a la salida del ascensor.

—Gracias, no se moleste. Busco a la señora Puertas.

—¿Tiene cita? Porque ahora está en una reunión y no le se puede molestar...

La muchacha dio unos pasos como si quisiese detenerlo.

—Gracias —atajó él—. Conozco el camino.

Avanzó por entre los cubículos donde asomaban las cabezas de los empleados de la agencia, la mayoría de ellos mujeres que levantaban la vista, sorprendidas o quizá solo intrigadas. Llegó hasta el despacho de Isabel Puertas y tocó antes de abrir. Fue una mera formalidad.

Como si hubiesen sido sorprendidas en una escena de cama, Isabel Puertas se incorporó de un salto de su silla de piel, lo mismo que Paloma Martínez y una mujer que él no conocía.

—¿Qué impertinencia es esta, si se puede saber?

Había metano en la voz de Puertas, perdido todo rastro de esa amabilidad obsequiosa con la que lo había atendido la primera vez. Y también en la manera en que se frunció la boca de Paloma Martínez. La única que parecía no entender de qué iba aquello era la otra mujer que, incorporada a medias en su asiento, como si estuviese esperando instrucciones para saber si se volvía a sentar o se levantaba, miró a las agentes y luego al Colorado.

—Isa, no sé qué es todo esto, pero si os apetece espero a que resolváis lo que tengáis que resolver con este señor y vuelvo.

—Más bien el señor es el que se marcha, Carolina, faltaría más —dijo Isa Puertas y, volviéndose al Colorado, agregó mostrando el teléfono, como si fuese un espray de pimienta—: ¿Llamo a seguridad o se marcha usted por su voluntad?

—No creo que le interese que me vaya. Ni a usted, señora —dijo volviéndose a la tercera mujer, a la llamada Carolina—. ¿Es usted Carolina Foscato, la editora que va a sacar la nueva novela de Marcelo Chiriboga, verdad? Entonces le interesará saber cómo se ha conseguido este manuscrito. Y señaló al azar una carpeta abultada.

—¿Pero... de qué habla?

Isa Puertas se levantó con los puños apretados, pero el color había desaparecido de sus mejillas, al igual que lo había hecho del rostro de Paloma Martínez, que ahora miraba a su socia con un asombro sin límites. Larrazabal pareció dirigirse a la tercera mujer, a la editora.

—¿Sabe usted realmente cómo se ha conseguido?

—¡Claro!, quiero decir que no, yo no... —la editora se llevó una mano al escote, como si fuera a sufrir un ataque de nervios, y miró a las otras dos, desvalida.

—El manuscrito estuvo siempre en el despacho de Laura Olivo, pero no en la caja fuerte, como sí lo estaban los otros manuscritos, los de Rebolledo, Alcaraz y Ramos Andrade, todos los que habían tenido algún problema gordo con la agente —dijo Larrazabal—. Pero el de Chiriboga no estaba allí. Estaba en «la mazmorra».

—¿La mazmorra? —preguntó Del Castillo frunciendo el ceño.

—La mazmorra, sí. ¿No sabe usted qué es la mazmorra? —preguntó Larrazabal a la editora—. Entonces que se lo diga Paloma Martínez.

—Oiga, Larrazabal, se acabó su maldito teatro —dijo Isa Puertas—. Ahora mismo llamo a seguridad...

—No, no, espera, Isa —la editora atajó las palabras de Puertas con la mano y, en vista de que Paloma Martínez se quedaba en silencio, se dirigió a Larrazabal, ya recompuesta, casi con severidad—. Explíquese, por favor.

—La mazmorra es una especie de desván o entresuelo de la agencia de la señora Olivo donde se guardaban viejos papeles, contratos ya vencidos y sin utilidad, pero sobre todo manuscritos

—dijo Larrazabal—. Todo un revoltijo de documentos que se amontonaban allí desde que se mudaran de Barcelona. ¿Verdad, señorita Martínez? Y allí quedó extraviado el manuscrito que la señora Lamadrid había dejado hace años en manos de una joven bajita, morena y de cabellos cortos que por fin lo recibió, pese a las negativas de su jefa, la señora Olivo. Aquella mujer desapareció, murió nada más mudarse la agencia a Madrid. Y así se perdió la posibilidad de que Laura Olivo supiera que entre sus viejos papeles, esos que se apolillaban en la mazmorra, estaba el original de una novela que con el tiempo sería enormemente cotizada, como es el caso.

Larrazabal se volvió a Isa Puertas.

—En un momento dado pensé que era usted aquella mujer, porque respondía a la descripción que hizo la señora Lamadrid —dijo Larrazabal señalándola—. Pero el portero de la finca me dijo que estaba seguro de que no era usted. Incluso le mostré una foto suya, por si se hubiera equivocado.

—Yo no trabajé con Laura jamás.

—Sí, señora, sí que lo hizo. Pero prefirió no contármelo. Lo sé por Albert Cremades. Fue el año en que usted se peleó con su socia, la señora Sole Brotons. Pensó que sería buena idea dejarla y trabajar para Laura Olivo, a pesar de la mala experiencia que había tenido con ella en Frankfurt. La cuestión es que aquello no funcionó. Y cuando yo ya estaba uniendo todas las piezas, esta información me confundió aún más porque su descripción y la de la joven que trabajaba en la agencia de la señora Olivo por ese entonces coincidían.

—Bueno, ¿y qué?, trabajé con Laura unos meses, pero eso no me convierte en una asesina. Ni tampoco en una ladrona. Yo jamás he pisado el despacho de Laura en Madrid. La verdad, no sé por qué estamos escuchando estos disparates...

—No, señora, usted no la asesinó, por supuesto; tampoco envió a nadie a que lo hiciera. Ni siquiera robó el manuscrito perdido del señor Chiriboga, ese que se disponen a publicar en breve. Pero sí que lo aceptó. Y eso la convierte en cómplice.

—¿Pero de quién? —dijo con un sofoco la editora.

—¿Se lo explica usted, señorita Martínez?

—¿Paloma, tú? —la editora se levantó de un brinco, como si Paloma Martínez fuera un foco infeccioso.

Pero esta no dijo nada. Estaba petrificada.

—Menuda cara que se le debió de quedar —dijo Del Castillo bebiendo un sorbo de su copa.

—¡Eso es un absurdo! —respondió al fin Paloma Martínez incorporándose y recogiendo su gabardina negra como si hubiese llegado al límite de su paciencia—. Yo me marcho.

Pero cuando levantó la vista, su semblante, aunque pareciera imposible, empalideció aún más. Tuvo que apoyarse en la silla para no caer, desmadejada. Tras los cristales del despacho de Isabel Puertas se divisaba la figura de un par de policías y un corro de personas que miraban hacia allí con estupefacción.

* * *

—USTED ERA EL BRAZO derecho de Laura Olivo desde que esta se instalara en Madrid —dijo Larrazabal—. Eso todos lo sabían.

Luego miró hacia los policías e hizo un gesto para que esperaran. Paloma Martínez se había sentado nuevamente y parecía haber envejecido de golpe diez años cuando Larrazabal cogió con cuidado la gabardina negra que se le había caído, la colgó en el perchero e hizo un gesto de pesadumbre porque, dijo, si no le importaba, querría aclarar algunas cosas. La joven levantó unos ojos secos y ausentes hacia él. Le temblaba un poco la barbilla.

Larrazabal continuó. Y que lo corrigiera si se equivocaba, dijo.

—Usted era inteligente, leída, lista, trabajaba doscientas horas, enmendaba todos los desbarros que la intemperancia de su jefa cometía y aguantaba sus infinitas majaderías y desplantes. Sus insultos y vejaciones. Varias veces estuvo a punto de tirar la toalla y marcharse. ¿Por qué no lo hizo? Supongo que porque estaba demasiado implicada en una agencia que para usted significaba mucho. La había levantado casi de sus cenizas, o al menos eso le decía la señora Olivo que, además, al darse cuenta de su absoluta entrega, le había ofrecido convertirla en socia. En algún momento, más adelante, cuando se dieran mejores circunstancias, el próximo año. No se lo dijo nunca explícitamente, claro. Como suele ocurrir en estos casos de palo y zanahoria. Sin embargo, en los últimos tiempos la agencia no pasaba por su mejor momento, la señora Olivo estaba agobiada de deudas y por si fuera poco algunos autores amenazaban con irse. En medio de todo esto apareció Clara Monclús, con solera, contactos y dinero. Usted se sentía intimidada al lado de esta mujer que poseía lo que a usted le faltaba, o creía que le faltaba. Como Laura, venía usted desde abajo y se había ganado lo que tenía a pulso y sin ayuda.

»Y ahora veía en los ojos de la señora Olivo que había estado esperando a Clara Monclús como agua de mayo. Nunca se lo hizo saber, faltaría más. Se enteró usted sola. Quizá de casualidad, quizá viendo los correos, lo que no era difícil teniendo en cuenta que era de absoluta confianza para su jefa. ¡Incluso poseía la combinación de la caja fuerte! Algo que ni el señor Costas tenía, según sé. De manera que cuando se enteró de que Clara Monclús iba a ser socia de Laura Olivo, fue fulminada por la verdad: había sido suciamente engañada, le arrebataban de un plumazo lo que en justicia merecía.

Paloma Martínez tenía los puños sobre el regazo, crispados. Parecía presa de un inminente ataque de convulsiones, por lo que

315

la editora, compadecida, le puso encima una chaqueta. Pero Martínez se zafó bruscamente. Larrazabal continuó, imperturbable:

—Sí, aquello era un verdadero ultraje que la llenó de rencor. Pero no tenía cómo renunciar sin quedarse con las manos vacías ni, mucho menos, cómo vengarse. Hasta que una tarde, limpiando y organizando aquella mazmorra, rumiando su frustración, se dio con el manuscrito de Chiriboga. Aquel que había quedado en el olvido desde que muriera la joven que lo trajo de Barcelona sin que jamás se lo llegara a entregar a su jefa, vaya uno a saber qué pasó. Entonces se abrieron para usted los cielos, supo de inmediato de qué se trataba aquello que tenía entre las manos, lleno de polvo y escrito en hojas ya amarillentas, algunas de las cuales llevaban membretes de distintos hoteles. Una extravagancia del señor Chiriboga, que solía escribir en ellos. Y supo del inmenso valor que podía alcanzar aquella novela si se movía con rapidez y astucia.

»Esa fue su baza para ponerse en contacto con Isabel Puertas —y ahora miró a la agente, que parecía congelada en su silla—. La señora Puertas, aquí presente, detestaba cordialmente a Laura Olivo no solo por lo que le hizo en Frankfurt a ella y a su socia de ese entonces, Sole Brotons, sino por lo que le hiciera después, cuando la recibió en su agencia de Barcelona y la trató como a una empleadilla de tres al cuarto. ¿Verdad, señora Puertas? No pudo soportarlo y seguramente maldijo el momento en que se le ocurrió acercarse a Laura Olivo, impelida por la más vieja de las pasiones: la codicia. Quizá pensó que con ella, que ahora era la agente más poderosa del medio, estaría mejor que con Sole Brotons, que ya era un poco mayor y no parecía manejar correctamente sus asuntos... ni ver la hora de retirarse. Pero las cosas no salieron nada bien y se marchó de allí, harta nuevamente de Olivo. Y cuando después de reconciliarse con Brotons y luego de que esta se jubilara se quedó con la agencia, esperó pacientemente una oportunidad para vengarse de quien desde entonces consideraba su enemiga.

Y esa oportunidad llegó de la mano de Paloma Martínez, en forma de novela perdida de Marcelo Chiriboga. Aquel era el manuscrito del que todos hablaban y del que un editor alemán había dicho, medio en broma, medio en serio, que, de aparecer, adquiriría con un cheque en blanco y sin pensárselo dos veces.

—Pero entonces... —balbuceó la mujer del abogado bebiendo un sorbito de cava— ¿Isa Puertas estaba comprometida en el crimen? Es una barbaridad. Y pensar que hemos salido varias veces, que la consideraba una amiga...

—Bueno, al parecer no —dijo el Colorado—. Ella simplemente aceptaba a Paloma Martínez como socia a cambio de aquel manuscrito. Las cosas tampoco iban bien en su agencia y la llegada de una novela de tales características podía significar un giro muy importante para todos. Según creo, se enteró de lo que realmente había ocurrido en el despacho de la agente cuando ya era tarde y no pudo o no quiso dar marcha atrás.

—Me resulta increíble que... —empezó a decir la mujer del abogado y Del Castillo puso una mano apaciguadora sobre la de ella, que lo dejara contar, querida, que lo dejara terminar.

Larrazabal volvió a dirigirse a Paloma Martínez:

—La cuestión es que usted encontró el manuscrito y luego de darle vueltas a la idea de llevárselo sin más, pensó qué debía hacer con él. No podía venderlo por su cuenta porque quedaría bajo inmediata sospecha de haberlo robado. ¿De dónde lo había sacado usted?, se preguntarían todos. No, eso no era posible. De manera que decidió buscar a otro agente. ¿Pero quién lo aceptaría sin sospechar de su origen y sin hacer preguntas incómodas? Solo se le ocurrió una persona con idénticas ganas de vengarse de la señora Olivo: Isabel Puertas.

La llamó, le dijo que lo había encontrado de pura casualidad, cosa que era cierta, que Laura no tenía ni idea de la existencia de esa novela y le propuso directamente y sin ambages su plan. Hay registro de llamadas suyas desde varios días anteriores al del crimen. Había que darse prisa. Si lo había encontrado usted, en cualquier momento lo podría encontrar alguna otra persona de la agencia. Aun así, no se quiso precipitar y buscó la oportunidad de hacerse con el manuscrito bajo el amparo de una coartada, por si acaso todo fallara, que uno nunca sabe, ¿verdad? Era necesario extremar las precauciones, le dijo a la señora Puertas, que la apremiaba, no podían dejar ningún cabo suelto. Pero, sobre todo, decidió que no sacaría el manuscrito de la agencia. Así, si alguna vez Laura se enteraba de que ese manuscrito había sido recibido años atrás —usted no sabía que la joven que lo recogió había muerto—, allí lo podía encontrar, en esa mazmorra donde se apolillaban tantos papeles. Tendría pues que escanearlo entero y hacerlo un día que no estuviera nadie en el despacho y que su presencia no despertara sospechas. Pronto se le presentó la oportunidad. Como las cosas entre Albert Cremades y Olivo no andaban nada bien, se ofreció a viajar a Barcelona para calmar los ánimos y convencer al escritor de que se quedara. Eso era lo que hacía siempre, verdad, ¿señorita Martínez? Arreglar los problemas que creaba su jefa por obcecación y falta de tacto.

Ahora Larrazabal se volvió a la editora y a Isa Puertas.

—El mismo viernes por la tarde en que Laura Olivo llegó a la oficina hablando pestes de Cremades, Paloma le sirvió un whisky y la tranquilizó recordándole que para eso precisamente viajaría a Barcelona, que no se preocupara, que se fuera tranquila a sus asuntos. Tenía la maleta allí, a la vista. Una vez que esta por fin se marchó, se dispuso a escanear el manuscrito. Se le había hecho tarde porque no contaba con que la señora Olivo decidiera quedarse más de lo debido, antes de partir a su cita con una editora y de allí a la cena con Lucía Luján. Tampoco contaba con que regresara de esta última tan pronto, tan inesperadamente. ¿Sabe?, mi comandante Carrión una vez me lo dijo: «ningún plan sobrevive al contacto con su peor enemigo, la realidad». Y en efecto, aquel plan sencillo y redondo sufrió un imprevisto, un choque con la realidad. Usted, señorita Martínez, estaba terminando ya con el escaneado de la novela que guardaría en un *pendrive* —nada de enviarlo por correo electrónico, claro— o quizá simplemente esperaba que se hiciera de noche y acabara la jornada de don Cosme para que no hubiese posibilidad de que nadie la viera salir del despacho, cuando fue sorprendida por Laura. El desconcierto sería mutuo... y mayúsculo.

»Nunca quiso matarla, lo entiendo. Simplemente se vio sobrepasada por la situación, ¿verdad? forcejearon un poco y usted, presa del pánico, cogió aquella estatuilla de acero y le dio un golpe en la cabeza. Olivo se derrumbó en el acto. Pero al parecer, usted conservó suficiente sangre fría porque rápidamente ideó una coartada, o algo que le ayudara a ganar tiempo. Abrió la caja fuerte, cuya clave conocía, naturalmente. En esa caja no se guardaba nada de valor. O al menos nada de valor para quien no supiera la historia que había detrás de los manuscritos que allí se escondían. Todos pertenecían a escritores con los que Laura tuvo problemas, novelas envueltas en turbiedades que a ningún autor le convenía que salieran a la luz. Por eso esparció algunas hojas aquí y allá, para darle una pista falsa a la policía, algo con que confundirse. Pero con las prisas, los nervios, y sin que usted se diera cuenta, se le cayeron un par de folios del original de Chiriboga que ahora sí pensaba llevarse y que tenía en el regazo, aquellas hojas mecanografiadas en papel de un hotel, lo que finalmente me condujo a donde Pepita Lamadrid y a todo lo demás.

—Fue así, ¿verdad?

Larrazabal cogió una pila de papeles que había sobre la mesa de Isabel Puertas e hizo el gesto de quien se agacha apresurado, con lo que se le cayeron unos pocos papeles...

—Todo muy lógico. Pero lo que no entiendo —dijo la señora Del Castillo, parpadeando confusa— es cómo llegó a la conclusión de que era Paloma Martínez...

El abogado y Fátima lo miraron expectantes, sí, que les dijera cómo llegó a esa conclusión. El Colorado bebió un sorbo de cava y se aclaró la garganta.

—En realidad, por un detalle que no había tenido en cuenta hasta entonces. —Sonrió y dejó los folios nuevamente sobre la mesa, recogió los que se le habían caído y murmuró unas disculpas. Luego se volvió a la agente y a la editora.

—Aquella noche, Lucía Luján se encontraba en el coche, esperando a que Laura Olivo fuese a cambiarse el vestido que se le había manchado de vino en la confusión de la pelea que tuvieron momentos antes en el restaurante, durante aquella cena interrumpida y que acabó tan precipitadamente. Y como no regresaba, decidió ir a buscarla.

—Y se encontró con el cadáver, pero no con Paloma Martínez —Esta vez fue el propio Del Castillo el que no pudo contener la interrupción.

—Sí, señoras, así fue —Larrazabal dio un picotazo con el dedo sobre la mesa de Isabel Puertas—. Porque cuando Paloma Martínez acababa de esparcir aquellos folios por el despacho fue sobresaltada por el zumbido del móvil de Laura. ¿No fue así, señorita Martínez? Usted vio el nombre de Lucía Luján en la pantalla y atisbó por la ventana del despacho. Entonces cambió de opinión. Ahora tenía una coartada realmente inmejorable. Decidió aguardar a que la impaciencia de la señorita Luján hiciera el resto. Una vez que la vio apearse del coche y caminar decidida hacia el edificio, salió al rellano y se escondió allí hasta que la oyó subir directamente al piso donde vivía Olivo. Entonces dejó la puerta lo suficientemente entreabierta como para llamar la atención de Lucía Luján y que así se acercara al despacho, como parecía lógico que haría. Luego se deslizó escaleras abajo sigilosamente, procurando no ser vista por nadie. Momentos después, Lucía Luján bajó atropelladamente las escaleras. Eso la perdió. Se inculpó tontamente al escapar de allí. Y para más inri, el portero, que estaba sacando la basura, la vio salir. Su suerte, pues, parecía echada. Todo había resultado mucho mejor de lo que podía esperar, pensaría al enterarse por la prensa del inesperado giro de los acontecimientos, con la absurda huida de Lucía Luján del lugar del crimen.

Larrazabal volvió el rostro hacia donde los policías esperaban y miró su reloj.

—Pero con lo que no contaba usted, señorita Martínez, era con que hubo otro testigo —continuó—. Así es. Porque don Cosme vio bajar a toda prisa a Lucía Luján. Y como sabemos, no se equivocó. Era ella. Pero eso sucedió después de que llegara su hija pequeña, a la que había estado esperando, preocupado. La niña la vio salir del portal. Estaba al otro lado de la calle, bajando del coche que la traía de regreso a su casa.

—¡No pudo reconocerme! —protestó por primera vez Paloma Martínez.

—No, no la pudo reconocer —concedió Larrazabal—. Y de hecho, no lo hizo. Lo que sí reconoció, y nos lo dijo a su padre y a mí ayer por la tarde, fue que esa noche vio salir del edificio a una mujer con una gabardina negra, una gabardina muy bonita con un coqueto botoncito rojo en la solapa.

Isabel Puertas y la editora miraron hacia el perchero donde colgaba la gabardina negra de Paloma Martínez. Ostensible, en la solapa, destacaba un botón rojo. Larrazabal hizo un gesto hacia los policías y estos se encaminaron al despacho.

—¿Entonces, llegó a la conclusión de que había sido Paloma Martínez por la gabardina? —La señora del Castillo abrió unos ojos asombrados, llenos de incrédula admiración—. ¿Fue por eso nada más?

—Si quiere que le sea sincero, señora Del Castillo —admitió Larrazabal—, no me acordaba de la gabardina negra de Paloma Martínez. Y eso que es llamativa. Todo estaba en mi libretita, todo. Pero había un dato que se me escapaba, y cuando la cría dijo aquello de que había visto salir del edificio a una mujer con una gabardina negra, su imagen me vino como un fogonazo de luz a la cabeza. Y eso me llevó al detalle que había pasado por alto, que sabía que estaba en mis notas pero que era incapaz de ver.

—¿Qué detalle? —preguntó impaciente el abogado.

—Como creo que ha quedado claro, Cremades nunca se entrevistó personalmente con la señorita Martínez. Ella nunca cogió aquel AVE, cuyo billete había comprado y que desde el principio esgrimió ante la policía como coartada, y como me lo dijo a mí también, dato que yo tenía perdido entre mis notas. El propio Albert Cremades me lo confirmó en su casa sin darse cuenta, Paloma Martínez nunca viajó a Barcelona para convencerlo de que se quedara en la agencia, como sostenía ella. Simplemente hablaron por teléfono. Eso me dio la idea de lo que había ocurrido la noche en que Laura Olivo fue asesinada. La gabardina fue solo la pequeña pieza que me faltaba para que todo se iluminara de pronto, para que todo encajara.

—A veces tenemos la verdad frente a nuestras narices —reflexionó Del Castillo, alzando su copa nuevamente—. Pero no somos capaces de verla. Para eso se necesita un olfato especial. Le felicito, Larrazabal.

El Colorado agradeció con un gesto de la cabeza y se concentró en la carta del restaurante sin mucho apetito. Durante toda la cena sintió la mano de Fátima apretando con calor la suya, sonriéndole para ver si así se entusiasmaba un poco, y él también sonreía, respondía educadamente a la mujer del abogado que no cesaba de preguntar, de querer saber más detalles, brindaban nuevamente.

Al salir del restaurante, Del Castillo, el rostro ligeramente congestionado, la sonrisa eufórica, preguntó si los acercaba a algún lado, pero su mujer se volvió a él con severidad, ni hablar de coger el coche, le advirtió, ellos se iban en un taxi.

—Nosotros también —se apresuró a decir Fátima intercambiando una mirada de inteligencia con la mujer y enroscando su brazo en el del Colorado.

—Ha sido un placer, Larrazabal. —Del Castillo estrechó con vigor la mano de este—. Espero que no perdamos el contacto.

Y Larrazabal hizo un gesto con la cabeza, por supuesto que sí, murmuró al despedirse que no perdieran el contacto. Y ya cuando el abogado y su mujer alcanzaban la esquina más alejada de la calle, se quedó pensando en lo que dijo este en el restaurante y tuvo que admitir que era cierto: a veces tenemos la verdad frente a nuestras narices y no podemos verla. O a veces, simplemente, no queremos.

FIN